欧阳山 著

高干大

# 高干大

欧阳山 著

花城出版社
中国·广州

## 图书在版编目（CIP）数据

高干大 / 欧阳山著. — 广州：花城出版社，2023.4
ISBN 978-7-5360-9371-3

Ⅰ. ①高… Ⅱ. ①欧… Ⅲ. ①长篇小说－中国－当代 Ⅳ. ①I247.5

中国版本图书馆CIP数据核字(2022)第070764号

出版 人：张 懿
责任编辑：陈诗泳
特约编辑：陈崇正
责任校对：衣 然
技术编辑：凌春梅
装帧设计：集力書装 彭 力

| 书　　名 | 高干大<br>GAO GANDA |
|---|---|
| 出版发行 | 花城出版社<br>（广州市环市东路水荫路 11 号） |
| 经　　销 | 全国新华书店 |
| 印　　刷 | 广州市岭美文化科技有限公司<br>（广州市荔湾区花地大道南海南工商贸易区 A 幢） |
| 开　　本 | 880 毫米 ×1230 毫米　32 开 |
| 印　　张 | 9.125　2 插页 |
| 字　　数 | 175,000 字 |
| 版　　次 | 2023 年 4 月第 1 版　2023 年 4 月第 1 次印刷 |
| 定　　价 | 68.00 元 |

**如发现印装质量问题，请直接与印刷厂联系调换。**
购书热线：020-37604658　37602954
花城出版社网站：http://www.fcph.com.cn

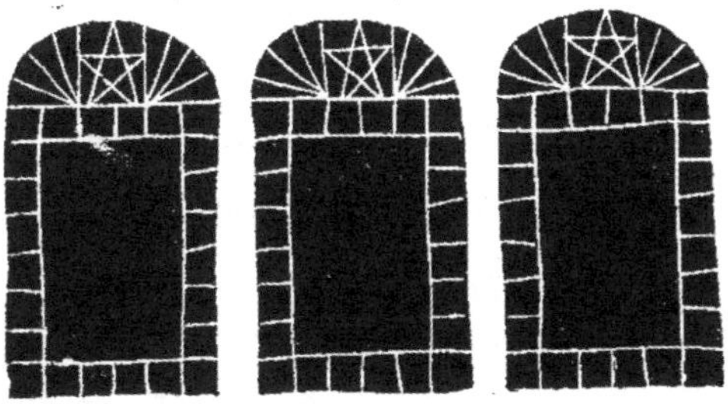

# 欧阳山
## （1908—2000）

原名杨凤岐，祖籍湖北荆州，笔名凡鸟、罗西、龙贡公等。

1924年开始文学创作，发表短篇小说《那一夜》。

1932年组织"广州普罗作家同盟"（"左联"广州分盟），主编《广州文艺》周刊。

1933年与草明一起转入上海"左联"，任中国左翼文化总同盟宣传部长。

1940年在重庆加入中国共产党，发表抗战小说《战果》等。

1941年奉调延安工作，任中央研究院文艺研究室主任。

1942年参加延安文艺座谈会。

1948年发表的《高干大》是率先实践"延安文艺座谈会精神"的优秀长篇小说之一。

自1959—1985年陆续出版长篇小说《一代风流》凡五卷，前两卷《三家巷》和《苦斗》达到新的艺术高峰。

1996—1997年校改全书，合并为150万字的《三家巷》（又名《一代风流》）。欧阳山一生创作、翻译短中长篇小说约五十部，另有诗歌、散文、杂文、剧本、回忆录和报告文学等。

1989—2000年著有杂文集《广语丝》（1~3），共117篇。

欧阳山历任广东省人民政府文教厅副厅长，中南军政委员会文教委员会委员，广东省文联主席，广东省作家协会主席，中国作家协会副主席，广东省人大常委会副主任等，1982年在中国共产党第十二次全国代表大会上被选为中央顾问委员会委员。1999年12月，欧阳山荣获"中国文联荣誉委员"金质勋章。

邓阳山

# 再版序言

  这本书所描写的生活景象是四十年代①初期的陕甘宁边区抗日民主根据地的情况。那一切和现在的实际情况都相差得很远，就是说，那里的生活已经大大改善，高干大和围绕着高干大的一切人物都已经进步很多了。

  由于现实的变化与发展，那以后不久，不单是全国的其他合作社，就是西北地区的任何一个合作社，那做法也已经完全不一样；更不要说咱们的国家如今已经进入人民公社的时代，从前那种合作社，早已成为历史的陈迹了。

  但是我仍然非常爱我描写过的那个主要人物高干大。他不是一个凭空想象出来的人，也不是一个实实在在、真有其人的人。他不是一个负了很重要的责任的人，也不是一个十全十美的人。然而他是一个真实的人，一个可爱可敬的人，一个从贫瘠的土壤生长起来的英雄人物。他的关心群众、联系群众、处处为群众打

---

① 即二十世纪四十年代。

算的思想性格是永远不会过时，永远不会成为历史的陈迹的。

　　这位英雄人物的毕生的理想，就是要改变家乡贫穷、多病和落后的现象。这就不仅要组织起人民群众的经济生活，而且要战胜脑子里的自私保守思想和封建迷信观念，同时还要和自己的落后思想作斗争。按当时的具体条件看来，不用说，这种战斗是困难的事。此外，还有很多障碍在妨害着他的前进。那就是一些流氓、恶棍，一些浅薄而傲慢的知识分子和墨守成规的人，一些主观主义者和官僚主义者。

　　但是不管怎样，高干大总是排除一切障碍前进。党在支持着他。先进的群众在支持着他。这样，虽然他所做过的事情已经成了历史的陈迹，但是他所具有的一种精神上的特质是永远不会过时的，是万古犹新的。甚至在此刻我还能看见他精神奕奕地站在我的面前，像一株苍劲的松树一样。

　　听说这本书又要再版了，我很高兴。我希望通过这本小书，将我对于高干大的爱，并将我对于高干大的胜利所感到的喜悦，尽可能多地带给每一个读者。

欧阳山<br>一九六〇年三八节，在广州红花冈畔

# 目 录

| 第一章 人民的要求 | 001 |
| --- | --- |
| 第二章 幽会 | 017 |
| 第三章 争论 | 025 |
| 第四章 希腊神话 | 032 |
| 第五章 欢送会上 | 038 |
| 第六章 破裂 | 044 |
| 第七章 新的方向 | 050 |
| 第八章 发展 | 056 |
| 第九章 巫神的罪恶 | 066 |
| 第十章 再发展 | 079 |
| 第十一章 苦斗 | 094 |
| 第十二章 夹攻 | 109 |
| 第十三章 动摇 | 122 |
| 第十四章 嘲笑和安慰 | 135 |
| 第十五章 纠纷 | 144 |
| 第十六章 春耕时节 | 157 |

| 第十七章　谣言 | 169 |
| 第十八章　二流子 | 181 |
| 第十九章　酒后 | 191 |
| 第二十章　闹鬼 | 203 |
| 第二十一章　青蛇的故事 | 211 |
| 第二十二章　鬼的家庭 | 221 |
| 第二十三章　恶斗 | 234 |
| 第二十四章　胜利 | 253 |

还《高干大》以应有的历史地位　　256

# 第一章　人民的要求

　　这故事出在任家沟合作社里面。那时候，是公历一千九百四十一年。这一年，土地革命才过后不久，许多工作都还没上轨道。前线每天在和日本打仗，一切力量都集中使用在前线。整风运动还没有大规模开展，许多干部思想作风上都残留着相当严重的缺点。那些人，那些事，现在看来，或许叫大家奇怪，但在当时，倒是常有常见的。……任家沟虽然不算一个大村庄，也有二三十户人家，光景都过得不错。庄户们大部分住在沟汊的阳坬上，只有三四家人住在背坬那边。在附近一二十里，这村庄因为树木多，牲畜多，没出嫁的姑娘多，很有名气。一出沟口，便是一条大车路，人来人往很热闹。和大车路平排，从南向北流着的，是一条水清见底的小河。从庄子上往下望，这些树木呀，出没在草坡上的牛羊呀，大车路上的驮骡和毛驴子呀，把两只脚浸在河里洗衣服的红脸姑娘呀，都配搭衬托得那么好看，简直是一幅风景画儿。人们编了一首歌子给任家沟：

任家沟，任家沟，
树大草肥喂牲口；
年轻姑娘人人爱，
就是讨厌任常有！

这任常有就是任家沟合作社的正主任。五十来岁，短短的身材，身上脸上经常带着病，可是两个圆圆的大眼睛特别发亮，像水晶一样地耀人。他从一千九百三十六年八月加入中国共产党的时候起，就派在这里当主任，一直到一千九百四十一年八月这时候，恰恰满了五年。他虽然没有什么出色的本领，有时还爱贪点小利，可是人顶和气，也不招是惹非，按照上级的指示，一心一意想给人民把合作社办好。一千九百三十六年合作社全部财产才值得一百二十块钱，到一千九百四十一年已经值到七千二百块钱，照任常有计算，合作社就算出息不大，到底也发展了六十倍了。此外呢，合作社是政府的一部分，他自己也是政府派来的一个干部，政府不是给老百姓分了土地么？从前的穷光蛋现在不是有吃有穿了么？革命不是给了他们很多的利益了么？为什么还对合作社这一部分革命工作，老是叽叽咕咕不满意呢？可是老百姓不跟他朝这么算，他们偏要朝那么算，按小米算。一千九百三十六年合作社全部财产值得五石小米，以后每年由区乡政府征收五石小米给任常有办合作社，办了五年，一共征收了二十五石小米，现在呢，合作社的全部财产只能值二十石小米啦！这五年，没分过一次红利，也不去说它，一块钱股金就是赔成八毛吧，让人把八毛取出来也好哇，又不让退股；合作社的股金赔完了就算了，可是政府不依，一千九百四十一年七月初又摊下了五千块钱新股金；再入点股也不要紧，合作社东西果真便宜，有个十天半月的赊头也好呀，又没有，那里东西比什么地方都贵，又是"金口玉牙"，没个少的，也没个欠的。老百姓都说："这叫什么入股呀，这老老实实就是革命负担。……合作社——活捉社，把人民都捉定了！"

一千九百四十一年八月的一天早上，太阳刚从对面山上照下来，任常有就把十来只羊拦到沟口的草坡上吃草，自己坐在半山小路旁一块石头上，一边吸着烟锅，一边望着山脚下自己的合作社出神。一个小毛驴驮着一驮干草，后面跟着一个老百姓，从沟里慢慢走出来。他叫了一声"应才哥"，那人笑着答应了他一声，又低着头只顾走路。他问那个人，"应才哥，应才哥，你应承的股金交了没有？"那个人一听就生气了，说："没！哪来个钱！"又低声说了些什么。不用听，任常有也知道是骂合作社的。那个人走过去了，他自己想：

"合作社不是你要办，也不是我要办的，那是政府要办的，你怪我有什么用？好，你骂吧……咱们这里有民主，谁爱骂人就只管骂吧！……不满意合作社？为什么在乡代表大会上你不提议把它取消？……对嘛，你不交钱还不是你自己不遵守政府法令？——凭良心，你也该睁开眼睛看一看合作社：一连五间大房子，有一个门市部，有一个饭馆，这难道还算坏么？"

他望着山脚下的合作社，又在出神了。那一连五间房子，建筑在沟口大车路西边的一块坪台上。大门朝东,对着大车路。大车路前面是一片沙滩,沙滩的尽头,横着一条小河。小河的那边又是沙滩、庄稼地,约莫半里地以后,那些庄稼才逐渐往高爬,爬上对面那没人居住的山上去了。合作社两旁,也是在大车路西边,还有一些高高矮矮、稀稀拉拉的房子。任常有很清楚地知道那是几家私人开的磨坊、杂货铺、面馆之类的东西。合作社后面,有一块很大的空坪,里面放着几口破缸,一副破旧不能用的鞍架,一些霉烂的麻索和一堆砖瓦。砖瓦旁边是一个羊圈。再往后,越过一亩多的包谷地,就是任常有自己拦羊的这个山峁子了。

他越看越爱,忍不住自己低声说起话来:"这样的合作社,难道还能够对它不满意么?"太阳慢慢升起来,那闪闪的金光照在合作社房顶上,照出那上面几个大补钉,把烟囱上的黑烟也照成赤金色的。他又说:"房顶得灰一灰了。不,等把股金收齐,最好还是瓦上瓦。"那五间房子,破旧是有点破旧,甚至还有点歪斜,也有裂缝,可是任常有总觉得这是附近一二十里最漂亮的房子,材料是最结实的材料,样式是最合意的样式,工程呢,那就没有能比较的了。

在合作社的大门口,那块直两丈,宽六丈的坪台上,现在人们在做些什么事,任常有是看不见了。那里的人正忙着。推销员兼副主任高生亮,会计张四海,保管兼采买罗生明,大师傅刘宽福,娃娃罗有成,都在那里跑来跑去。五间房子正中的一间和靠北的一间是门面,打通了的。北端那一间是保管室。靠南那一间是饭馆。南端那一间住着大师傅和娃娃，还堆了一些烂家私。铺门打开了，里面有一座横放着、约莫有一间半房子宽的黑漆栏柜；栏柜两头横放着两张长凳，栏柜后面一平排放着三个货架；货架和栏柜之间，紧靠南边土墙，放着一张长桌，两张凳子。货架上面，放着两三匹老布，几块红红绿绿，黄黄黑黑的，摆旧了的线春山绸之类的零剪布头，三四刀麻纸，几十盒洋火，几封水烟，几条纸烟，此外就是一些神香黄表之类。货架大部分空着，而这些空着的地方都落下了铜元厚的灰尘。一个年纪四十五六，长方脸儿，两撇胡子，歪下巴，歪嘴的黑大个子蹲在地上，收拾他前面的两个木箱子；这人年纪虽不小，可是骨骼粗大，手脚有劲，胡须头发都是乌黑乌黑的，脸上皱纹很多，不过不显得老，两眼精明通透，像两颗黑宝石一样。一个瘦条条的三十来岁的年轻人站在栏柜外面望着他。瘦条条问那歪嘴的黑大个子："这回走上川还是走下川，高干大？"歪嘴的黑大个子也不站起来，也不望他，一面收拾东西一面回答："走上川。"

饭馆那边，保管兼采买罗生明和大师傅刘宽福正在吵嘴。刘宽福说："你买也好，不买也好，我给你说过了。回头客人来了炒不出菜，我管个屁！"罗生明说："不管对嘛。你怕我会管？人家一满不赊账，要现钱，我会有个什么办法？"歪嘴的黑大个子走到饭馆那边望了一望，看见炖锅里空着，肉架上也空着，只有案板上放着几条黄瓜和一把葱儿，他叹了一口气，又回来蹲在原来的地方收拾东西。

那年轻的瘦条条又开口了："高干大，你这回多不收，少也得收它一千几百回来开开饥荒。再要这样子下去，合作社就要尿式了。咱们饭也吃不上了。"

高干大不开口，只顾收拾东西。他把那些针、线、银耳挖、耳坠子、木梳、篦子、铜勺子等等放在一道，又把那些布匹呀，麻纸呀等等放在一道；把账本、小算盘、毛笔、墨盒等等放在木箱下层，然后把那上层的浅木盘子安上，盖上箱盖，加上锁。一直到他站起来，试着挽绳结的时候，他才笑着说：

"谁说不是呢？再过几天，下上几场大雨，咱们的房子也要塌的。可是咱们一个钱也没有，没法儿修。我问过一二百个老百姓，人家都说，合作社垮尿了算了吧，不办更好！"

那年轻人苦笑一声，摇摇头，叹口气说："那是谁要办合作社的呢？叫我看……我那年犯了一点错误，是三七年吧，调到合作社来工作，一个月拿一两块津贴，吃是有了，穿衣可是就成问题。家里呢，有代耕。那不顶事，不是这样缺了就是那样少了的。合作社的干部是吃不开的干部。唉，谁要办合作社的呢？"

歪嘴的黑大个子举起大手板在年轻人面前晃了几下，纠正那年轻人说："不对不对。张四海，不是那么个。办合作社的用意是好的。只是办法不对。你碰见一百个老百姓，一百个都会对你说：'合作社是好的。'一百个也都会对你说：'把钞票撂在河里，它还会浮起来；把钞票撂在合作社里，那就连浮也浮不起来了！'这是什么？——办法不对！"

正说着，任常有拦罢羊回来了。他听见高干大这番话，很不高兴地接着说："高生亮，快走吧。你今天至少得走五个庄子。

卖点东西。还要照咱们昨天晚上谈好的，完成收回来股金的任务。说不定你要费很多唇舌，说不定你还要召集村里的人开会，罢了，你今天还得赶回家。……明天，你说吧，……咱们吃什么呀？……合作社办好呢，不办好呢，留给区上去研究吧！……"说到这里，任常有不打算往下说了。他平平地举起一条胳膊，另外一只手握着拳头捶打那胳膊上有病的酸痛的地方。他的眼珠子往下垂着，谁也不望。等了一阵子，看见高生亮不动地站着，像一根石头柱子一样，他又添上那么两句："你那个办合作社的好办法，我已经听过多少回了。你找几个东家，把钱凑在一道做生意，赚了钱就大家分走，——那干脆大家合伙做生意就是了，够得上一个合作社么？……对了，咱们明天再研究吧！"说完了他就不管别人怎样，一面捶着胳膊一面朝饭馆那边走过去了。

会计张四海料想他们准会抬起杠子来，早已经悄悄地走开。他一面走开，一面心里想：叫高干大去收股金，还不如叫一个佛爷去收税。准收不起来。不过他又想：收不起来也好。合作社垮了，自己正好回家，闹些别的活。剩下那副主任高生亮独自坐在铺面的门槛上，歪着脸，歪着嘴，望着路北。他用手指轻轻揪着自己那几根又稀又硬的胡须，气得说不出话来。过了一袋烟工夫，他就不声不响地担起货郎担子，下了土台，跟着大车路朝南，往上川走去了。你看他那五尺以上的高大身材，担起一副担子像挑起一对空箱子一样不费力，两条胳膊一前一后地甩得那么有劲，两脚踏在地上登登、登登地那么响亮，你会想不到他已经是个四十六岁的人。他说话响亮像铜钟，说话口气也一点不圆滑，不世故；他一下子生气生得那么厉害，简直一点也不老练，不深沉。从背面看他，穿着破旧的黑市布短衣裤，背上挂了一顶破草帽，脚上穿着扎花青布鞋，走路的时候两边膝盖都往外弯；小腿又粗又大，脑袋也是大的，正好和身体相衬，不过向左歪得很厉害。耳朵很大，很薄。头发又短又稀，可是又粗又硬。——这整个身段、举动、语言、相貌，你一看就晓得那不是一个和善的，容易欺负的脚色。自然这样的脚色又往往是过于直率，过于表露，——没有肠肚。真的，咱们这受人尊称为"高干大"的高生亮老同志，是一个很奇特的人。他原来是一个十足的农民，后来逐渐变成一个共产党员，但是还没有变完。现在他大半个是共产党员了，小半个还仍然是农民。你单看他那庞大的身躯，那弯曲的膝部，那猩猩似的走路样儿，就可以知道。他识字不多，他的革命知识，他的农业、工业、商业的知识，可是渊博得很。他个儿很大，可是野心很小。他面貌丑陋，可是心地和善。他脾气暴躁，可是办事细心。他说话粗鲁，爱顶撞人，可是有时心软像婆姨家，听话像小娃娃。有些事情很激进，有些事情很保守。他不信没有看见过的东西，但是对于鬼神却不能彻底否定。……

　　高生亮走着走着，不知不觉已经走了二三里地。一路上谷子、糜子、玉米、高粱、瓜果豆菜，都长得又绿又壮；人来人往，穿新衣服，包白头巾，骑大骡子，有说有笑，一片快乐富足的气象。高生亮在路上碰见很多熟人，都亲亲热热地和他打招呼，拉上那么一两句话。只有迎面走来的一个十五六岁的娃娃，望了他一眼，想打招呼没打招呼，想说话没说话，一会儿就闪到后面去了。高生亮觉得这娃娃有点脸熟,一下又记不起是哪家的孩子,正在想,那娃娃又从后面跟上来了。他们一前一后那么走了几十步。高生亮故意放慢了脚步,咳嗽着,有时也望那孩子两眼。后来还是那娃娃先开了口:"高干大,你老人家不是合作社的高干大么?"高生亮站住了,担子也没有放下来,点点头,问:"你是谁家?找我有什么事?"那娃娃听说是高干大,马上脸色开朗了,回答说:"我是东沟二十里清风崖马家的,我叫马吉儿。……我还有个小女子,她养下才三个多月……我真是万万想不到,她会病得这么厉害……我大没了主意,我婆姨哭开了。我那个小女子昏过去了,我当她没了……很有一会儿,她又缓过气了。——到底,我大想起你老人家来了,他认识你老人家。他打发我……你老人家去给扎一针吧,求求你。咱们这里没人会治病,想请巫神又请不起!你老人家……"说话的马吉儿虽是话儿有点乱,样子倒还镇静;倒把个听话的高生亮听得可是心慌起来了。他鼻子一酸,两个眼睛,一个大得多,一个小得多,都发了红,又都粘粘地有点儿发潮。他把担子在离马吉儿很近的地方放下来,弯下腰,把嘴伸到马吉儿的鼻子上,瞪起那只大得多的右眼,望着那娃娃的困乏的脸,说:"能行,咱们就相跟上去看一看。你大,他不是清风崖的马老汉么?"马吉儿十分感激地说:"是咧!是咧!"这时候,高生亮已经认为任常有交给他的紧急任务不算什么太紧急了。

他们两个向南走过三汊河口的区政府,就拐进东沟向东走。一路上高生亮问长问短,问他家几口人,几头牲口,多少地,打多少谷子，长些什么短些什么，在合作社入了多少股金，对合作社有什么意见等等。高生亮顶喜欢人家求他做一件什么事，也顶喜欢和人家谈家常话，了解人家的经济状况；碰巧那马吉儿又伶牙俐齿，样样都能解答，真使他喜上加喜。这样，高生亮也就忘记了自己的扎针手艺究竟是不是够高明，能不能给人治好病；更加忘记了这回出门的任务是催收股金，今天一定得赶回家，把股金拿回去给家里开饥荒了。……

还不到中午，他们就到了清风崖，进了马家。高生亮把担子放在前窑里，上了后窑的土炕去给那小娃娃看病。这小娃娃的病已经十分沉重，手脚抽筋，出气也出不上来。他用手摸一摸娃娃的天堂，烧得怕人，又拨开她的嘴唇，看见嘴唇已经烧烂，牙关也紧紧地闭着了。他看了半天，断不了是什么症候，只好对马老汉明说，这病他实在治不了。马老汉和马吉儿，还有马吉儿婆姨，三个人只是哀求。高生亮只是摇头，不敢替那小娃娃扎针。过不多久，那小娃娃嘴唇一青，眼睛一翻，没了气了。马家一家人嚎喊起来。那婆姨哭得更加凄惨，抱住那死了的娃娃不肯放手。高生亮擦了擦眼泪，担起担子，从马家门口垂头丧气地走开了。

整整一个下午，高生亮在这个庄子上串着。这庄子他是很熟的。平时只要听见巴郎鼓一响，婆姨娃娃都会跑出来，这个问高干大要袜子，那个问高干大要顶针。今天静悄悄的，一个也没见出来。他觉得很奇怪，就走进几家人的窑里看看，有只剩了婆姨在家的，有婆姨汉两个都在，可是见了客人，连话也不想说一句的。他看见他们那种灰溜溜的样子,便追问情由。他们想言传,又不想言传地说了。所说的都是他们娃娃怎样得病,怎样治不过去,怎样想尽了法子,到底还是不顶事等等。本来这一两个月乡间娃娃肯闹病,他是早就知道的,可是没想到闹得这么凄惶。人家对他说,他一声不响地听,点着头,把上唇的胡须放在嘴里咬着,止不住从那两个发呆的眼睛里滚下热泪来。看过几家之后,他就担起担子去找村长。一见村长,他没头没脑地说了这么一句话:

"老杨哥,你们这个庄子搞成个什么世界啦!"

说完就坐在土炕上,把脸朝左边歪着,对住崖壁,不望人。这个时候,杨村长觉得炕上那黑黢黢的一团,不是坐着一个人,而是堆着几大口袋粮食。再看看高生亮的脸色,只见天堂那样高,皱纹那么深;鼻子那样大,挺得那么直;嘴巴那样宽,突出那么长;胡须那样稀,显得那么硬,好像十分生气,而且气得很苦的样子。"哦,莫非他生了我的气么?"杨村长这么想着。他是一个五十六岁的老汉,做人和气,虽觉得高生亮不该把这副脸相给他看,却也没说什么。可是尽管他不言传,高生亮却开口了:

"老杨哥,你是一个村长,你总不能看着你那些男孙娃子,女孙娃子,一个跟着一个地……你忍心么?"

杨村长实在有点受不了,就缓缓地说:"好生亮哥咧,再别说了吧!咱们这里,七八十里地寻不出一个医生,请了巫神、神官来,花了钱没顶事。怎办呢?打比说马吉儿那个小女娃子,生亮你们会扎两路针的,怎么不出手救一救她呢?"

这么一说,往后大家就都不开口,默默无言地坐了那么两三袋烟工夫。

……到底还是杨村长觉得这样僵住了不太好,就想出另外一个话头来,说:"老高,你这回不是来收股金的么?咱们清风崖的老百姓可难缠了吧,是不是?股金派下来够两个多月了,实地上是一个钱也没收起。高主任,你来得正好,咱们晚上开个会吧!"高生亮一心在想着那些巫神和娃娃,那些哭哭啼啼的婆姨,也没听清楚杨村长说些什么,只含含糊糊回答说:"好嘛,好嘛……"说完就倒在炕上,好像一头死了的骡子一样。也不知他是熬了,睡着了,也不知他是在想什么问题。——说睡着了又没听见打鼾,说没睡着又没见动弹,就这么个躺着,躺过了一个后晌。

晚上,就在杨村长这窑里开起会来。杨老汉这个窑,东西是堆得满满的。囤子、篓子、缸子、罐子、锅盆碗盏,简直数不清。满窑满地都是农作物,还有挂在壁上的,挂在窑顶上的;还有挂了不知多少年,原来的颜色早已看不出来了的;白天还好,晚上,——加上人多,简直把人挤得喘不过气来。一共到了本庄上的十来个人。这庄子在土地革命以前,穷苦得一满说不成。连婆姨女子家都穿不上裤子。现在那些穷人都翻了身,白裰子、蓝裰子、黑裰子,都穿得整整齐齐、干干净净。只是大家都满面愁容,不爱说笑。杨老汉先说话。——无非是发展农村经济呀,抵制资本主义呀,反对商业剥削呀,努力自给自足呀,那么一大套。这一大套东西，杨老汉在一九三七年就学会了。他不一定懂得那些话的意思，不过听多了，也能说。每年替合作社派股金的时候，也都要把这些相同的话说上一遍。除了"自给自足"这一点是今年才学会的，说得有点疙里疙瘩之外，其余的说了那么五六年，也就说得非常熟练了。他说完了，大家都不哼气儿。咱们这里做事情，样样都得民主，都得讨论。不能强迫命令，更不能靠手枪皮鞭，所以不免要多费唇舌。看见大家都不开腔，于是他就把那些说过的话，又重复说了一遍，问谁有意见，大家还是不哼气。他接着提到什么时候交钱儿，才有七八个人低声叽咕起来："钱，可是没有的呀！""真个，有钱还不早交了？""你去年就没交！""谁说的？去年就数我交得早！"大家叽咕一会儿，就又不哼气了。这里只有刚没了孙女的马老汉，和合作社来的高生亮两个人，始终没有张开口过。杨村长望望高生亮，好像说："我的法子使尽了，老高你呢？"高生亮望望杨村长，好像说："我也没有法子，还是你来吧！"望了杨村长一眼之后，高生亮又是眉头打结，没精打采地，像原来那样子坐在炕边上。

忽然之间，坐在炕下面那旧鞍架上的马老汉站起来了，说："没人讲，我来给咱讲两句。……其实也没什么意见。我说什么呢？我说，就是……其实也没有什么……就是，我说……"大家都哄然大笑起来了，高生亮连忙摆手，叫大家不要笑，又拿出一个账木子和半截铅笔，准备记起马老汉的意见。闹了一会儿，马老汉又说下去了：

"要是在旧社会，咱们没有说话的份儿。咱们不交钱粮，只有挨打、坐牢的份儿，没有别的。现在是新社会，政府叫咱有话就讲，我就要说两句：第一句，大家推没钱，交不上股金，——我知道不是实在的。谁没那几个钱呢？毛娃么？老王哥么？老吴哥么？都有的！咱们现在光景都好得多了，不比从前了。就说我自己，比你们大家光景都不如，要说拿那么五头几块钱，也是拿得出。——咱们就不愿往合作社入，对不对？（炕上有谁说：'对着咧！'）合作社年年要股金，到底把咱们的股金做了个什么了？没给咱们分红，咱们什么也解不下。要是明说成革命负担，咱们出上几个倒不在乎。咱们的一份家当，都是革命给咱的，这才是几年的事，还忘不了！要说合作社入股，那是个什么……那是个经济事嘛！"

马老汉说到这里，咳嗽着，停了一停，炕上的人纷纷议论。高生亮原来打算把他的话记起来的，可是忘记怎么写法的字太多了，记不下去。后来他索性把本子和铅笔装在口袋里，闭起眼睛细细地听，好像一个戏迷听戏一样。大家又乱了一阵子，马老汉这才接着说：

"我再说第二句。刚才咱们老村长也说过的，咱们合作社发展的发展了，抵制的抵制了，就是没有做一件事：替咱们找个医生。咱们庄子上娃娃可撂得不少了。把人心都撂寒了！咱们大家凑几个钱给合作社，请合作社替咱们找个医生，大家看使得使不得？合作社能把这事情给办到，我就不止入这两块钱，我还要再入上二十块！"

这番话，高生亮越听越爱，越听越有味道。听到最入神的时候,他简直觉得在炕下面说话的不是马老汉,也不是别人,正是他自己。他右边那只眼睛睁得更大,左眼眯成一条缝儿,两片嘴唇像牛一样地慢慢磨着,看样子有点傻里傻气。马老汉说完之后,大家七嘴八舌,你一句我一句乱嚷起来。高生亮一阵旋风似地跳了下来,用力拍着两手,叫大家听他的。——在一盏油灯底下,大家看见高生亮这时候显得又活泼又年轻,原来硬得像铁丝一样的两撇胡须也发软了,嘴跟下巴也没平时那么歪了。左脸上,一千九百三十五年打仗留下的那个大伤疤红起来了,连那几颗稀稀的豆疤也红起来了。他用铜钟一般的嗓子叫道:

"我同意马老汉的!我完全同意。咱们把这个当作一件事另搞它。咱们不限制,愿意凑多少算多少,发给大家股票。谁等钱用,拿上股票,随时能把原股取出来。咱们就搞他一个医药合作社。——开个药铺,专门请个医生住在社里。这个医药合作社给大家看病,赚了钱当年就给大家分。一年分一次红!"

谁也想不到,高生亮一说完,大家鼓起掌来了。这个说,"要是那么个,我入上五块",那个说,"要是那么个,我入上十块"。高生亮开那花名单,一下子就入了一百二十多块钱。只有那杨村长,开头说了那么多话的,这时候一句话不说。他不明白高生亮为什么要用那么大的声音说话,他望望窑顶,看那嗓子是不是震落了尘土。他听着高生亮说话的身份不像合作社主任的身份,倒像一个老百姓。总之,他觉得这事情不大对,到大家讨论什么时候交钱的时候,杨村长说了:

"这样很好。我没意见。我看先留起花名,是不是,等我给咱到乡政府讨论讨论，再把股金往一达里收。大家看好不好？"大家都同意，会就散了。高生亮觉得杨老汉真怪，开头怕人家不肯出钱，赶人家肯出钱，他又不肯收了。不过大家都同意暂时不收，他也不好再说什么。第二天，高生亮离开清风崖，一连串了四五个庄子，也没卖个什么。他心里又喜又愁，顾不得做生意：喜的是合作社朝这么办有了一条生路；愁的是怕任常有反对，办不起来。……到了当天太阳落山之后，他就急急忙忙地赶回任家沟合作社去了。

## 第二章 幽　会

　　正在高生亮下乡那天早上，他的儿子高拴儿到合作社来看他。要不是马吉儿把高生亮引向东沟走去，他们两父子在离三汊河二里地的王家圪垛就会碰头的。这高拴儿长得又俊又棒，样儿有七分像他大，也是额骨高，鼻子嘴都大，只不过五官端正些，光滑些，神气也和善些，笨拙些。他今年二十二岁，还没娶婆姨，住在合作社南面三十里的豹子沟家里。这豹子沟离任家沟虽只三十里，却是一个三县交界的梢林地带。地薄人稀，交通阻塞，山又高，野兽又多，除了打猎的和采药的之外，平常人是不去的。高拴儿的母亲早死了，家里没有别的人，只有一个雇来的长工，和他两个人一道种了几十垧地。多年以前，高生亮就给他问定了任常有的单生女儿任桂花做婆姨，只因后来家境不好，一直还没有娶过门来。那天高拴儿来到合作社，看见谁也不在，只剩下会计张四海一个人照看门面。他就坐在栏柜前面，和张四海慢慢拉话。张四海见他眉眼不大舒展，好像心里有事，就替他点起小油灯，把水烟袋递到他面前，问："拴儿，你心里觉着怎么价啦？地锄过了吧？"高拴儿摇摇头，回答他："地是早就锄啦！……只是二十几了，还没个家，唉……没个人做做饭，没个人洗洗缝缝，没个人拉拉话儿，没个人……心里总觉着闷的发慌！"张四海听说，不住地点头说："是的，是的。"

他们两个年纪虽然相差七八岁，性情倒是很合得来。两个人是一般老实，一般和气，不过张四海年岁较大，又会写又会算，自然样样比高拴儿强些。他们一个住豹子沟，一个住南梁子，相隔只三四里地。往时一年走一两回三边，他们总是约好结伴儿去的。现在张四海一听他的口气，就记起四年前的事情来了。那时高生亮的婆姨得了个胃痛呕吐的病，请过了多少巫神，也请过了多少医生，扎针吃药，全不顶事。看看把一副家财都治完了，高生亮一点也不灰心，四处倒借，总想把病治好。那婆姨临死的时候，一定要把任桂花给高拴儿娶过来，怕耽搁他们。可是任常有见他家亏空太大，连破毡都找不出一条，眼看就要讨饭了，不肯把女儿送给他们去受罪。那婆姨临断气的时候，还在迷迷糊糊地叫着："桂花，桂花……没来么？桂花……"

想起这些事情，张四海就说："一九三七年，我才进合作社的时候，我就听说你要把任桂花娶回去的。算起来，又是四年了。要是早已娶回去的话，就免得你一个月一次，半个月一次，常跑这条沟。"高拴儿用劲把水烟袋在栏柜上一放，骂着："那狗日的！别再提他啦！那时候嫌咱们……就是现在，还嫌咱们穷哩！我常跟我大说，不要闹合作社，自己闹两副货郎担子，你看咱们的光景吧，……它狗日的总要不同些！"张四海笑了一笑，没做声。高拴儿这个想法，——不要闹合作社吧，闹合作社不顶事的想法，他自己也有的。不过他也觉得这个想法恐怕不见得正确。

高拴儿坐在栏柜前面，心里盘算怎样找任桂花。她就住在任家沟前庄子上，原来任常有一家人住的那个破窑里。她的旁边就住她的二大，任常有的亲兄弟任福有一家人。自从七八年前婆姨没了之后，任常有就住在合作社不回家，家里只任桂花一个人独自住着。白天，高拴儿是不能去的。任福有会揍他，那些婆姨娃娃会臭骂他。晚上，本来是最好的见面辰光，可是高拴儿要求过几百次，任桂花总是不依。他这么想来想去，呆头呆脑地在那里坐了一天。到快喝米汤的时候，他实在忍耐不住了，就央求饭馆的娃娃有成儿替他到庄子上，背着人悄悄约任桂花到合作社来说几句话。有成儿替他跑了两回，任桂花都不肯来，只推说活儿多，顾不上。到了晚上二更天，高生亮没回来，任常有和罗生明到集上去卖羊收账去了，也没回来，张四海催他："睡吧。"他说："你先睡，我去一会儿就回来。"说完，张四海还来不及问他到哪里去，什么时候回来，他一下子就打后门冲出去了。张四海只得把门拴上，自己先睡。

好像一个小偷似地，高拴儿有点胆战心惊，又有点什么都不怕，一直走上前庄子。天黑得什么都看不见，路也不好走，幸亏没碰见人，也没碰见狗。到了任家门口，任福有大门开着，里面点着一盏暗暗的灯，还有人在说话。任桂花那个窑没点灯，也没人声。他推一推门，门只虚掩着。他本是一个安分守己，哪一件没做过的事儿都不敢做的年轻农民,这时候胆子大起来了。不管任桂花在不在,也不管里面有没有别的人,轻轻挤开一条缝儿就溜进去了。摸摸炕上没有人,他知道任桂花还没睡,就坐在炕沿上等她回来。这时候,他才觉着自己的两个眼睛发胀,胀得那么厉害,好像眼珠子一下子就会爆出来。心肝五脏都挤在喉咙头,仿佛吐出来才痛快。脸上、头上,胸前、背后,都淌着汗水,把一件白土布衫都湿透了。

等了不久,任桂花就从外面回来。他怕任桂花受惊,等她快走到炕前,赶快赔礼认错似的低声说:"我来了,……是我,拴儿,不要怕,是我……是我……跟你说几句话儿……"一面跳下炕来紧紧抓住任桂花的手。这一下差点儿没把任桂花的魂吓掉。她浑身发软,一坐就坐在灶头上。她的心跳得像擂鼓一样,嘴张大着不会做声。高拴儿站在她跟前,她的脸贴在高拴儿的肚子上。……忽然间,她想起这就是高拴儿,可是她不明白,"他这算是什么呢?"自己长了十八岁那么大的闺女,只听说过这样的事儿,还没当真碰见过。……她挣脱了高拴儿那热得烧人的手,连跑带跳跳到门前。在门前站了一会儿,她没有说什么话,也没有跑出去,相反地却把门闩紧紧拴上。……然后她又跳回来,把高拴儿往外拖,一面低声央求他:"走吧,求求你,走吧!"高拴儿一步也不动,反而低声问她:"你把门都插定了,叫我怎么出去呢?"任桂花再没言传,一头靠在高拴儿那袒露的胸前,低声哭着。哭的声音那样低,就是站在门口听也难以听见。这时候,整个窑里黑洞洞的,什么都看不见;静悄悄的,什么都听不见。两个年轻人站在灶前，你挨着我，我靠着你，只是发抖。

在合作社里，张四海睡到三更醒来，点着灯，不见高拴儿；四更醒来，点着灯，还是不见人。他心里就有几分明白了。到了五更已过，将醒未醒的时候，忽然听见后门有人低声敲打，他睁眼一看，天已经麻麻亮了。他起来开了门，只见高拴儿四肢无力，脸色苍白，眼睛有点浮肿，不声不响地走了进来。他肚子里已经十分明白，嘴里随便问了那么一句："哪里去啦？"高拴儿含含糊糊，也没说个清楚。张四海觉得不该细问，就递了一句话给他："不是上李应才家要钱去啦？"高拴儿还是含含糊糊地说："是咧！"说完衣服也没脱下，一头倒在炕上就睡着了。张四海一面做着鬼脸，一面笑着，一面替他盖上了被子，怕他受凉。

第二天中午，高拴儿刚起来，吃过饭，任桂花就到合作社来找他。这姑娘长得不高不矮的个儿，瘦瘦的身段，穿着白衫黑裤，又黑又旺的头发编了一条短辫子，看来很秀气。那红色的短短的脸好像不大开朗，微微打皱的眉毛，又长又稀，两个黑溜溜的眼睛露出心神不定的样子，就使得她更加好看，更逗人喜欢。不过那两个黑溜溜的眼睛所透露出来的心神不定的样子，也就叫人一眼看出来这个姑娘不是一个厉害的人，倒反而是没有什么主见。平时，她跟张四海他们很熟，见面总得开几句玩笑的，今天她不大想理人，一直走进保管室找高拴儿。他们两个人低声谈话。女的说："怎么办呢？"男的说："我有什么办法？"男的说："我们自由结婚吧！"女的说："我大，他是不会同意的呀！"就这样谈来谈去，谈不出什么结果。其实还是闭着嘴，你望我我望你的时候居多。任桂花的意思，最好是赶快把婚事办起来，高拴儿也想这么办，但是没有钱，办不成；高拴儿要求她实行自由结婚，她也不是不愿意，就怕她父亲反对。她又说："我妈死得很早，十岁上我就跟我大……他把我养大成人的。到今天，怎么能撂过他，叫他老汉伤心呢？"这样子，两个人谈到太阳落了山。

任桂花前脚刚走，任常有后脚跟着就进合作社。他自然不会知道在他出门的时候，家里出了什么事。不过他一见高拴儿，就觉得他蠢头蠢脑，怪不顺眼。他拚命用鼻子嗅了几下，好像嗅出什么不好的气味，打了几个喷嚏。以后，他就对高拴儿说："不好好在家里下苦，到处胡串什么？"高拴儿说："我找我大。"任常有一下子就骂开了："我看你多会儿才成个人！你有你干的，他有他的事，你找他要奶吃？别说合作社没有这许多闲饭招待你，就是有，你好意思？"

高拴儿知道再呆下没味道，就走了。正好走到白家窑子前面，一碰碰上了高生亮。两父子就坐在路边拉话。拉了约莫半个钟头，高生亮看见他精神懒散，对答上总有点牛头不对马嘴，就明白他又是为婆姨的事了。他想教训高拴儿一番，就沉着嗓子说："你要在家里好好务庄稼，不要常到外面来闲串。把庄稼务好了才是正事，才可以成家立业。你想，你到外头来串，家里雇的人会跟你好好儿干么？"高拴儿好像一句也没听进去，只是重复着他那四个字眼："成家……立业……"高生亮更靠近儿子些，把嗓子压得更低些，说："我知道，你应该成家了。不过你不用发愁，这件事我应承给你办。"儿子也低声说："家里没个人，样样都不方便……"父亲又给他添上："是的，是的，不方便，也不红火。"高拴儿从地上抓起一块土，把它抛得远远的，随后说出了自己的打算。他打算今年粮食打下来，把它一伙卖掉，拿那些钱做资本去倒生意。今年东西涨价涨得厉害，钱好赚。——一年生意倒下来，就把事办了。那些地要么安伙子安出去，要么就请求政府代耕。……高生亮说："这是胡思乱想呀！"高拴儿有点生气了，说："那么，我要求政府去，我要和她自由结婚！"做父亲的又摇摇头说："那也是枉然。任老汉不会答应的。拴儿，还是朝咱们的地里想办法吧。地里能长出庄稼，也就能长出办法。"高拴儿看见说也不顶事，就再没言传，爬起身回豹子沟去了。

高生亮担起担子回到合作社，任常有第一句问："股金收得怎样了？"高生亮回答"股金一个也没收起，卖货卖了一二十块钱"之后，他第二句就说："你应该把拴儿管教管教。他来合作社一串就串了两天，合作社哪里有这些闲饭给他吃？"高生亮生气了，就老老实实顶了他几句："他是我的儿子，是你的女婿，怎么不能够吃上一半顿饭？再说咱们这里是一个合作社，老百姓谁愿意来串谁就来，咱们不能够挡定人家，咱们只能够欢迎人家！"任常有冷笑着说："说得好听，说得好听。……你的儿子是不是我的女婿，谁晓得呢？"高生亮的嗓子慢慢大起来了："哦，你打算连亲家也不承认啦！"任常有半真半假地接上说：

"过去倒是亲家。现在就不像了。你是专门找人抬杠子。我说这,你说那。往后呢,往后的事情谁晓得呀!……快,快,张四海!……罗生明!咱们开个会吧!"

# 第三章　争　论

天黑了，铺门上了，张四海和罗有成也洗过澡，从河边回来了。大家在保管室里开会，听高生亮报告收股金的情形，讨论往后怎样收股金。一盏油灯放在变黄了的白木炕桌上，任常有端端正正地盘起腿坐在桌前，两眼照常发亮，脸上却显得很乏。他的旁边是张四海，弯着那瘦得像檩子似的腰在整理纸笔，准备记录。——那神气好像他一辈子能在这炕桌上弯着，耍玩那一管笔、几张纸，他这一辈子便不算白过了似的。高生亮坐在任常有对面。任常有是冷冰冰的，没有火气的；他是热呵呵的，满脸大汗的，冒着烟的。在两边炕角落里，是半坐半睡的大师傅刘宽福和完全躺着的罗生明。有成儿没上炕，在底下提水装烟，没事儿就把两手放在背后，靠墙站着。除了任常有披着一件蓝布衫，高生亮披着一件黑布衫之外，其他人都是打着赤膊的。

高生亮源源本本，把他那天怎样走到二郎桥乡政府上一点的地方碰见马吉儿，怎样走上清风崖，怎样看见那些灰溜溜的人家，怎样在村长家开会，都说了一遍。这时候，他脱去了上衣，咱们才看见他的骨骼虽是宽大,却没有什么肉。这样子,他的头是显得太大了一点;加上他一讲话,那脑袋就两边倒,刚向右歪过去,马上又回到左边,讲了许久许久,才又向右歪一次,同样又马上回到左边,——看来真有点丑陋,又有点孩子气。他的报告常常叫任常有插进一两句话打断了。每遇见自己不同意的地方,任常有就问:

"你为什么要走东沟呢?"

"你不会治病,你为什么早不说呢?"

"什么医药合作社?谁给你说这话来的?"

每一回叫人打断了他的话,高生亮的头就反常地向右歪一下,好像空中掉下一块肉,他要用嘴把它衔住一样。这样搞了几回,他脸上的皱纹更加深了,嘴也更加向左歪了,稀稀的两撇长胡须也越发硬了。到了这个时候,张四海的笔就停住了。他凭经验知道再往下面就没法儿记,其余的人也很清楚,他们两个马上要争吵起来。

果然,两个主任像往时一样争吵起来了。农民们吵架,是跟读书人和做官的吵架不一样的,没有那么弯弯曲曲。要吵,就直截了当。一刀一枪,当真对战起来。任常有平平淡淡地说:"总之,你一个股金也没收回来就是了。你说了那许多,都不是你的本份事。"高生亮从座位上跳起来驳他:"那是人家不给嘛,是我不收?"任常有说:"收股金好比收账,要心狠嘴滑脸皮厚!"高生亮说:"人家对合作社有意见!"任常有说:"意见是从来就有的,要看你怎样解释。"高生亮说:"人家骂得很凶,你怎么不去听一听?"任常有说:"那还要听?听了有什么法子?他们总是要骂的,这就是农民!"高生亮说:"人家现在不说没钱的话了。人家老老实实说有钱……不给!"任常有说:"既是有钱,事就好办啦!我也不相信咱们一个区就连五千块钱也动员不起来!咱们要耐心说服人家:第一点,发展农村经济——"高生亮立刻打断他的话:"我自然是这样说的。那村长杨老汉也是这样说的。咱们从上级嘴里听到这些话,也不知跟老百姓说过几千回了!"任常有也烦躁起来了,说:"还不只村长!区长、县长,都是这样说的。这是革命的大道理。现在就要看咱们做工作怎么做法,拿上这些大道理,怎样才能跟老百姓说得通。"高生亮又跳起来了。这老汉跳得那么使劲,差一点没有把那麻纸糊的顶棚顶穿。他说:"我跟他们说不通,你自己去说说看。那些大道理人家还没有听够么?这回你拿棒槌也敲不进人家耳朵里面去。"任常有真生气了,不过他还勉强忍住,说:"那自然是的。为全体人民谋利益的话,总没有为一两个人发财的话来得中听。"高生亮哈哈哈哈地笑起来,说:"我的好神神!咱们凭良心说,合作社办了五年,给过全体人民什么利益?人家正是问咱们要利益嘛!……咱们光会口说,实地上什么利益也没给别人拿出来!"

任常有脸发白了,气也紧了,把身上披的蓝布衫抖了一抖,打算好好地教训高生亮一顿。"牛亮哥,你也是三五年受过伤的人,咱们好好地把这个问题讨论一下吧。"他不慌不忙地这样开了个头。"你说出这样的话来了。你说:咱们没有给过人民什么利益。你说了这句话,是不是?你这句话说得很好,很有意思:咱们没有给过人民什么利益!……现在,咱们不讨论那什么医药合作社不医药合作社,也不用再讨论办合作社的大道理。——这些大道理已经说得够清楚的了。——我只要说一句,大家都应该弄明白:咱们这合作社是一份公家的生意。咱们这合作社不是一份私人的生意。咱们是有组织的,有领导的。……上级叫咱们怎么办,咱就得去办。……上级给咱动员了五千块钱股金,叫咱去收,咱就得去收。……这是上级给咱的政治任务。给了咱,咱就得去完成。不必讨论,不能推托困难,不许讨价还价。要不是这样的话,上级派咱们来,把咱当作干部,给咱饭吃,给咱津贴,还给咱家里代耕,——到底为了什么呢?"说到这里,任常有看见高生亮坐不定了,那歪嘴像牛一样磨着,还好像想说什么的样子,他连忙止住高生亮,说:"你不要慌,叫我给咱讲完了你讲。……我看是这样的:高主任说咱合作社没有给过人民什么利益,这个问题拿到区上去讨论去。咱们在这里干一天,就得服从上级的领导。我看高主任还得走南沟一趟,去把股金收回来。不要走东沟,也不要走西沟,要走南沟。南沟的股金动员得最早,高主任在南沟人也熟……大家看怎么样?"

大家都没有意见。高生亮虽然有意见,也不想再说下去。会就散了。第二天,高生亮还是没有说什么,担起担子,摇着巴郎鼓,往上川就走。在南沟串了三天,受尽多少闲气,看尽多少黑脸,还是不顶事。那些在政府摊派股金的时候应承了的,到这时都推没钱,不给;那些当时都没有应承的更不用说了。三天过后，股金一个也没有收起，倒是卖货卖了五六十块钱。他一想，"这怎么能回去呢？回去拿什么交差呢？"就决定不回去，再往西沟走。一路像叫化子似的这家求罢了求那家，越求就越没脸面，人家就越不想给了。高生亮这副货郎担子本来是吃得开的，婆姨娃娃们都跟他很惯熟，叫他高干大。这回为了怕他催股金，连见面都怕和他见面了。那天，他走到西沟里面离合作社十五里地的凤来坡。天黑了，人也熬了，他就走上村庄，打算上王银发家里住一宿。走着走着，走到王银发门口，只听见里面有人在拉长嗓子叫唤，他知道是王银发的娃娃病了，正在"叩送"呢。他站了一站，一听口音就听出来，那"叩送"娃娃的正是他们庄子豹子沟那个年轻的巫神郝四儿。他想真不凑巧，王银发家里有事，自己不好进去打扰，就再走了几步，到王金发家里去借住一宿。这王金发是王银发亲哥，已经另开了的。高生亮一见王金发，就打听王银发娃娃的病情，才知道又是和清风崖马老汉那孙女一样的毛病：发烧昏迷，四肢抽筋，牙关紧闭。他摇一摇头，就没有作声。……那天晚上，高生亮凭着老相好的面子，和王金发说了一整晚的大道理，结果才算把他说转了，给了五块钱股金。剩下两块半钱，王金发怎么也不答应，一定要推到年底再说。第二天早上，王银发来告诉他哥哥，他娃娃"叩送"过了没顶事，昨天晚上死尿了。……他死了娃娃，心里很难过，也不想回家，就躺在炕上和大家慢慢拉话。他年纪三十五六，是一个开过药铺的小商人，手里有几个钱。自己看见什么快就倒点什么，光景还过得去。平时最讨厌合作社，一提起就骂的。王金发有意逗他说话，就说："老二，生亮哥夜儿给我说了一篇合作社的大道理，我如今才解下了：合作社实在是帮助咱们生产，帮助咱们发展经济的好东西。我也入上了五块钱。"王银发板着那发青的尖瘦脸孔，好像别人向他借钱似地说："你入就入吧，我是一个钱也不入的，除非……"高生亮马上接着问："除非怎样？"

王银发没有马上回答，慢慢坐了起来，讲到另外一件事情："老高，你知道咱们庄子上有许多人要搬走么？"高生亮回答："听说了。是为了娃娃养不活。"那小商人又说："对着了，就是这个事。——说起来，我也想走！老高，我们是熟人，我说了你不要生气。你辛辛苦苦，在大热天里，挑着你那副货郎担子到处串，为的给老百姓谋利益，发展老百姓的经济。是不是？可是我要问你：老百姓的娃娃，养下一个死一个，怎么也养不活，他们的经济发展了有什么用？……依我说，我宁愿穷一点，可是家里有儿有女的红火些。你没见原先咱家里一天到晚静悄悄价，够多少难过！"

高生亮已经明白了王银发的要求，可是不说，再往下问他："那么你说该怎么办？"

"我说该怎么办？"王银发看着老高，忽然觉得这个老汉很刁钻，就轻轻拍了他一巴掌，说："我说还不是跟你说一样，咱们办他一个医药合作社！我听说你在清风崖和老百姓谈过这件事。……自然，你们合作社说过的事，也不一定都实行的就是。"

老高心里喜得没办法了，大声叫嚷着："你来你来。给咱们入点股把药社办起来！"

王银发说："要入股我就不入什么三块五块，我要入就入上一千块，你们任常有敢收么？"

老高这时也真是高兴得什么上级不上级也不管了，就说："你只管入，你入上一万咱还怕你？"

王银发也笑了，说："我们做生意的人，要搞一件事就得像一件事。像你们老任那个样子，那就一满不叫'做事'。你想，叫人入股不能超过二十块，入了股又不许人退股，入了股又不给人分红；他拿上那么几个钱，小的事看不上，大的事做不了，一年到底赔了赚了也没个清白；他那个合作社，鬼也不上门，货色又缺又贵，今天卖两块，明天卖五块，卖了钱就吃，赶货卖完了，也吃完了。像这样子，说不上什么生意，实地上就是大家每年捐几个钱，养活合作社那几个干部。……我们要搞医药社，就另外搞，跟你们那个尿寒合作社分开。闹在一达是闹不好的。"

王金发听了半天，也就凑趣似的凑上说："要是保证有本有利的话，百儿八十我也能入。"

几个人又谈了半天，高生亮才担起担子往回走，出了西沟，向区政府走去。他和任常有之间的问题，只有那个地方才能够解决。

## 第四章　希腊神话

高生亮走到三汊河区政府,已经是半后晌了。区长程浩明和区委书记赵士杰都不在家。他放下扁担,把那高大的身躯左摇右摆地走进区委书记的窑洞里。他推开炕席上几件凌乱的衣服,点起小油灯,从身上掏出那杆羊腿巴子烟袋,蹲在炕上吸旱烟。吸了一阵旱烟,他就屈起两腿,靠墙坐着,随手在炕上拿过一本书来翻看。那本书是一千九百三十九年在苏联莫斯科出版的《联共党史》——才运到陕甘宁边区不久的一本好书。他翻来翻去,都不大懂,只是三行两行地看着。后来翻到最后那一页上,他就不再往回翻,眯起左眼,皱起眉毛,很用心地,一个字一个字地往下念:

"在,古,代,希,什么人的,神,话,中……"

区委书记赵士杰刚从外面走进来,看见高生亮坐在炕上念书,就接着说:"那是希腊人。……腊月的腊字。"一面说一面也上了炕,拿过那本《联共党史》说:"你这一两个月学文化学得怎样了?咱们这些本地老干部要努力求进步才行。咱们和人家相比,有一个很大的缺点,就是咱们知道的东西太少了,不知道的东西太多了。人家是正相反。来,我给你念一段。这一段的意思可好极了!"

这区委书记是一个文化很高、很能干的年轻人,看样子只有三十来岁。身材短小,但是很结实。凡接近过他的人,不论第一次接近也好,经常接近也好,都觉得他很热情。这时候,他慢慢摆动着脑袋,摆动着那一副大腮骨,……而像小喇叭一样朝外翻出的嘴一开一合,念起来了:

"在古代希腊人的神话中,曾有一个著名的英雄,他名叫安泰;据神话所说,他的父亲是海神波赛东,他的母亲是地神盖娅。他非常爱慕自己这生育、抚养和教导了他的母亲。这安泰很有力量,任何英雄都战他不过;因此大家都叫他无敌英雄。他的力量在什么地方呢?他的力量就在于每当他与敌人决斗而遇到困难时,他总是在地身上,就是说,在生育和抚养了他的母亲身上靠一靠,于是就得到新的力量。可是,他终究有他自己的弱点,就是害怕人家用某种方法使他脱离地面。敌人因为知道他这个弱点,所以就时刻暗中窥伺他。有一次,他碰到了一个敌人,这敌人利用了他这个弱点,并战胜了他。这敌人名叫海尔枯里斯。可是,这敌人是怎样战胜他的呢?原来,这敌人设法使他离开了地面,把他举在空中,使他失去与地面接触的可能,于是就在空中把他扼死了。

"我认为,布尔什维克也好似这个希腊神话中的英雄安泰一样。也正好似安泰一样,布尔什维克之所以强有力,就是因为他们与自己那生育、抚养和教导了他们的母亲，即群众，保持着联系。而只要他们与自己的母亲、与人民保持着联系，则他们就有一切可能依然是不可被战胜者。

"布尔什维克领导之所以是不可被战胜的，其关键就在这里。"

高生亮听着，不知不觉地慢慢爬到那本书跟前，用两个拐肘支着自己的上身，好像牛一样地昂起头，用那大鼻子去闻那本硬皮子的洋装书。那些道理，他好像懂得。可是那些海神呀，地神呀，那些古里古怪的名字呀，那些长长的句子呀，他又没法儿懂。"那个安泰，"他想着，"怎么那样不小心呢？"而那个叫作什么古里的，他又盘算，为什么要杀死那么一个英雄呢？赵士杰已经念完了，他还是那样趴着，在想着什么心事。区委书记原来的用意只是教他识几个字，并不准备给他讲解这段书，同时，据他估计，要在目前给高生亮讲清楚这段书，恐怕也不大可能，便用手碰一碰高生亮的肩膀，问："你们的股金收得怎样啦？"高生亮好像猛然惊醒，急急忙忙回答："正是这个事。你和区长都回来了么？"赵书记点点头，随手把书合上，放在一旁说："都回来了。他在那边窑里。有两个农民在缠住他打什么官司。"于是高生亮盘起腿，端端正正坐了起来，把清风崖的事情，凤来坡的事情，合作社的情形，和他跟任常有两个吵架的经过等等都告诉了赵书记，最后，他提出了他的要求：

"赵书记，我要办一个那样的医药合作社。不那样办不行。合作社迟早是个垮。你们能批准么？"

区委书记低头想了半天，依然立不定主意，就说："任常有到区上来过了。情形咱们也知道一些了。问题也弄得很清楚了。只是……你的性子太急。这是你的缺点。大家再商量商量看嘛！"

高生亮也不再谈这个，就提出了另外的要求："赵书记，你拨几斗粮食给咱们好不好？"

"我的好高干大，你说的是什么二话！经济机关要政府拨粮食？"

"我的好赵书记呀，再过两天咱们吃不上饭了，你还怪我性子太急！"

区委书记又低头想了半天，做出很苦恼的样子说："是的，一切的情形咱们都明白。不过，咱们再调查一下。咱们再研究一下。中央叫咱们调查研究嘛！你那个办法，一时好像行得通的，可是在原则上有问题。莫说咱们一个区决不定，就是咱们一个县也是决不定的。你顶好再忍耐几天，……还有，再和老百姓商量，多多商量。再和合作社的人商量。……多商量总能把事办好。至少，你得拿你的新办法去说服人家。"

高老汉生气地瞪了一瞪眼。每逢感情一动，他左脸上那个伤疤就红得像一片山楂一样。他把鼻子缩起来，然后冷笑说："还用得上我？过两天叫他们的肚子说服他们！"

正说着，外面走进来一个四十来岁的汉子。这个人又矮又胖，脸圆得和盘子一样。这张脸的周围长满了胡须，胡须的当中像出疹子似地长满了红点子。他听见高生亮这么说，又看看赵士杰和他两个人的神气，就早已明白他们是谈的什么问题了，不过他还是问了一句："你们是在商量医药合作社的问题么？"区委书记一直想不通，低着头没做声；高生亮一看是区长程浩明，便觉着不高兴，也没开腔。程浩明也不等别人回答，就说下去了：

"医药合作社是一个什么问题呢？依我说，那就不算什么合作社的问题。我们没有医生，有什么办法呢？有医生，有药铺，那就不管什么合作社不合作社，大家都会请他看病的，不是？……这是医药问题这一方面。……在合作社那一方面的问题呢？我看毛病就更大了。老高，你说老百姓欢迎你的办法，我很怀疑。那也可能有一两个庄子的老百姓欢迎，不过这个欢迎只是个别的庄子。咱们全区老百姓欢迎不欢迎？咱们全县老百姓欢迎不欢迎？我看那就不一定。……好，退一步说，就算老百姓欢迎吧，我们也不能当群众的尾巴！这样就是尾巴主义啦。你想想看：老百姓欢迎神神，老百姓欢迎旧戏班子，老百姓欢迎'人之初，性本善'，老百姓欢迎看相的，算命的，现在老百姓又欢迎你的医药合作社，我们有什么办法呢？我们只能干干脆脆回答两个字：'不行！'"

程浩明说完，见大家不哼气，便干擤了几下鼻子，做出找东西的样子到处看。找了一会儿，到底是什么也没找着，走了。赵士杰这才慢慢地抬起头，问高生亮："老高老高，消费合作社原来的业务范围是给老百姓办理消费事情，你现在把医药也搞开了，将来老百姓又有别的要求，你怎么办？你说合作社是不是该有个业务范围才好？一个消费社没办法，又办上一个医药社，不会贪多嚼不烂么?"

高生亮不同意地回答:"老百姓要什么就做什么,哪里来个范围?你把范围一围定,老百姓就不来了!刚才程区长骂我是群众尾巴,我想说句笑话儿,这尾巴便能算上一个范围。其实,做群众尾巴总赶做群众仇人强些。现在的合作社已经是群众的仇人了!"

区委书记觉得很不好说话,就笑着把高生亮安慰了几句。

"老高老高,我说你性子太急,是不是?快不要这样。程区长说的话,原则上都是对的。你先回去……把他的话想一想……再多找些老百姓谈一谈……再多跟任常有商量商量……到时候咱们再做决定。对不对?"

这一天,高生亮十分难过。他没料到区上会这样子给他解决问题。

# 第五章　欢送会上

阳历八月已经过去，九月随着一阵一阵的凉风来到陕甘宁边区了。淡淡的云，红红的霞，高高的天空。梨儿有多么香，枣儿也有多么脆。到处是绿的，到处都是树。——这是边区一年中最好的时候。在任家沟合作社里，高生亮闭口不谈医药合作社，也没有到区上去讨论这个问题。不过区政府和乡政府都知道，这个问题在农村里是传开了。高生亮那副担子，天天在乡里串，十天八天都难得回家一次。差不多每到一个村庄，碰见任何一个人，他都谈起这个问题，——这样子，谁还能挡定这件事呢？区乡政府知道这种情形，也知道经高生亮这么一说，老百姓更不愿交那摊派的股金，可是又不能阻止他，叫他不说。

无论如何，到处跑着想办法的人，总比坐在家里想办法的人，有办法得多。高生亮十分活跃，这里谈一顿，那里谈一顿，虽说反对他的，不理睬他的，还是很多；不过赞成他的可也不少。至少，以前一听见谈到合作社三个字就走开的人，现在可以听下去。高生亮的信心提高了。这一点，你从他浑身那股劲儿就能看出来。这信心越受到别人的反对就越强,最后,他觉得那医药合作社一定能办好,他觉得,如果他一辈子能做成这么一件事,那么他也就算很满意他自己。

整天呆在家里的任常有,那就大不相同了。他整天愁眉苦脸,想来想去,越想就越糊涂:这么好的合作社,为什么老百姓会不要它呢?他自己一心一意为合作社打算,为什么老百姓会讨厌自己呢?扩大股金分明是政府的革命动员,为什么大家就敢反对呢?高生亮到处破坏合作社,为什么谁也不出来禁止他呢?高生亮不服从上级的领导,为什么会不受到处罚呢?……这样子,他不明白的事情,总是一天比一天多起来。有时候有个把子老乡偶然到合作社来闲串,跟张四海他们也还有说有笑,任常有自己倒反而躲在一旁,不敢插嘴。他不敢问人家为什么不交股金,更不敢问人家对医药合作社有什么意见。他老是觉得自己不开口,别人还不怎么;自己一开口,别人就露出一副不耐烦的脸相来,话也就说不下去了。

有一天,本乡的乡文书,一个叫作云飞的年轻人来找他。这是一个浙江人,年纪大约二十一二岁,瘦瘦的个子,猴子一样的脸儿,两个眼睛红红的,露出很贪心的神气。他告诉任常有,本乡有十二个自卫军,自动参加了八路军,九月十八日在二郎桥乡政府开群众大会,欢送他们入伍,看合作社是不是有什么表示。听了这个消息,任常有稍为高兴了一些。他仿佛看见有十二个身强力壮的年轻人,穿了整齐的军服,一字排开站在合作社门口。这些小伙子就是他和高生亮——那些一千九百三十五年的老战士们的后代。他高兴得忘记了他面前的苦恼，甚至把眼睛闭了起来。

谈到医药合作社，任常有又重新露出愁眉苦脸的样子。那叫作云飞的年轻人，说起话来总好像舌尖叫门牙咬住似地，安慰他说："你不用发愁，谁是谁非，将来一定要有结论的。"任常有摇摇头，长长地叹了一口气，说："可是现在呢，谁也说他不过。好像神神上了身。好像他立了什么了不起的大功劳。好像一个六七岁的娃娃那么拗性。一个人瞧不起上级的领导，你还有什么办法？云飞同志，你来帮助咱们批评他一下好不好？"云飞很同情这老头子，又用门牙咬住舌尖说："你们自己斗争他一下就可以啦！我告诉你：他这种思想是资本主义的思想；他这种提法，是失掉立场的提法；他这种行为，是目无组织的行为。拿上这点去和他斗，那就是你们罗有成也斗得过他！"任常有听了，虽然懂不透彻，总觉得这几句话很新鲜，很中听，也很厉害。平时，他是不大瞧得起这号年轻的"文化人"的，这时候不一样了，觉得"文化人"也很逗人喜欢了。为了记牢那些话，他就要求那乡文书把它重复说了两遍。

最后，两人商量好到九月十八那天，合作社派人带着慰劳品，到二郎桥参加欢送入伍大会，乡文书云飞才走了。那年轻人走后，任常有这才稍为振作起来。他觉得他这回拿住了高生亮的把柄，——他一定不让高生亮这样子闹独立性闹下去，并且觉得他有几分希望使高生亮屈服。他想："就是你心里不服吧，看你嘴上怎么说得过去！……"这样想着，他脸上有了一点笑容。

到了九月十八那天,任常有准备了六双布鞋、六条毛巾,叫高生亮去参加欢送大会。高生亮说:"你自己为什么不去参加一下,对大家说说话呢?"任常有说:"我怕见人,不是怕走这二里地。人家看见我就讨厌,我看见人家也不舒服。"高生亮笑着,伸手去翻翻那些慰劳品,问任常有:"人家十二个战士,这叫人家怎么分法呀?"任常有没有想到这里有什么问题,便回答:"十二个人,不是正好么?谁要布鞋就不要毛巾,要毛巾就不要布鞋。"高生亮挤着那比较小的左眼,歪着头笑:"哦,原来是这么个!我还当一个人一只鞋子,半块毛巾呢!"任常有知道他又不同意了,便也笑着说:"好吧好吧,还是依你的。"说罢,又拣出了六双鞋子、半打毛巾,一共是十二双布鞋、一打毛巾。高生亮用褡裢把那些东西收起,搭在肩上,弯着两腿朝二郎桥走去。

一路上,高生亮心里还想着那个老问题。弄到现在,事情已经很清楚,合作社如果不采取另外一套办法,就办不起来;这所谓另外一套办法,便是他自己所主张的,还有许多农民赞成的,这是一方面。另外一方面呢,那就是合作社的老办法。这种老办法是他的上级,合作社主任加上区政府……他们定出来的,可是所有的农民都拚命反对。他应该怎么办呢?他回答自己说:"我应该像《联共党史》所说的那个英雄……他叫个什么名字呀?应该像他那个样子,——联系群众。众人的意见一多了,他们总会把那老办法改变一下子的。"他想到任常有和程浩明两个人,要是听老百姓的意见听得多了,一定会跑到他面前来低头认错,就不由得扬扬得意起来，两个手指捻着胡子，傻声傻气地笑，笑得连心窝儿都有点跳了。

欢送大会就在乡政府门前那块坪台上开。到了三四百人，围成马蹄形坐在地上，那十二个勇士满脸光彩地坐在众人的前列，和大家一样，脸向着主席台。这主席台是一连三张长桌子所做成，一块绸匾像桌围一样挂在台前，匾上贴着"杀敌英雄"四个大字，是本乡的农民们自由集款送来的。桌上摆着猪肉、羊肉、烧酒、蒸馍和许多的食品。主席台两旁摆着两行长凳，上面坐着区长、乡长，区委书记、乡指导员，此外还有在二郎桥临时自动参加的锣鼓手等等。高生亮代表合作社说了几句欢送的话，把鞋子和毛巾献到台上之后，看见区乡首长都在场，他不肯放过这个好机会，就把医药合作社的问题也提了出来。有些重要的地方，像"随时可以入股，随时可以退股"哇；像"退股按月算利，到期一定分红"呵；像"入股随便多少，社务大家商量"呵；他都说得特别详细，特别动听，还有说了两遍，甚至三遍的。二郎桥的老百姓也罢，别的许多庄子的老百姓也罢，还没有在开这样的会议上面，听到过讲起他们的生活里面，那些治病呵，赚钱哪的事情。他们高兴极了，拍掌，叫闹，有几个人当场就掏出钱来，要高生亮给他们入股。

人们嚷着尽管嚷着，高生亮有时横扫区长和区委书记一眼，只见他两个人像两尊石头雕下的佛爷一样坐在凳子上，没有说话，也没有笑。……而他原来是以为他们会像他自己一样高兴的。

散了会，从二郎桥回任家沟的路上，高生亮的脸色难看极了。那上面，有一小半是害怕，有一多半是生气。他想："好，他们一定会说我不服从组织，不服从领导。……他们还要说我违反了合作社的原则。……他们自然也要说我没有执行合作社的政治任务。总之，唉……"他想不下去了。如果真的有人那样说，他是没有法子驳倒别人的。可是，如果他没有法子驳倒别人，那岂不得承认是自己的错误么？……

"我有个尿错误！呸！"他袒护自己地自言自语着，并且还吐了一口唾沫。"你们没有看见老百姓反对你们……可是他们赞成我么？"

他想来想去，把脑子都想疼了。

## 第六章 破 裂

在合作社要求彻底解决内部纠纷的那个早上,区委书记赵士杰和区长程浩明才发现,原来区上的意见也并不一致。赵士杰事前就觉得有分歧,不过不太明显,因此没有说。程浩明并不觉得。他想高生亮是错的,正和太阳从西边出来是错的一样,谁也会知道的。那天早上,赵士杰问程浩明"谁去出席呀"的时候,区长就毫不在意地回答:"我去。讨论不会拖得很长的。不过我们得准备一个干部,……高生亮如果十分说不通,我们就撤换他。"无论如何,他料不到赵士杰会这样说:"撤换他?为什么?是不是换一个人就能把股金收起?从七月起布置的五千块钱股金,现在还收不到二百块钱。这不是事实么?……原则,是一回事;事实,又是一回事。我们得好好研究一下。"这些争论发生在任常有和高生亮身上的时候,程浩明觉得很简单,很好解决;现在这些同样的东西发生在他和赵士杰的身上,他就觉得很复杂,自己也糊涂起来了。他说:"既是这样,那么你去一去吧。应该怎么处理,你斟酌情况来处理就对了,我没什么意见。"

区政府到合作社虽然只有五里地，赵士杰实在走得慢，走了一个钟头还没走到。赶他走到，人家已经在保管室里争论得十分热闹。留笔记的瘦条条张四海，早已把笔撂过一边，没有法子记下去了。本来合作社一向开会就难得规规矩矩地开下去，没有固定的主席，没有固定的人数；也许在开会之前就曾经有过正式的讨论，也许在开会当中谈起闲天来，一扯就扯得很远。今天，情形是更加严重了。

"我告诉你，高生亮，你这回一错不知道错到哪里去了！"任常有尖声叫嚷着，那通红的脸儿、那嗓子和那神气根本就不像他自己。"要是在苏维埃时代，我们开个群众大会，就能给你判个死罪。你自己照照镜子看，你的嘴巴歪到什么地方去了？你的思想是什么思想？你的提法是什么提法？你的行为是什么行为？你违反了合作社的原则，你违反了上级的领导，简直就是个反革命！"

高生亮嘴里喷出唾沫，脸上也是红通通的，像火烧的肉皮一样。和平常不大相同的，是他那铜钟般的嗓子现在像打雷一样，而且有点沙哑；他的脸上有一种奇怪的笑法，那种笑很勉强，紧绷绷的，一看就知道不是气得很厉害，谁也笑不出这样的笑法来。他一寸不让地回骂：

"任常有，你凭什么尿资格乱放这号屁？我是反革命？你看这地方，"他说到这里，用手指着自己的左脸，不过任常有并没有望他，"任常有，你看一看，这是什么人把它戳成窟窿，把我的嘴和下巴戳成这个样子的？你那时候做个什么？对呀，开个群众大会！你问问咱们这方圆五六十里的老百姓，谁不恨死你！你没开口，人家早已把你枪毙了！你把合作社做了五年，你把合作社做到哪里去了？你把这份革命财产撂到什么上去了？你把合作社的脖子掐住，往死里掐！别人要救活它，你不让救！你不是对革命怠工，破坏革命么？你不是暗藏的内奸、暗藏的破坏分子么？"

区委书记一进门，一听到这些话，就觉得事情不好办：两方面都使唤了强烈的火力对攻了。这时候，饭馆的大师傅刘宽福和娃娃罗有成早走开了，他们对开会没有兴趣；保管罗生明和一个债主在合作社门口低声说话；张四海在栏柜上把布匹抖开和一个农民讲价钱。保管室里只剩下任常有和高生亮两个人对骂。赵士杰参加以后，情况比原先缓和了一些。

高生亮先开口说："赵书记，你来得正好。跟任常有，你是把道理说不清白的！我哪里不晓得合作社的那些大道理呢？……合作社是叫多数人发财，不是叫少数人发财的。……合作社要抵制商业剥削，合作社要办工厂，对不对？不过，——在今天说来，除非公家给咱们几十万资本，咱们能做个啥呢？咱们现在不是叫多数人发财，是叫多数人赔钱，叫多数人恨死咱们。咱们现在不是抵制商业剥削，是没有商业，是没有饭吃。还用谈办工厂？那不是做梦是什么？……我给他说，任大哥，我想事情不能朝这么办了。咱们先让少数人发一点财，随后多数人才会把钱拿出来，交给合作社，随后多数人才会发财。多数人发了财，合作社才会有力量，才能够抵制商业剥削，才能够办工厂，才能够办生产事业。他怎么说呢？他一口就咬定我是资本主义思想！失掉共产党员立场！——这些东西，我说不清。不过我进合作社已经三年了。这三年当中，我跟他的思想立场是一个样儿的。如果他的思想是共产主义思想，他的立场是无产阶级立场，我的也是的！事情为什么没办好呢？"

赵士杰正在轻轻点头，任常有接住说了："就算思想立场暂时不谈吧。你没有组织上的允许，没有领导上的同意，到处胡言乱语，到处私人活动，使得老百姓不信任合作社，不交股金，这样子把咱们合作社的工作和威信，一满破坏完了！这还不是反对组织，反对领导么？"任常有说完了，对区委书记做了一个微微的笑脸。那些什么思想呵，立场呵的话，他只是从云飞那里听来的，恐怕说多了反而说不圆，就抓紧了反领导这一点，拚命强调这一点。

高生亮替自己辩解说："我不过征求大家的意见，和老百姓商量这个问题。你要是常往农村里跑，你也会这样的。我也不是先和老百姓商量好，叫他们不交钱给合作社；是他们先不肯交钱，我再提出办法的。这件事谁不晓得呢？你不晓得么？赵书记不晓得么？……你们现在要是说，不能朝那么办，我以后就说也不说，悄悄儿价看着合作社垮个干干净净！"

这样子你一句我一句，会是越开越热闹，人也越来越多了。除了张四海、罗生明、刘大师傅、有成儿都回来了之外，还增加了庄子上的五六个老百姓。没有谁叫他们参加，他们也没有问过谁，就那么坐在炕上，挤在门边听。赵书记在本子上写了几个字，就问那五六个老百姓有什么意见没有。他们都连声说："没有没有。"他又问罗生明，罗生明说了没有，又说："不过照我个人看，不管谁有道理，谁没道理，照着上级的意见执行的就有……就是对的。完了。"赵书记又问张四海，张四海说："我是有意见的。平时大家不说，我也不说。现在大家说开了，我也说几句。我以前对合作社是根本怀疑的。我对工作也没有信心。我想照那样子办合作社，什么作用也起不了，还不如不办。我把合作社看成是个应付事儿，我把合作社的干部看成是一些坏人。把谁调到合作社工作，就是处分谁。合作社的干部都是吃不开的。干又干不好，不干又不成。我赞成高主任的主张，合作社一定要朝那样搞才搞得通。我还提议合作社干部也跟入股一样，愿干的就来，不愿干的也不要强迫。这样子，大家才能实心干，工作才能干好。"

任常有等他说完了，反问他："照你这么说，合作社干部一下子都会走完的，你怎么办？"

赵士杰又在小本子上写了几个字。问过大家都没意见了，他才做出结论来：

"咱们陕甘宁边区从一九三六年起办合作社，到今年才不过五年。咱们的知识还是很少的，咱们的经验还是很不够的。不过大家都知道一点，那就是：为人民服务。为人民谋利益，不是为各自谋利益。这回你们的争论，争了两个月，那基本出发点还是只有一个。那就是：怎样为人民服务，怎样才服务得更好。

"话要从两方面说：一个是理论方面，一个是实际方面。在理论方面，任常有是对的。他的做法跟咱们边区合作运动的整个方针、政策，都符合。咱们的合作社一向是这样办的，虽然大家都看得见，咱们办得还不够好。但是在实际方面，高生亮也很有道理。他这个办法，我从前没有听说过，也不好说他对，还是不对。不过我同意一点，就是他的办法说不定能解决一些实际问题。我们当然要争取合作社的非资本主义的前途。可是现在眼见得合作社是办不下去了。现在的合作社不是资本主义前途或者非资本主义前途的问题，是有前途或者没有前途的问题。……

"我个人的意见，是你们两家都办。能合就合在一起办，不能合就分开办。办一年以后，看试验结果怎样再说。他照他的办法收股金，你照你的办法收股金。两家都搞。我的意见只是个人的意见，对不对大家还可以再讨论。"

听见这个结论，高生亮十分高兴，快活得跳下炕，大摇大摆到处跑，说是要寻他的羊腿巴子。任常有一声不响，搔着头皮，用谁也听不见的声音说："要是准他收股，谁会把股金交给我呢？"其余的人先先后后地说："对着咧，对着咧。就是那么个，就是那么个。……"

## 第七章　新的方向

任常有不认为区上允许高生亮试办医药合作社，是因为老办法实在行不通。任常有认为老办法的所以行不通，是因为允许了试办新花样。不过不管他怎么想，他的想法已经没大意思。高生亮的医药合作社是噼里啪啦地办起来了。

门市部原来占两间房子，现在把靠北的一间让了给医药合作社。雇来了三个木匠，专做装修木活。合作社新添了两个干部，一个是凤来坡的王银发，他入了一千元股金，连人也进了合作社；一个是邻区的私人医生李向华。高生亮去找他谈了两次，他就同意了。合作社本来静悄悄的，闲闲散散的，现在就都忙起来了。管工的，办药的，买纸张麻绳零用工具的，定章程出广告红帖的，还有管理股金股票账项出纳的，整天穿穿插插，忙忙碌碌。这里才叫："高干大，快来！"那里又叫："高干大，你看这事情怎样搞法呵？"直把个高生亮忙得一身水一身汗，像一匹癫马一样两头跳。时令正当秋天，合作社却像是春天的样子，雪消了，水流了，草木发芽了，鸟儿叫唤了，充满了葱茏生发的气象。快开幕的时候，干部都配备齐全：高生亮是医药合作社正主任，王银发是副主任兼出纳保管，张四海兼会计，李向华是医生兼采买。到开幕那一天，三个新药柜都装满了药品，对联横额贺幛都张挂起来，入股的，道贺的，看病的，请大夫的，抓药的，看红火的，把个原来灰溜溜的、空空洞洞的合作社闹得五颜六色，热火朝天！到处挤满了人，你碰我，我碰你。合作社的地方原来很宽套的，现在也显得过于狭小，简直不够用了！

不单是医药合作社红火，连平素没人上门的门市部，这一天也做了一百多块钱的买卖。——这是合作社五年来的头一回。可是不管大家怎么忙，生意怎么好，合作社怎么热闹，任常有总是一声不响地站在一边。他不说话，也不做事，连人家向他道贺他也不答理，只是拚命使劲地咬住他的旱烟袋。合作社越忙，越人多，越红火，他就越不舒服。他看见高生亮在人群中挤来挤去，和这个拉一下，和那个打一下，那高大的身体真是越看越蠢，越看越笨。高生亮的脑袋，还是向左歪着的，在众人的头上漂来漂去，像水面上漂浮着一个烂窝瓜。高生亮那张长方脸，绯红绯红的，横一道直一道淌着汗，越得意，那右眼就越大，左眼就越小，歪歪的嘴巴简直就闭不拢来。任常有自言自语着："屎！牛个什么！你看那相貌——丑极了！"为了怕看高生亮的脸孔，任常有索性回到保管室，躺在炕上。他想："哼，自由入股，自由退股，说得真好听！现在大家想发财，自然都来自由入股了。只怕将来赔了钱，大家都来自由退股！将来大家那么自由一退，我看你歪嘴蛤蟆办个什么！"不过这么想虽然有道理，高生亮如今

第七章 新的方向

还没有垮，他也还是很不舒服。这一天，他推说有病，整天躺着没起来。

几天之后，任常有就慢慢觉悟到，政府所摊派的股金，要想再收一文钱，也是完全没有希望的了。他把罗生明找来商量，想弄几个本钱，倒一点流动生意，替消费社这边也争一口气。他们的办法是由罗生明拿上几个钱，下农村里探买粮食。——就是把青苗拿低价买定几石几斗，农民们现在就使唤钱，到秋收的时候还粮食。买来之后，再由任常有自己到集上去探卖。——就是把探买来的青苗，看一点利钱又卖出去，到秋收时把农民交来的粮食再转给买主。这样买卖几回，他们就能够筹出一笔本钱去倒流动生意。任常有把这计划告诉高生亮，想拉扯药社几百块钱，高生亮说："你问王银发吧。"他去问王银发，王银发说："我做不了主意，你去问高生亮吧。"这一下子把个任常有气坏了。

他跑到区政府，眼睛红红的，像要哭的样子，对区长程浩明说："程区长，我办了五年合作社，虽说没有一点功劳，也应该有一点苦劳。我没有很大的成绩，也没有犯过什么错误。我的腰也弯了，背也驼了，为的是什么？为的要造下五间好房子，给那发了疯的串乡货郎办药铺发么？那药铺只是叫几个私人发财的，我的好区长，你说哪里有一丝一毫的革命气味！正因为这样，高生亮自己也入了五百块钱！五百块钱哪！三石粗粮啦！谁不晓得豹子沟是咱们区里第一个穷庄子？高生亮又是豹子沟的第一号穷鬼？他哪里来的这许多钱？他有了钱为什么不往咱们自己的消费合作社入股？他本身还是个副主任哪！"

他翻来覆去地把这样的话说了一遍又一遍，他怎样打算探买粮食，倒流动生意，想跟药社拉扯，药社不答应他那些事情，他一句也没有说。区长程浩明心里实在同情他，不过嘴里又不便说出来，只是一面听一面点头笑。任常有看见区长的神气有点活动，又想起云飞教给他的那一套东西来，就进一步加上说：

"他从前虽然也革过命，现在他的思想是彻底腐化了！老老实实地当资本主义的俘虏去了！不过，——那是他各自的事情，还不要紧。我顶生气的，不是别的事，是他用那种卑鄙的手段破坏了任家沟合作社，弄得这次扩大股金，不能够胜利完成任务！他那样的药铺子怎么能叫个合作社？区政府应该马上解散它！……如果政府不解散它，我要求政府解散咱们那个消费合作社，一满都给了高生亮，叫他大大地去发一发财好了！"

区长倒了一杯开水给他。看见他装好旱烟袋，又替他到炕房里点着一根高粱秆递给他。等他催问了两三遍，才慢吞吞地答复："老任，你的话是很有道理的。咱们都是农民出身，不会来书本子那一套。不过咱们有一点，那是很保险的：咱们服从上级的领导。上级说什么话，咱们也说什么话；上级叫咱怎么做，咱就怎么做。现在政府已经决定叫他试办一年，还是应该让他办一年。马上解散它也没有什么，也不是办不到，不过总是不大好。自然咯，他的做法咱们还是随时研究，也不是那么死板执行的。……"

程浩明这几句话的用意，就是告诉任常有，区长本人并不同意高生亮的做法。高生亮的做法顶多也不过一年，快就半年也难说，就会叫人纠正的。现在时候还不到，叫任常有等一等。可是任常有听不出这些用意来，就发急了，说："既然是这样，让我回家休养三个月吧。我浑身都有病，病得一满撑不定了！"区长再不好说什么，只得点头答应："好，好，你休养三个月吧，我同意。"

当天下午，连有成儿给他帮忙也不要，任常有自己背起铺盖卷就回家去了。临走的时候，他什么话也不说，只对高生亮声明：

"老高，我通知你，我们桂花儿跟你们拴儿的婚约，从今天起就算取消了！"

高生亮料定他迟早会有这一着的，也没有什么诧异，又懒得跟他两个讲道理，就痛痛快快地回答：

"好嘛。要是桂花儿跟拴儿都同意了，我没意见。"

任常有回了家，还是让女儿睡在炕上，自己在横边一个小炕窑，铺开了自己的行李。搞好了床铺，他立刻叫桂花儿和面，把他兄弟任福有和兄弟媳妇都叫了过来，告诉他们：高生亮怎样不怀好意，怎样破坏了他五年来辛苦经营的合作社，他为了表明不跟高生亮合作，为了将来高生亮闹出大乱子连累不到他身上，为了看看合作社没有了他会搞成什么样子，他得到了区长的批准，回家休养一个时候。最后他当着众人说，高生亮是那么一个混账王八蛋，高拴儿又是那么一个二流子，这一门亲家看来搞不成器，他临走的时候已经和高生亮说好，把桂花儿和高拴儿的婚约也取消了，问大家有什么意见。任福有夫妇都说："对，对。"

任桂花开头听说高生亮那样坏,那样把她大不当人,那样欺负她大,真是气得不得了;后来听说她和高拴儿的婚约已经取消了,就大吃一惊,由生气变成委屈,坐在一旁只是淌眼泪。最后听见大家都说自己的婚约取消得对,便更加没有了主意。要说对,又舍不得高拴儿;要说不对,又怕伤了她大的心。正在左思右想,拿不定主意的时候,忽然抬起头,看见大家都望住她,等她说话,就赌气地,想都不想地连声说:"对着咧,对着咧。这样的人家还能行?贵贱是个离,离那狗日的!"任常有听见桂花儿这种口气,也没工夫去研究她是不是真心情愿,心里不由得十分高兴,吩咐他的兄弟任福有:

"老二,你赶快到下面毛娃儿的馆子里割半斤卤肉,打半斤酒,咱们好好儿吃一顿,消一消这泡闷气。罢了,咱们好好儿来一阵子'梦湖',我打罢牌可多时了!……"

# 第八章　发　展

天上的云从深蓝色慢慢变成灰白色，看着是越来越轻淡，天气也越来越凉了。一年辛苦，庄稼已经成熟。这时候，大家都忙着收哇，打呵，送呵，个个眉开眼笑，喜气洋洋。那一天，王家圪垯的老农民王德贵心里藏了些事情，睡不安稳，天没亮就爬了起来。他推开门，走到窑外，看见庄子上十几家人都静悄悄睡着，还没起来，只有明晃晃的月亮，照着满地的寒霜，又有两条黑狗，在那霜上慢慢走着，轻轻喷着鼻子。王德贵呆呆地站了一会儿，觉得很冷，就回到窑里，把门紧紧关上，从身上摸出洋火来点亮了灯。在小油灯前面，他又呆呆地站了一会儿，然后爬上炕，在那小木架子上取出一把旧刺刀，跳下地来。他用牙齿咬住刺刀，两手尽力移开了那个大水缸，又踮起脚尖走到门前，听了一下外面，随后才蹲在水缸旁边，拚命朝地里挖下去。挖了半天，挖到一层石板上，他移开石板，再往里掏，不久就挖到一层木板上。他又移开木板，起出两块青砖，就看见那个小坑里平排地放着两个小洋铁匣子。这两个小洋铁匣子旧是旧了，还看得出原来是装颜料用的。那剩下的，一小块一小块的油漆花纹，在小油灯下面闪着亮。王德贵也累得不行了，坐在地上轻轻喘气，用袖子去擦掉那从头发花白的脑袋上冒出来的汗珠。他抠出那两个小洋铁匣子，摸着，捏着，擦着，耍玩了一阵子，才从里面掏出两个小麻纸包儿来。这是两包钞票，五块的、十块的，中国银行的、交通银行的，那花花绿绿的花纹耀着他的眼，那光溜溜的纸张腻住他的手，他觉着像喝醉了酒的样子。——因为这些钞票，他想起他那死了多年的婆姨，他那死了多年的儿子，他想起有一次他几乎决心拿这些钞票去办一个婆姨，而后来他到底下了最大的决心：宁愿让这些钞票陪他度过他的残生，再不做别的胡思乱想。王德贵想来想去，把那些钞票数来数去，揉来揉去，不知不觉已经天亮了。他急急忙忙地把那一包约莫一千块钱的钞票，用腰包紧紧地系在腰间，把其余的一包钞票重新装进洋铁匣子，放在坑里，然后依着原来的层次用砖块、木板、石板、泥土把它埋好，用脚踏平了面上盖的土，再用原来那个大水缸压在上面。等到把这些事情一件一件做好，天色已经大亮，昨天晚上还是贫穷的王老汉今天已经变成有钱的王老汉了。

　　王德贵怀里揣着一千块钱，比怀里揣着一千个跳蚤还要咬得烦，早饭也不想吃，就锁上门，往任家沟合作社走去。一下山，他望见不远的前面，同庄子的刘老婆在急急忙忙地走着。这刘老婆已经六十几岁年纪，又是小脚，虽然在急急忙忙赶路，到底还是走得很慢。王德贵虽说放慢了脚步，可是一下子就撵上她了。他问刘老婆："那么早，哪里去哇？"刘老婆想不到有人问她，当堂吃了一惊，闪在路旁，两只脚连站都站不定。等王德贵走近了，她才回答："是你呀，死老汉！你没头没脑地问人家，差点把人家吓死啦！"两个人走了几步，王德贵看见刘老婆手里提了一个篮子，装作很轻便的样子，其实谁都能够一眼望出来，那篮子是沉重的。他再问刘老婆："大清早，你急急忙忙地走哪里去？"刘老婆说："走前面，三汊河。"跟着又反问王老汉："你走哪里去？"王德贵说："我走二郎桥乡政府去。你去三汊河，掐上两块砖去哇？"刘老婆笑着骂他："你这狗日的，说什么二话！那是两件衣裳嘛！"说罢打算把篮子提起给他看。可是那篮子实在重，她想举它也举不起来，只略略扬了一下就放下了。

王老头儿撂过刘老婆，走到前头去了。不久，也是住在王家圪垯的曹根福从后面撵上刘老婆。她问曹根福到哪里去，曹根福说："到合作社去借钱去。"随后曹根福又撵上了王德贵，他们谁也不问谁到哪里去，只是随随便便拉着闲话，一道向任家沟合作社走去了。

这一个多月以来，合作社整个变了样儿，好像一个人得过大病，现在已经复元了一样。医药社那边是新开设的，家具都是崭新，货物也很充足，自不必说；消费社这边，三个货架上原先是空空洞洞的，现在都摆满了布匹、洋火、颜料、纸张之类，而且抹得干干净净，一点尘土都没有。合作社里面的人呢，那就更不一样。原先个个都是灰溜溜，垂头丧气，整天呆着没事儿的；现在一个个精神饱满，眉开眼笑，一天到晚都忙不过来了。这一天，打天亮起，合作社就挤满了人。一直到吃过早饭，才稍为空闲了一些。一有空闲，王银发就去铡药材，张四海就在栏柜上算账。正忙着，高生亮忽然疯疯癫癫地走到栏柜前面，用手往柜面上一拍，说：

"你们看，就是这个东西！"

张四海和王银发听见高生亮这么猛然拍了一下，都吃了一惊，抬起头来到处望，从门口、河滩，一直到河对面的庄稼地，除了有两头黄牛在河滩上吃草以外，什么也瞧不着，就一齐问："什么东西呀？"高生亮纵身一跳，坐上栏柜，打了一个转，跳进里面来，拍了张四海肩膀一下，说："就是这个，就是这个。——这个道理！"往后，他又用那阔大的手掌，在栏柜上拍一下说一句，很有点自负地说：

"咱们，一九三五年，住在梢林里，打仗的时候，咱们是，知道，群众的力量的！往后呢，太平了，也就忘了。那时候，群众不同意，咱们就活不成！为什么现在就忘了呢？你看咱们这合作社，群众一赞成就办起来了。也不用你催，也不用你问，什么都给你送上门来！"

那两个听了，才知道他讲的是这个，你望我，我望你地笑了一笑。张四海一向把高生亮当长辈看待，笑罢就依旧低着头算账，把算盘珠子拨得的哩嗒啦响。王银发虽说只大张四海五六岁，可是一向和高生亮是平辈相处，开玩笑开惯了的。他见高生亮说出这些话来的时候，这样板着脸孔，又这样孩子气，好像一个娃娃对大人自夸说他怎样了不起，捉定了一只蝴蝶一样，就接住说：

"像你那么大一只老鼠，要好大的一架天平，才经得起你爬上去哇！"

高生亮哈哈大笑了一阵，又低着头，望着自己脚上那双破烂不堪的扎花青布鞋说："哈哈，你不信？你慢慢瞧！咱们现在把合作社闹大了，以后咱们的力量越大，困难也越多了！我别的话不说，只说两句话：看力量，多做事！只有这样子，才能够克服困难。以后碰到什么困难，少不了还要去找老百姓的。咱们自己是农民，咱们该解下农民。……咱们先给老百姓解决生活上的问题，其次不管什么样的问题，只要能解决就给解决。这样，老百姓又像一九三五年一样赞成咱们了，合作社就能在老百姓当中生下根子，像头发长在头上，指甲长在手指上一样；加上又把红利分给老百姓，入啦退啦又随他自愿，他还有不来的么？你们看——"说着说着，他举起右手，把食指和中指并在一起，在自己的大鼻子下面点着，转着，画了一个圆圈又一个圆圈，接下去说："咱们做的事越多，老百姓就来得更多；老百姓来得越多，咱们的力量就更大；咱们的力量越大，往后做的事也就更多！这样子，一层套一层，咱们还怕什么困难？王银发，你想把药品办得齐备一些，你想再添一个兽医，能行；张四海，你说咱们的活动资金还不够，老百姓来借钱咱们还应付不了，那也不用发愁。要是老百姓都来了，把钱都入到合作社，都存到合作社，咱们还怕什么呢？你们看吧，要不了一个月时间，我就把那狗日的纺织工厂办起来了！"

他把话说得那么肯定，那么自信，又那么有条有理，好像一个高级司令员对他的战士讲话一样。莫说王银发、张四海两个人觉得诧异，他自己也觉得很诧异。话说完了他就连忙把脸孔朝着门外的大路，不敢望那两个人，好像他为自己口出大言很害羞。

正是这个时候，曹根福和王德贵两个人从大路走上坪台，走进了合作社。高生亮喊有成儿提水，张四海放下笔说："有成儿的四妈有病，请假回家去了。"高生亮问："他哪个四妈？是不是罗志旺的婆姨？那婆姨要坐了吧？"张四海说："不是要坐。夜儿还请了李向华去看。听说是病了。"说罢就提了壶到灶房里给客人打了一壶煎水来。喝过水，吸过烟，两个客人只顾谈闲天，不说正经事。曹根福看见王德贵在座，不好开口；王德贵怕曹根福知道他有钱，也不开腔。高生亮先把曹根福让进保管室，问他有什么事。原来他是想来借两百块钱，可是没把保人带来。高生亮对他说明，钱是可以借给他，不过合作社放款一定要保人亲自来一趟，三方说明才行。他就很满意地走了。曹根福刚出门，刘老婆就走进来。一看见王德贵坐在栏柜前面，她就尖声叫起来："好王八乌龟，你说走二郎桥去！"王德贵反驳她："好姐姐，你还说到三汊河口咧！"往后，王德贵说要借钱，刘老婆说要赊棉花，两个人把合作社闹得天翻地覆。高生亮见两人都只顾开玩笑，不说真话，就说："老王哥，来，到这边来坐一坐。"王德贵跟他走进保管室，上了炕就说："生亮哥，我一点也不开玩笑。是想来借一千块钱的。"高生亮说："合作社借给谁都行，就是不借给你！"老王说："为什么呢？你们合作社说

第八章 发展 061

这回不跟原先一样了。这回要给人民服务,要给老百姓解决困难了。我不是老百姓呵?我不是人哪?"高生亮拿怀疑的眼光对他望了许久,才说:"谁不晓得你老王哥,把钱都窖在地里呢?你倒该拿点钱出来给老百姓解决困难才对。"说到这里,王德贵像小偷一样从腰包里取出一包钞票,蹑手蹑脚地走到高生亮面前,低声说:"小声些,小声些。我老实不瞒你生亮哥说,我本来想办一件事,要两千块钱才办得成。可是我只有一千块钱!怎么办呢?我想这样吧,合作社果真不能借给我一千元,我索性把我这一千元也存到合作社里面吧!不过合作社一定得给我守秘密,不让一个人晓得。"高生亮这才弄明白他的用意了,就故意捉弄他一下说:"对,我叫张四海给你打条子。"说罢拿起钱就往外边走。这一下王德贵可着慌了。他往前一跳,一把拖住高生亮,十分慌张地低声责备他:"你看你这个人!那老虔婆就在外面,她会把这事情对全区的人说的!"高生亮说:"这样子的话,叫张四海进来一下也行。"王德贵说:"不慌,不慌,你还得说一说,你一个月给我多少利息呀!"高生亮说:"一个月一块钱五分钱。咱们存款五分,放款八分,谁来都是一样。"王德贵说:"还有呢,现在外面是一块法币换一块二毛边币,你们怎么算的?"高生亮说:"咱们自己不使唤法币。咱们拿到银行去,还是一块换一块。"两人又低声争论了一袋烟工夫,最后约定一块法币按一块一毛边币计算,才算把王德贵打发走了。

  王德贵、张四海、高生亮几个人从保管室里走出来的时候,外面王银发正在和刘老婆讲条件。刘老婆要合作社借给她两斤棉花，一挂纺车；王银发要刘老婆教会王家圪垯全庄子的婆姨纺线。把客人送走以后，高生亮又和刘老婆说道理：

"刘老婆，你看咱们合作社自从立起药铺之后，多少人来存钱生利！有许多人把窖子都刨出来了。你的窖子里那些响洋再不刨出来，你就要落后了！"

"哎哟，我的好高主任，你怎么晓得我窖了响洋呢？你不是胡说八道么？"

"哼！我不瞒你说，办合作社的人没有千里眼，顺风耳，骡子腿，神仙肚，他还用办合作社么？莫说你家有多少响洋了，就是谁家婆姨养了娃，谁家驴儿下了驹，咱们都是清清楚楚的！"

"好吧，好吧。你清楚，你清楚！"刘老婆说着说着把搁在她座位底下的那个篮子使劲提了起来，重重地往栏柜上一放，接着说，"我把我的响洋都给你们，都给你们。你们尽管甜言蜜语骗我吧！你们骗一个老太婆，看你们得不得好死！"

张四海一数响洋，是三十块，就给她打了条子。她提出一连串问题要合作社给她保证：她要按月提出那每月五分的利息；她的响洋要按照每月的响洋市价，折成边币算利；最重要的，她将来不想存的时候，她一定要取回原物。高生亮一件一件都给她保证了，还向她详细解释："刘老婆，你不用怕。咱们给你保证，银行也给咱们保证的。咱们收下你的响洋，自己绝不能使唤它一块。咱们马上就交给银行，银行按照市价折算边币给咱们，咱们再按照边币付利息给你。你将来要取，咱们再按那时候的市价向银行取出来还给你。咱们不过替你经手经手，你放心吧。"刘老婆一面听一面点头，完了就把张四海给她的那张条子颠来倒去地看，看了好一会儿，也不说话。合作社吃中饭了，她也随便吃了半碗黄糜子饭。吃罢饭，临起身的时候，她又问高生亮："我的好高主任，你给我说，我那些立人儿，大头儿，取回来还是立人儿，大头儿么？"高生亮摇头说："那怎么做得到呢？银行给咱响洋，又不叫咱选的。你管那立人儿，大头儿做什么？总之是给你响洋，一样能使唤就对了。"

刘老婆走出坪台，快要下到大路边了，嘴里还叽叽咕咕地说个不停：

"你们尽管骗我吧！你们敢骗一个不识字的老太婆，看你们得不得好死！"

晚半天，快天黑的时候，高拴儿来找他大来了。他来合作社总是这个时候来的。合作社已经上好了铺门，人们都在保管室里，闲谈着生意上的事情。他走进房子里，很不满意地叫了一声："大，我来了。"高生亮只是含含糊糊地答应了，好像很不在意的样子，使得他更不满意。等到人们陆续散了，高生亮才把他儿子叫到炕前面，告诉他："任桂花已经和你离婚了。"

高拴儿什么都不讲，只闷头闷脑地质问他父亲："谁说这个话的？"

这样质问的时候，他的心里汪了多少的不满意，做父亲的一听就能听出来。他用手抹了一下那两撇胡子，那两撇胡子就发软了；他再把左眼眯起来笑了一笑，他的整个脸都发软了；他跳下地，走到儿子跟前，向那年轻人俯下身子，俯得稍为有一点向左偏,他的硬梆梆的全身这时候也像是发软了。于是他一句一句低声和气地对他儿子说,任常有怎样和他闹意见,怎样四年以前就嫌他们穷;任常有回家休养的时候怎样提出解除婚约,他怎样答复。他又告诉他儿子,有一天,他在庄子上碰见任桂花,他问她本人意见怎样。任桂花回答说:"你不该那样欺负我大!现在,我没有什么意见不意见,我大说怎么价就怎么价!"把这些情况都讲完了,高生亮就说:"乡政府也来了人。是乡长,那矮胖子罗生旺亲身来的。他一来就说,乡上已经同意,问我的意见。我想姻缘的事情,不好勉强,就说我个人是同意了,只看你有什么意见。——说起来,这媳妇是我给你问下的,就算没有问对。把她离了,以后自己另寻上一个。你们自由结婚也好,怎么也好。你好好想一想,有什么意见,回头到乡政府去跟罗生旺说一说。"高拴儿自己想来想去:"既然任常有提出来,政府跟我大都同意,那就是了。你任桂花既然不念过去的情义,要依顺你大,我又何苦一定要反对我大。谁都知道我大比她大办合作社办得好。……凡是任家的人都是不讲道理的!"想了半天,他就对高生亮说:

"算了吧!离就离尿算了吧!"

虽然话才说出口,高拴儿就觉得口不对心。但是口不对心的事,谁能免得了呢?他想,话已经说了出去,暂时就算了吧。反正他大的脾气他也能摸清楚,最好在他和和气气、软软绵绵地,说出他的主张的时候,当面不和他反拗。顺了他,说不定过几天他又会回心转意的。

# 第九章　巫神的罪恶

合作社那个娃娃罗有成的家，住在南沟的月儿塆，离任家沟够十里路。罗有成的父母早已去世，只留下他一个，一千九百三十七年，十岁的时候，进合作社当学徒，今年已经十四岁了。他的二大罗生旺，就是现今的乡长。三大是一个抗日战士，没有娶妻，多年以前东征去了，现在还没有消息。四大叫罗志旺，在家务农。他的四妈白氏，今年二十六岁，怀着身孕。十天以前，白氏忽然得了病，头痛肚子痛，把罗志旺着急得庄上庄下，乱蹦乱跳，寻不上办法；罗有成也从合作社请假回家，帮忙照料病人。开头，他们请了豹子沟的巫神郝四儿给她治病。郝四儿说是感了"风邪"，在病人的两边虎口和鼻孔下连钉上三根钢针。郝四儿走了之后，病人不止没有好，反而更加重得多了。罗志旺找庄子上几个老人商量了一下，就请合作社的李向华医生来。李医生给病人看了脉，断定是肚子里的胎儿死了，就给她用药把那死胎打了下来。白氏开头还算平安。可是三天以后，她一则因为没有安静睡觉（本地风俗，产妇要坐三天三夜，不得睡觉），血脉不能舒畅流通；二则三天只喝些米汤，什么东西都不叫吃（这也是本地风俗）；三则她的心脏原来就有病；所以忽然昏迷不醒。——庄子上的人都说，她得了"血迷"的症候。罗志旺看见请巫神扎针不顶事，请医生吃药反而更坏，急得连话也说不出来，跑到二郎桥找着乡长罗生旺，十句并作一句把事情说了一遍，问他二哥有什么办法。罗生旺眯起那双肥肿的眼睛，刚刚睡醒，眼睛还没完全睁开似的望着他，十分厌烦地说：

"亏得你还是个明白事理的人，这一点小事情都看不出来。她那分明是个邪病嘛！你再请李大夫、王大夫看，到底还不是个牛头不对马嘴？"

罗志旺一想也对，就再跑到豹子沟把巫神郝四儿请来。郝四儿是一个二十几岁的年轻人，小小的个子，瘦瘦的身材，皮肤生得白白嫩嫩，眼皮是薄薄的，嘴唇也是薄薄的，鼻子非常小，又非常奸狡。虽说穿着农民的衣服，倒像个小掌柜的相貌。他一进门，看见自己给她扎过针的罗志旺婆姨躺在炕上，脸色灰白，昏迷不醒，他便猜透了八九分；再把经过情形问了一问，他便装作看见什么似的用手朝灶君爷指了一指，嘴里叽里咕噜地说了几句胡话，站起来就要走。罗志旺急得流出眼泪，苦苦拉住他。郝四儿装出很同情的样子说："志旺哥，不是我不肯帮忙，实在是没本领，治不了你家这个病。"做丈夫的又苦苦哀求一番，郝四儿就把眼睛闭了一会儿，装出自己也十分害怕的神气，指着灶君爷说："你还没看见么？我刚一进门，就看见你家嫂子的魂儿跪在灶君面前磕头，磕头罢了就披头散发走出去了。这叫我有什么办

第九章 巫神的罪恶

法呢？"罗志旺实在没有看见这回事，可是也顾不得细问，一步跳到病人跟前，把耳朵贴在病人的心窝上听。这时候天已快黑，窑洞昏昏暗暗，景象实在惨淡得怕人，站在一旁听大人说话的有成儿这时也用手掩着脸，走出窑洞外面。随后又经罗志旺再三哀求，郝四儿知道主家信心已经坚定，就放软了口气说："这只能怪你自己了，志旺哥。你想人的力量大还是神的力量大？放着神神你不求，偏要去求那脓包医生，你想那不是应该怪你自己？现在事情弄成这样，就是那李向华把你家嫂子一个好好的胎儿给治坏了引起来的。他把胎儿弄死了还不打紧，这一下犯着了血腥鬼可是了不得。现在是血腥鬼把你家嫂子缠住了。志旺哥，我越想越生气……你这人怎么这样糊涂？合作社把咱们老百姓活捉了多少年，你还是相信合作社？它不止要咱们的钱，还要咱们的命哩！咱们的祖宗三代就没有什么医药合作社，就没见咱们祖宗三代得过病，都活了八九十岁才老去的！"这一番话把个罗志旺说得昏头昏脑，只是一味子点头，什么都听郝四儿摆布。

郝四儿先叫主家把李向华的药，抓来了正在煎着，还没吃下去的，一起都倒在山坡下；然后打着赤膊，打着赤脚，腰间系上红围裙，头上戴了红头巾，头巾外面用柳条绑住，有时摇着小铜铃，有时摇起三山刀，在窑里跳着叫着。他的眼睛半开半闭，嘴里不断吹着气，咿咿呀呀地胡诌一顿，谁也不知道他说些什么。他的两脚摆成八字形地在地上顿着，围绕着香案趷趷跄跄地走，浑身抖颤着，像喝醉了烧酒，又像他正在打摆子。香案上供着药王灵官之类的神主牌位，在一个装米的升子里面装满了小米，小米上面插着香，也插着那些黄表剪成的纸条儿。此外，香案上还放着许多七零八碎的什物，和一根很粗的、用柳条七根拧在一起编成的鞭子。跳了约莫两袋烟工夫，郝四儿就说鬼正缠在那女人身上，拿起柳条鞭子向病人周身毒打，一面打一面威吓那血腥鬼：

"你说！你是谁？你是什么恶鬼，你说！"

那女人一面哭一面哀求："哎哟，不要打了，疼死了！哎哟，是我，你把我打死了，是我……"

"快说，你是谁？你敢装假？打死你！"那巫神一面吆喝，又抽了两三鞭。

抽了二三十鞭，白氏实在忍不住痛，就胡乱诌说："是我。是王四子死去的兄弟媳妇，王五小的婆姨。"

这以后，郝四儿又叫白氏在黄表上把鬼的相貌画出来，白氏怕打，就拿起墨笔在黄表上画符似地乱画一阵，画得烟不是烟，云不是云，人不像人，鬼不像鬼。郝四儿得到了这些胜利，就用加了清油的扫帚在窑里上下左右乱烧一通，又在病人面前大放爆竹。最后将罗家十几个饭碗装满柴灰，一个个从门口撂出去砸得粉碎，说是这样子可以把鬼赶走。

到了那天晚上二更过后，病人不止不见好，反而十分沉重，连水也不能喝，话也不会说了。郝四儿说把鬼赶走以后，还要送鬼，就把病人连抱带拖，拖到前面沟汊一个碾子旁边，转了几转，就叫她跪在那里。这时候，天上下着小雨，又湿又冷，白氏跪在地上，同庄子的两个婆姨扶着她，在雨水里面左摇右摆。郝四儿叫那两个婆姨走开，要白氏使劲巴住那个碾子，然后在她头上放起鞭炮来。每放一个鞭炮，她就惨叫一声，跌在泥水里面，一连放了三次，一连跌了三次。病人经过这样的磨折，已经剩下了半条人命，罗志旺把她背回家里，一放在炕上她就死过去了。

罗志旺看见这种情形，心中实在不忍，就问郝四儿："四儿哥，你看我婆姨这样子，有救没救呢？"郝四儿说："有是有救，只看你信神不信神。"罗志旺追问："信神又怎样？不信神又怎样？"郝四儿说："你是不信神的，神也不来管你了。你是信神的，你就得心狠一些：先将你婆姨全身脱光，叫神神再用柳条鞭和驴蹄子把那血腥鬼痛打一顿。如果不好，其次就要用细麻绳将她两个中指紧紧缚住，中间用筷子绞紧，一直把麻绳绞进肉里，那恶鬼忍不住痛，就会走。如果还不走，就要再看它躲在什么地方。它要是躲在病人嘴里，就要用驴马粪灌；它要是躲在病人鼻孔里，就要用烧红的铁条去烙。这样没有治不好的。在史家圪塔，有一个年轻的婆姨……"他说到这里，看见罗志旺不停地对他摆手，就没往下说。虽然正是凉飕飕的深秋的夜晚，罗志旺还没听完那些话，已经吓得浑身冷汗。他不等郝四儿说完，就接着说："神神的办法都是好办法，我看那病人是不大中用了。叫她少吃些苦，自己慢慢死去吧！你看，她真是再受不了啦！"说罢又流了一阵子眼泪。郝四儿听见这样说，知道主家不愿治了，就收拾东西起身要走。主家也不强留，给了他五十元谢礼，送他走了。

郝四儿离开罗家，还没下山，就听见罗家嚎哭起来。他心里明白,这一定是那婆姨断了气。他摸一摸布口袋里的米和红布,又摸一摸身上那五十元钞票,叹了一口气,自言自语着:"嘻,这号钱也不是人赚的!"这时天色黑得像墨一样,路上又湿又滑,实在不好走。可是到了第二天,他美美地睡了一夜,从炕上爬起来,他的想法又不一样了。不论碰见什么人,他总得讲起月儿塆罗家的事情。他说罗志旺婆姨叫合作社治死了。他说李向华把罗家婆姨一个又白又胖的娃娃,不晓得怎样胡屎日鬼用药给打了下来。他说正因为这个缘故,那婆姨冒犯了血腥鬼,血迷了——叫鬼把她缠住了。他说他到罗家的时候,头一眼就看见罗家婆姨的魂儿跪在灶君前面磕头,磕罢头就披头散发走出去了。总之,他实行了一句俗话:恶人先告状。他逢人便说,一口咬定是合作社把人治死。有些人听了半信半疑,有些人就替他把话传开了。这样的话传来传去,又传到罗志旺耳朵里。罗志旺一想:"对呀!就是这么一回事呀!"连他自己也相信他的婆姨,实在就是合作社治死的了。他跑到他二哥罗生旺那里,说要告合作社。罗乡长说:"好,我去和区上谈一谈。"于是他就跑到区上去了。区长程浩明歪着那叫胡须围定的圆脸听完了乡长的报告,就睁开那对小小的、叫满脸的红颗粒围定的圆眼睛说:

"这事情果然是合作社要负责任,这是一方面;你兄弟那方面难道就没有责任么?你当乡长的就该批评批评他。他为什么要找巫神治病?那完全是迷信!"

罗生旺不能同意,说:"叫我怎么批评他呢?找巫神治病也要我批评,那么我一天到晚光批评这个都批评不过来,别的事不用干了。农村里，谁生病都是请巫神治病的。"程浩明叹了一口气，站起来拍拍罗生旺的肩膀，说："我的好罗生旺呀！你的思想里还没有解决迷信的问题。可是，你如果保持着你的迷信思想，下一回再选举乡长的时候你就不保险了！"罗生旺一听这话，更加不满意，站起身，说是回二郎桥，实地是走过了二郎桥，一直向任家沟走去。走到合作社门口，看见合作社兴隆茂盛的样子，心里着实不高兴，王银发和他打招呼他也不想答理；等到他再朝北面望过去，看见合作社正在那里大兴土木，建造新房子，他简直气得连呼吸都有点发喘了。

合作社造房子为什么他要生气呢？这恐怕连他自己也说不上来。他好像查看贼人的赃窝一样，东西南北地四面看了又看。看见在合作社原来那一排五间房子的北面，离原来的地址约莫一丈多远，从东到西横着盖起一列新房子，他数了一数，这幢坐北朝南的新房子一共七间，都盖成六檩五椽，一式大小。当中三间打通，罗生旺猜出来那一定是做什么工厂之类的用途。高生亮仍然穿着他那套破烂的黑市布短衣裤，到处跑着，这里说几句话，那里指点一下，好像一个监工的样子。乡长走过去，在他背后大叫一声："高生亮！你认不得人了！"高生亮的确没看见来了客人，连忙转过身来看，原来是那气冲冲的黑矮胖子，还来不及答话，乡长又说："高生亮，你发财了，装作看不见人了！"高生亮见他来意不善，又摸不着他的头脑，只好咧开那歪歪的嘴笑。笑了一会儿才说："我发什么财呢？要说发财，还是老百姓发了财。走，到前面咱们账房里歇歇吧。"罗生旺拒绝了他。"不，不啦。"他说，"我只来告诉你一件事。我的兄弟媳妇叫你的合作社给治死了。现在老百姓的意见很多，已经告到区上。你光忙着造房子，能给老百姓解决什么问题呢？你也该分一分心，研究一下你的合作社，看它给老百姓做了些什么事才对。"高生亮一听这些话，直气得涨红了脸，咬着牙，浑身发抖，只是自己又不明白事情真相，不好说话。过了一会儿，他勉强赔着笑脸说："罗乡长，你说得对。还是前面歇歇吧。本来世界上就没有不治死人的医生，我一定给你兄弟查清楚就是了。论平时，咱们李先生的群众反映还算很不错的。前面歇歇，咱们慢慢拉话。"罗生旺说："我回呀。"又一面走一面说："群众有意见咧。人家说你们合作社药价大，力量小；你们的医生架子大，本事小。"高生亮跟在后面送，真想一脚把他踢出去，后来还是耐住，索性连话都不说了。当天晚上，喝过米汤以后，高生亮就和李向华、有成儿把这件事情仔细研究了一番，对证了一番，才知道责任完全不在合作社。他把桌子一捶，把脚往地上一顿，也不管三更半夜，爬起来往二郎桥就跑。他看不见左边的小河，也看不见两面的山，更看不见头上的星斗，一股劲往二郎桥冲。他想，他非得在今天晚上拖着罗生旺到区政府，把这件事彻底解决不可。到了乡政府，罗生旺不在家，下乡布置救国公债的购销工作去了。他扑了一个空，只好满肚子牢骚回到合作社。这整整一夜，他都没有睡觉，瞪大眼睛望着天亮。天才麻麻亮，他就起来，穿上衣服，一句话也不说，出门去了。这回他又变更了计划，不到乡政府，一直向三汊河口走去。到了区政府，程浩明刚刚起来，他一把将区长拖进窑里，就把事件经过从头到尾说了一遍。程浩明很不耐烦地坐在一张凳子上，歪着那叫胡须围定的圆脸听完了高生亮的话，就又睁开那对小小的、叫满脸的红颗粒围定的圆眼睛说：

"这事情果然是郝四儿要负责任，这是一方面；你们合作社那方面难道就没有责任么？你当主任的就该批评批评你们的医生。他为什么要把胎儿给人家打下来？那不是胡日鬼？"

高生亮急得两个眼珠子全往外突出，眼睛闪着火光。天气虽然很凉，他的黑脸红得变成紫铜色。大条的血管在他的两边太阳穴跳动不停。大颗的汗珠从额上的皱纹，顺着两腮的皱纹，一直淌到下巴尖，好像清水流过水槽一样。他的两只又长又大的手，他的高大的身体，都一满没个放处了。

他叹着气，结里结巴地说："唉，这样子，我还有什么话说，咱们搞经济工作的人，是不懂得医药——"话没说完，程浩明就将他打断了，说：

"咱们是搞政治工作的，你不要忘记。咱们这里没有什么单独的经济工作，一切服从于政治。经济工作，和别的工作一样，都是政治工作的一部分！"

高生亮用好像要哭一样的嗓子说："政治工作也罢，医药工作也罢……那样地打人，那样地磨折人，不要说病人，就是好人也得叫他打死啦！"

区长点点头，承认了这一点。高生亮又同样要哭似地说下去："合作社刚办起来，基础还不巩固，政府应该帮助它，叫它把威信建立好。——不晓得什么人胡诌了一些不负责任的话,政府负责人不去更正,不去解释,反而和他一道说。叫我的合作社怎么办下去呀?"高生亮把这几句话说完,浑身的气力也完了。刚才那全身的热劲儿已经消散,心里面凉凉儿的,有点儿想瞌睡。区长轻轻动着他的圆脑袋,好像点点头,又好像摇摇头,好一会儿才说:"是的,是的。往后再说吧。什么时候把郝四儿和罗志旺都找来,咱们在一达里把这个责任问题研究清楚。你会相信,咱们是能够把事情弄清楚的。喂,你怎么睡着了?快上炕睡觉去吧!"本来高老汉昨夜一夜没睡,十分疲倦,听着听着就打起瞌睡来。区长撞了他的肩膀一下,把他撞醒过来了。他茫茫然瞪着满是红丝丝的眼睛,好像一匹快要死的牲畜望着它的主人一样,呆呆地望着区长。忽然之间,高生亮的脑筋里好像有什么东西转动了一下,他很快就感觉到,在这里是任何问题都不能解决的。他的精神忽然重新振作起来,又一股劲儿向豹子沟冲上去了。

走了二三十丈远,程浩明匆匆忙忙从区政府追了出来,大声叫唤:"老高!老高!你回来打这里过身的时候,到我这儿来一下,我还有事情和你商量!"高生亮半身转回来望了一望,没听清楚他说什么,也不愿听清楚他说些什么,只顾往上走。走到豹子沟,他和什么人都不答话,一直闯进郝四儿的窑洞。他像一股旋风卷起几丈尘土似的冲了进去,立刻把整个窑洞遮黑了。郝四儿正懒洋洋地躺在炕上,吃了一惊,一翻身就跳了下来。他看见一团黑东西堵住他的门口——原来是高生亮一只脚站在那里,一

第九章 巫神的罪恶

只脚蹬在门槛上,把门口挡定。他的心毕毕卜卜地跳个不停,低声说:"高干大,回来,回炕上来!"高生亮用他那铜钟嗓子大声叫喊:"郝四儿,你说咱们合作社治死了罗志旺家婆姨!"那巫神可怜地分辩着:"没有,我没有说过那号话。"高生亮驳斥他:"你说了,你胡说!是你拿柳条鞭子把那婆姨打死的!"郝四儿说:"我没打人,我打的是那个血腥鬼。——还不是我打的,是神神叫打的。"他的声音低到快听不见,全身也哆嗦打颤了,不过他嘴里还是分辩着。高生亮实在气不过,也没法跟他说道理,就一步跳到他面前,举起阔大的手掌一左一右打了他两个重重的耳光。巫神捱了打,脸上一阵红,一阵青,装出干嚎的声音直吼:"你打人,你不讲道理!八路军是不许打人的!"高生亮用两手捉定郝四儿的肩膀,对他警告:"你说,你没有什么神神,你也没看见什么鬼,你打死了罗家婆姨!你不说我就活活把你打死!"郝四儿的两肩好像叫铁钳钳住一样,知道没法挣脱,就屈服了,说:"高干大,我没有什么神神,我也没看见血腥鬼,我打死了罗家婆姨!放开我吧!"高生亮见他告饶,本想放开手,忽然拧回头一看,见门口已经黑黢黢地挤满了人,就踢了他一脚,顺势把他朝外面一推:"去,去对大家说一说,你有什么神,有什么鬼,你怎么打死了罗家婆姨!"郝四儿一碰碰到崖壁,正碰在他那把挂在墙上的三山刀上面,他想:"左家的女儿嫁给左家,左是个左了!照这样闹下去,我还用吃饭么?"就随手拿起三山刀,尽力把上面的铁环摇得呛啷呛啷地响,冲出门外去。

豹子沟本来地方偏僻，人烟稀少，这时庄稼正在收割期间，庄子上十三四户人家里，壮年的男人女人都不在家，只剩老太婆、娃娃，和一些有病的、年纪太老、不能劳动的老汉在家。这些人见巫神冲出来了，就哇的一声散开。他们跑不多远，又站定了。高生亮赶快跟了出去，见那些老太婆、娃娃、带病老汉稀稀拉拉地围成个圆圈，圆圈当中，郝四儿就在这坡垯上跳起神来。他跟替人治病的时候一样，右手呛啷地摇着三山刀，左手向前伸直，两脚向外歪成八字形，连跌带跪地乱跳一气。那年轻人的脸，现在比平时更加苍白，眼睛半开半闭着，嘴里嘟噜嘟噜地喷着气，而全身就跟打摆子一样抖着、颤着、颤着、抖着，没有一刻儿停止。

跳了半天，高生亮想："现在怎样拾掇这件事呢？"越想越想不出办法，加上昨晚整夜没睡，他觉得自己精神恍惚，心里分明是糊涂起来了。"斗争人我能行，"他对自己说，"斗争神神我可不会呀！"这时候，郝四儿装出神神附了身的样子，使唤一种老汉的嗓子说起话来："我是黑虎灵官，嘟，谁敢欺负我的马童，嘟，谁敢欺负我的马童！"高生亮没法子回答，脸上烧得像火砖一样，窘得连气都出不来。他曾经想过最后挣扎一下，想过他应该跳出去打郝四儿一个耳光，或者把他骑在胯下，捶他一顿。可惜高生亮只是这样想了一想。他不止十分疲倦，而且当真有点害怕。总之，他已经觉着自己浑身发软，没有一点劲儿了。那巫神又说："谁敢欺负我的马童，嘟，滚出来，嘟，当天跪下，嘟，听本神吩咐！"高生亮希望没有人注意他，可是不，他周围看了一看,所有的眼睛都盯住他。仿佛有谁在他后面碰了一下,好像打算轻轻把他推出去。他的两脚略为移动了一下,往后就再也移不动了,钉死在地上了。他想上前,上不去;他想退后,退不动。他觉着有一二千人堵在他后面,在鼓噪着,说着什么。他想如果今天他一后退,明天他的威信就完全扫地了。那巫神还在不停地说胡话:"谁?……我要勾他的魂,叫他害瘟疫……叫他全家、全庄子害瘟疫,死得一个不留!"高生亮深深地尝到了恐怖的滋味,可是他仍然十分执拗地、直挺挺地站着不动。他的脊骨发麻,浑身瘫软,两个小腿在打颤。他听见自己心跳,觉得喉咙发渴,汗水好像小虫似地爬过他的脸。他呆呆地瞪大眼睛,张开嘴,翘起两撇胡子,烧红过的脸现在是铁青色的,显得很紧张。他屏着呼吸,使唤了全身的劲儿使自己不至于倒下来。这样坚持了约莫半个钟头,有一个六七十岁的矮小的老汉出来调解。他对郝四儿说:"请你老人家不要怪,谁得罪了你老人家,咱们叫他对神神认罪赔礼就是了。"郝四儿见再闹也下不了台,便大声说:"本神能宽恕你们一庄子人,一定不能饶过他!我要勾他的魂,叫他害瘟疫,叫他一家死绝!"说罢轻轻撂了三山刀,装作神神离身的样子,昏倒在地上。这一场风波过后,高生亮也顾不得回家问他儿子收割的情形,一口气跑回合作社,睡了一天一夜都没有离炕。

## 第十章　再发展

几天以后，合作社为了办纺织工厂的缘故请两桌客。那天早上，约莫十点钟光景，区政府派了人来请高生亮去商量事情。高生亮对那个人说："程区长和赵书记怎么还不过来，许是忘了吧？你回去请他们得便就来，有什么事情吃过饭在这边商量。"那个人去了之后，客人陆续到了。最先到的是一个叫作王大章的年轻人，高高的身材，清秀的脸孔，年纪才三十左右，样子又伶俐又能干。他本来在乡下教书，这回合作社把他请来当纺织工厂的厂长。他一进门，就把高生亮拖进账房，拿出一大堆计划表格图样之类的东西，一件件地细心讨论。高生亮说要怎样更改，他就在那上面打记号。正谈论着，第二批客人来了，那是高成祥和高满祥两兄弟，河南人，原来是两个织布工人，来边区以后，因为没资本，原料又困难，只做一点小生意糊口。这回高生亮把他们请来办工厂，——高成祥当会计兼材料保管，高满祥当正式工匠，他们可高兴极了。两兄弟都是一样的爽朗明快的性格，高大壮健的身材，相貌也长得一样的浓眉大眼，脸方嘴宽。所不同的是哥哥高成祥脸上长了许多酒刺，说话比较少，比较慎重；弟弟高满祥很喜欢多嘴，比较随便些，也痛快些。在他们之后，陆陆续续来人不少。有三个财主，一个姓方的，一个姓李的，一个姓韩的；有两个商人，一个姓张，一个姓高。此外还有一个姓贺的木匠，还有在合作社存过钱的，王家圪垯的王德贵，和一个医药社想请来当兽医的，名叫卜海旺的老汉。

这些客人分作三起拉话。那三个财主和那两个商人坐在炕上，厂长王大章陪着他们。高成祥、高满祥和贺木匠，在下面，坐在一块儿，说说笑笑，打打闹闹。王德贵和卜海旺坐在栏柜前面，和张四海、王银发两个人东拉西扯。除了这些客人之外，经常有七八个老乡，出出进进地站在栏柜外面说这说那，吵吵嚷嚷，又是借钱，又是存钱，再不就是借纺车，买棉花，扯布，请医生，抓药。把个小小的合作社，直闹得像一个市集。

在这些吵闹声音里面，账房炕上那几个财主和商人用了好像演戏一样的高嗓子说话。这里在争论入股的多少和选举权的大小问题。其中有两三个人，认为入股多的，选举权也要大些，这样才合理，才能保证股东的权利。其余的几个人反对这个意见，认为这种办法太旧了，不合潮流了。那个姓韩的财主嗓子最大，他说："旧的办法是保护少数人的利益的！照你们那个意见，谁在合作社入了五万块钱，那么，什么事情都要听他指挥了，这是不行的。我还是赞成不管入股多少，每一个社员有一票选举权。这样能照顾大多数人的利益！好像咱们边区的选举，不论你有钱没钱，钱多钱少，每个公民投一张票。我对你们说，我满意这样的民主！"那个姓高的商人观点比较保守，忍不住讥讽他两句："老韩，我晓得你要满意的。从前你当团总的时候，你满意旧政权，满意不民主；现在政府实行了三三制，你吃开了，大家选了你当县参议员，你满意新政权，满意新民主。就是这么个。"这几句酸溜溜的话引起了哄堂大笑。以后话风又转了。大家要王大章讲时事，讲苏联和德国打仗的事情。

贺木匠那边，高满祥在讲他来边区的经历。他是一个人先逃难到边区来的。到他把家当搞好，吃穿都有了，他就想起家里的人，想出各种办法要把他们接来。他找到了关系，写了介绍信回河南去。刚到家不久，皖南事变发生了，他失掉了所有的关系。后来，他全家逃到游击区，经过一些偶然而奇特的遭遇，才和一个用手帕盖着脸的人谈了话，那个神秘的人另外给他写了一封介绍信。他拿了这个文件，带领着全家大小冒险逃进边区来。他怎样弄到敌人的通行证，怎样想尽办法保藏那封介绍信，不叫敌人搜查出来，后来又遭遇了多少惊险，经历了多少悲欢离合，最后，他成功了。——这样的故事，差不多每个河南人都有，也都是讲了又讲，讲得十分起劲的。高满祥也是这样，把它当作最动人的冒险故事，逢人就讲。因为他讲多了，因此段落分明，有层有次，——事情又是今年春夏之间的新事情，贺木匠听得很入神。高成祥虽然都是自身经历的事，听也听过二三十遍，可同样听得很入神，只在弟弟偶然记错了的地方，改正他一两个字眼。比方他说："老三，你又记差了。那时候还是二月底天气，还冷得很！哪里就到了三月呢？"说完了就和贺木匠两个对着脸笑。

王家圪垛的王德贵坐也坐不定,他跑进账房,听听这一起,听听那一起,又跑出铺面,帮帮张四海的忙,帮帮王银发的忙,一碰到机会,他就表明自己没有钱,说:"我哪里来个钱入股?……人家请客也不是请我的,碰上了就吃嘛!我要是有钱,我还不扯布缝件新袄子?……欸,不敢乱开玩笑!"

今天,硬是把个高干大忙死了。这里喊高干大,那里喊生亮哥;这里喊老高老高,那里又喊高主任高主任。只见他风车一样哗啦啦转:他要招呼客人,又要指挥做菜,顾得找出一个人到区上去催请程区长和赵书记,话还没说完,两三个老百姓又走过来把他岔开,提出自己的困难情形要他解决。等老百姓把话说完,原来要叫到区上去的那个人又不晓得跑到哪里去了。

正在这个时候,高拴儿和清风崖的马吉儿,还有一个住在西沟梁庄,今年才十四岁的段五儿,相跟着到了合作社。张四海一见这三个年轻人,心里就有点诧异。马吉儿和段五儿,他晓得是来纺织工厂当学徒的,就对他们说:"王厂长忙着呢,你们先歇歇,回头吃过晌午饭再说。"可是高拴儿为了什么事这么早赶下来呢?又为了什么事气色那样坏,见了他也不大理睬呢?他想了一想,问高拴儿:"你熬了吧?还是难活啦?你的脸色不大好看咧!"高拴儿不说话,和那两个娃娃坐在铺面的门口旁边。至少有十几二十次,他看见高生亮出来又进去了,进去又出来了,只是没有看见自己。他想找他大说几句话,也找不着机会;正觉着十分没趣,有点后悔来错了,忽然看见高生亮东张西望,不知道找谁。高拴儿想:"不是四海哥给他说我来了,他就到处寻我么？"站起来一步跳了出去，叫他父亲："大，我来了多时了。"他一点都没有想到，他父亲见了他，好像碰见了一个不认识的人一样，只是很惊异地叫了一声"哦……"，还用手背靠在额上，挡住那明晃晃的深秋的太阳，眯起左眼看了老半天，才看出来是谁。高拴儿更加想不到的，是他父亲认出是他以后，什么话不说，只是慌里慌张地命令他：

"拴儿，你来得正好。你赶快给我到区政府去跑一趟，请程区长和赵书记马上就下来。"

高拴儿一听，真是气极了，一连说："我不去，我不去，我不去……"等了一会，看见他父亲瞪着眼站在他面前，好像没有听懂他的话，就加上说："我有事来对你说，有要紧事。"高生亮忽然变了脸色，满脸通红地大声叫嚷："这里什么要紧事都没有！这里什么人都闲着！只有你有要紧事！"高拴儿听见他叫起来，不止没有害怕，不止没有后退，反而更加高兴。他了解他大。正是在这样的时候，尽管他大脸红筋胀，尽管他大暴跳如雷，他大这时候却是最没有主见，最好商量的；不论谁求他大做什么事，他大总不会不答应的。高拴儿上前一步，把高生亮拉得离众人远一点，笑着对他说："大，你听说了么？"高生亮摸不着头脑，扬起眉毛反问："没有听说，是什么事？"高拴儿说："郝四儿呀，那个郝四儿呀，他问下婆姨了！"高生亮说："好，好。"随后回转身对马吉儿吩咐："马吉儿，你才来？好，你给咱到区政府去请程区长和赵书记过来吃饭。"看见那灵醒的娃娃蹦蹦跳跳地走了，他才又把高拴儿拖得更远一点，问：

"郝四儿问下婆姨就问下婆姨吧，跟你有什么关系？难道咱们还要行门户么？"高拴儿抗议他父亲："怎么没有关系？他问下的婆姨是任桂花呵！"父亲听了，好一会没做声，高拴儿又加上说："她嫁给谁都可以，一定不能嫁给郝四儿。你一定要想法子……就说任桂花本人也不能同意的！"高生亮还是没做声。他看看他的儿子，又自己低头想："我是任桂花的什么人？你是任桂花的什么人？咱们和她什么关系也没有了，你叫我拿什么去干涉别人的事呢？"他觉得他儿子这种行为很糊涂，很可笑，又觉得他儿子这满身的劲儿很可爱，叫人很心疼。他非常和气地安慰高拴儿道："对，你先回去，我给你办这个事。我先到区上去调查一下，回头再找任桂花本人谈一谈。看她有什么意见没有。咱们边区的婚姻是自由的。她本人如果不同意，她还有权要求取消。"高拴儿听说，非常高兴，连水都不喝一口，就说："我回呀，家里打场还忙着咧！"说完一转身就走了。高生亮望着他儿子的后影，自言自语着：

"这狗日的笨是笨一些，可不是个懒人，也不是个戆汉。好好地把他扶上正路，他是能做一点事的。顶好是叫他念一两年书，识上几个字。欸，咱们一家人一满没有一个钱的文化！……"

可是一回到账房，那里眼前的事情那么多，一眨眼的工夫就把他儿子的事情忘记得干干净净了。账房里正在谈论今年的救国公粮和救国公债的问题。三个财主，两个商人，还加上王德贵，这几个人站在一边，都说今年的二十万石公粮和五百万元救国公债是负担得太重了。纺织工厂的王大章，高成祥、高满祥两兄弟,加上贺木匠,站在另外一边,说负担虽然是重了一点,但是因为边区遭受着军事封锁和经济封锁,一面要抗战,一面又要民主建设,所以老百姓应该尽力帮助政府。那个姓高的商人说:"道理是这样的道理,不过这里没有外人,咱们不妨说句老实话:老百姓明白大道理的还不多,他们实在觉得负担太重。老韩,你代表人民的意见,就该把这个意见在县参议会上提出来!"高生亮站在旁边听了半天,就插嘴说:"我看你们说的都有道理。今年的负担是重了。去年救国公粮是九万石,又没有公债;今年是二十万石,还有公债。这样一比较是重。可是和一九三五年比较一下,你们都知道那时候的捐税的,一个农民打了十石粗粮,地租就得一石五,牛租就得四五石,捐税又得两石几,他自己一家人还吃不上三石。那样一比,今年的负担就比一张麻纸还轻了!总之,我是农民,我解下他们的道理:他们想,革命以后,最好一升粮也不用交,最好是革命政府每年还给他们每个人送上几石粮,心里才痛快。咱们从前叫人打死了也不敢哼气,现在谁摸咱们一摸,咱们就跳起来了!就是那么个!"这番话把众人都说得哈哈大笑起来。那姓高的商人说:"我的好生亮哥,这句话只有你能讲,我要是说了这样的话,你不领导农民起来把我斗死了?不过话虽然说得好,等一会救国公债来了还是我自己掏钱。这就是你厉害的地方!"高生亮举起一只手在头上摇晃着,用了全身的劲儿大声宣布:

"好,好,要是那么个,咱们来定出一个办法:你给咱们合作社入上五十块钱的股,你的五十块钱公债不要你各自出,由合作社替你负担；你的五十块钱原本还在，只是一年以内不能分红，你干不干？——世界上没有比这个再便宜的事情了！"

大家听了，都说"干，干！"赞成得不得了。只有张四海一个人想不通这个道理，他想："这是怎么闹的，人家入了股，咱们替人买了公债，原来的钱一出一入就对销了。虽然一年以内不付利，可是本钱从哪里出来呢？一年以后的利钱又从哪里出来呢？高干大这回是太飘了！"想着想着，酒菜都已经端上来。他能划，又能喝，在合作社算是第一把手，只得陪着大家划拳喝酒。不过他心里有这个问题想不通，一出手就输，酒喝下去也不畅快，还不到半席就躺倒在炕上，醉得不能动弹了。

吃过饭，把客人送走，高生亮急急忙忙赶到三汊河口来。见了赵士杰和程浩明，他第一句话就问："你们答应过今天都到的，怎么临时又都不来了呢？"赵士杰的回答还好，他说："你们合作社请客，你们自己请就对了。那里又不谈政府的事，要咱们出面做什么呢？"程浩明就老老实实地讥讽了他一顿："你看你，反倒来怪我们了，我们这里有事请你来，你为着陪那些财主们喝酒，连请都请你不动咧！"高生亮碰了这个钉子，心里盘算着："就是了，就是了。自从我跟任常有闹开以后，区上的态度老是那么个，爱理不理的！要在从前，合作社哪一件事没有政府出面，会做得起来？"这么想着，他也没有别的法子回话，就敷敷衍衍地干笑了一阵。大家沉默了一会儿，程浩明又说："你前回子上豹子沟，我追出门口跟你说，叫你回头下来站一站，咱们谈一谈救国公债的事情，你回头就没有来。今天早上请你来，也为的这个事。"高生亮已经忘记了他什么时候跟自己说过这句话,也不分辩,只是"唔,唔"地应着,听区长往下说:"这回救国公债的数目字,咱们已经布置下去了。听说下面有是有些意见,像说今年负担重了这一类的话,但是基本上是拥护的。——"

说到这里,程浩明就停住了。他想,要是从前任常有在,他会这么往下说:"合作社给咱们派人下去收一收,在一个月以内完成任务。"就对了。可是现在他不能这么说了。他觉着现在的合作社不是政府的了。想到这里,他有点不痛快。赵士杰知道程浩明为什么忽然停住口,他知道程浩明从前命令惯了合作社的,现在要客客气气地请合作社帮忙,是多么不痛快的事,便连忙接上说:"老高,你看合作社是不是能够给政府帮一帮忙,派一个得力干部下去收一收。这个干部要勤快,能干,还要会给老百姓解释问题。咱们这边忙着要布置秋收,又要布置征粮工作,实在是顾不上。"

高生亮一直坐在炕沿上垂着头,傻里傻气地笑着听,这时忽然觉得心窝一跳,带着一股说不出来的快活劲儿,嘣咚一声跳下地来,元气充足地说:

"政府里有困难,老百姓又有意见,这件事叫我合作社给咱办!这样的事也办不了,合作社还有个尿用!只要政府里能够答应迟半年用钱,我合作社把公债都包了。不要政府费事,又不要老百姓出一个钱,将来还能够给老百姓分红利!"

大家问他怎么个包法,他把今天和那姓高的商人所约定的办法说了一遍。他又给他们解释,这个办法很简单,就是拿老百姓入股的钱，赚出利钱来完成老百姓的负担。"在老百姓看来，本来是负担的款子现在本钱还在，第一年虽没红利，第二年还有红利；在政府看来，虽然使唤钱得推迟半年几个月，但一则可以使老百姓满意，二则可以省了许多手续和唇舌；在合作社看来，虽然没有什么利益，但是除了替老百姓和政府服务之外，还可以增加合作社的流动资金，加强合作社和老百姓的联系，将来的好处很大。"他把这种道理给他们翻来覆去说了好几遍，最后又说，"这叫作三方有利。我估计可以行得通的。"区长和区委书记都同意，于是事情就决定了。

离开区政府往家里走，他一路唱着小曲子，高兴得很。像这样清爽的天气，像这样香甜的干草气味，像这样好走的路，他觉得他活了四五十岁还不曾遇见过。河水越过小小的石头往前冲，在他看来好像一群小狗在前面跳着引路，那沙沙的水声听来也特别快活。他越走越觉得奇怪，这些山哪水呀都不是他看惯的那些东西，都变成了新的，很有趣味的，他一次也没有碰到过的东西了。

快到家，已经望得见任家沟沟汉上合作社那两座丁字形的房子了，高生亮忽然在路边停下来。他往南，向区政府那边回头走了几步，又停下来。最初，他觉得自己丢了一件什么东西，摸摸头上包的毛巾，摸摸口袋里的羊腿巴子烟袋，都在。后来他又觉得是忘记了一件事情。这件事情是他答应过别人，要到区政府给别人捎带办一办的。是有那么一回事。可是忘了一件什么事情呢？他无论怎么想法，连一点影子都想不起来。他把自己的天庭捶了几下，自言自语着：

"唉，屎！老了，忘性大了，不顶事了！狗日的有一件什么事呀？"

这一天，回到合作社里，一有工夫就想，晚上也同样地，一有工夫就想，连睡觉也没睡好，可是始终想不起来，到底忘了一件什么事。第二天早上，高生亮临时把合作社的干部分配了一下：兽医卜海旺照料医药社，纺织工厂的会计高成祥照料门市部，纺织工厂的厂长王大章照料收放账款，工匠高满祥监修房屋，学徒罗有成、马吉儿、段五儿，招待客人，照料栏柜，提茶端水，——所有的事情由王大章和大家商量，负责处理。剩下来的大师傅刘宽福照常照料饭馆，给大家做饭；医生李向华照常门诊和出诊；抽出罗生明、张四海、王银发，三个人分头下乡，专收公债股金的款子。他又把合作社包交公债的道理和办法对那三个人详详细细说了一遍。看着三个人都出门去了，他自己才披着一件和里面的那件单衣一样颜色，黑不黑灰不灰的破旧夹袄，走上川去了。他先走二十里到南沟的桑坪，找着那私人倒生意的商人高鸿林，这人和东路的店家很熟；往后又走东沟丁家屯，找着也是私人来回倒搭一点生意的张丕华，他和三边那边常有来往。这两个人都是昨天请客请过了的，一谈就妥，他们都答应连人带资本，一齐加入合作社，以后就专门磨合作社跑外事。从丁家屯下来，他顺路又上观音林，找着一个私人挑货串乡的货郎担子。这人叫方起明，在旧社会就挑过十五年货郎担子，熟人又多，又有经验，也是一说就成，同意进合作社工作了。他跑了一天，把

第十章 再发展

这三件事情办妥,慢慢地走回任家沟。回到合作社,天已经快黑了。

他一进门,看见罗生明坐在保管室里,正在端起一个大碗喝米汤。他登时很不高兴地问:"罗生明,你的公债股金收得怎样了?"罗生明嬉皮笑脸地回答:"收是收齐了,只是一个钱也没有。"高生亮很严厉地追问:"什么收齐了?什么一个钱也没有?我一满解不下。这个时候,不是开玩笑的时候。"罗生明听见他的话不对劲,看见他的脸色很难看,不明白是高生亮今天很熬,又急于要知道包交公债的结果的缘故,觉得自己很委屈,也就生起气来,顶了他一嘴:"呵,高主任,我不是说过了么?一个钱也没有,就是人家一个钱也不肯拿出来!"高生亮大叫起来,他的嗓子把整个合作社都震动得有点摇晃,说:"这,这,这是什么缘故?你把话怎么对、对老百姓说的!"罗生明说:"高主任,不要这个样子。你现在又不是打仗,又不是喊话,你叫起这把鬼嗓子给谁听?你当了几天主任,脾气就这么大了?开玩笑也论起时候来了?"说完就头也不回地跑到灶房去了。这时月色正明,高生亮追出去,只追着他一个长长的后影。高生亮摇摇头,叹口气,拿他没有办法。他是本乡乡长罗生旺的本家哥哥,这倒没有什么,他是一千九百三十六年和任常有一道进合作社的,有合作社就有他,除开任常有之外,他的资格最老。这就很难办。

过了一夜,第二天高生亮决心不派罗生明去,自己亲身往下川走一回。他一路走一路想,把平时想不到的问题,这时都想了起来。想起合作社办开了，扩大了，他心里很高兴；想起合作社事务多了，自己没有干过这号事，年纪也老了，精力渐渐不顶事，不知道会出什么乱子，他心里又有点发愁；这合作社干到现在这个样子，是应该放开手往大里搞呢？还是守住现在这个局面，就这么搞一个时候看看再说呢？他想着："不管我愿意扩大不愿意扩大，一下子包交了公债，就又扩大了一步了！"他想到他给群众办的事越多，群众就越靠拢他，越信任他，他的胆子就壮起来；他想到群众越信任他，越靠拢他，他要办的事就会越多，一下子垮了台怎么得了？于是他就胆怯起来。他胆子壮的时候，他觉着自己很强健，众人都围绕着他，他浑身都是热辣辣的；他胆子怯的时候，他觉着自己乏得不得了，众人都不睬他，剩下他一个人，孤零零，冷冰冰。想着想着，忽然觉得脑门上一亮，许多山峰都向后倒退，让出一大片耀眼的天空来。原来他自己不知不觉地爬上了一架山，已经快走到山顶了。他仔细一看，认出前面的庄子就是明渠村，于是就沿着大路向庄子里走去。这里是打场的欢笑声，那里也是打场的欢笑声；这里是新割的秋草的香味，那里也是新割的秋草的香味；人们红着脸，忙着；狗这里那里串着，懒懒散散地咬着；在有人扬场的周围天空中，谷物的皮屑像雪花一般飘荡着；而在所有这些东西的上面，太阳暖暖和和地、静静地照着，好像一个满脸笑容的老头子，站在一旁得意地望着他的儿孙们忙着干活一样。高生亮忍不住赞叹了一声：

"多美的日子呀！"

在进庄子不久，一片小小的场地旁边，高生亮看见一个年纪二十四五岁的强壮小伙子，用他那双粗得像马后腿一般的胳膊，举起那具连枷使劲往下打，每打一下，自己就双脚离地跳一跳，显出十分无忧无愁的样子。他想起自己二十年以前的事，仿佛还在眼前一样：

他十一岁到十二岁念过蒙馆，十三岁到十六岁当过老紧（学徒），十七岁起站了四年栏柜，二十一岁走包头，二十三岁走太原。到一千九百二十年，他二十五岁了，还是穷得光景过不成，就带了婆姨和吃奶的娃娃从北边下到豹子沟来种地。那一年他和这小伙子一般年轻力壮，也是一样地在这样的天气里打场。可是景况就大不一样了。他没有跳，没有笑，却是一面懒洋洋地打着，一面流着眼泪，一面盘算这些粮食给谁送多少，给谁又送多少。自己一年到头，流尽多少汗水，不要说剩下几颗，就是一个冬天不用吃饭，还不得够呢！……现在看见这种丰收的快活景象，他忍不住鼻子一酸，淌下几滴说不出什么滋味的眼泪来。

在这庄子上，他舍不得离开，直串了一个后响。到了晚上，不用一个钟头就把事办了。农民们都赞成他包交公债的办法，都拿出钱来入了股。有几个农民还提出了新问题，说今年运盐虽是利大，可是跑一回得误二十几天工，家里临时雇短工替手，还是算不过来，最好明年的公盐，也照包交公债的办法，由合作社包了去。高生亮做人耳朵软，禁不起人家两三回要求，那几个人一面说，一面把钱塞进他的手里，他也就吗吗呼呼地接下了。此外，还有婆姨娃娃把法币、响洋、首饰、压岁钱、体己钱，拿出来交给他存的。他一桩一桩登记，一桩一桩收下，一直装满了单衣口袋，又装满了夹袄口袋，浑身到处都乱七八糟地塞满了银钱钞票。

## 第十一章　苦　斗

日子过得真快，一转眼就过了三个月，白个生生的雪花把大地整个盖住了。

自从郝四儿那回叫高生亮痛打一顿之后，他对合作社真是恨入骨髓。起头他想到政府去告状，告高生亮非法行凶。和他同行的那些巫神、神官、法师、梦仙，也都怂恿他去告状。后来大家过细商量，又觉得自己干这门手艺本来就是犯法的事，有委屈也说不出口，只得作罢。最后大家商议定，不到政府去告，只是每逢老百姓请治病，都要说明如果病家请合作社治过的，就不给他治。郝四儿觉得这办法很好，就鼓动大家说："我很同意，咱们一定要遵守这个行规！现在虽说咱们治了病要捏鼻头，好歹还能混上一碗饭吃；将来要是合作社多雇上两个江湖医生，咱们连饭也吃不成了！目前合作社医生只有一个人，加上高生亮那驴日的也不过两个人，咱们人多，怕他个屁！"说得大家都赞成。果然不出一个星期，全区都传开了谣言。有些人说，合作社造房子没有谢土，包管不出一年，不叫水推就一定叫火烧。有些人说，高生亮打了黑虎大灵官的马童,黑虎大灵官要亲自来收高生亮的魂,不出今年冬天,高生亮就要得病。又有些人说,合作社医生给史家圪崂刘家娃娃治病,用一根长针把娃娃扎死了。这些谣言,在老百姓当中起的作用倒不大,有许多明白事理的,一听就知道是虚话;就是有些比较落后的人,听了也不过半信半疑就是了。只有高生亮听见了,气得连饭都吃不下,连觉都睡不着。他想:"自己拚了命给老百姓做事,人家却把你朝那么说!"就常常对张四海他们发牢骚,说:"这些谣言,政府要肯追查,一定能禁止的。咱们的政府却不管这些事!我这几天吃饭吃不下,睡觉睡不着,头总是疼,什么事情都记不得,还怕真是魂叫别人勾走了!……不过你们看,我老实不怕这一套。我就是三魂七魄都失落了,也得把合作社干到底!……"

这时候正当秋天过去,冬天到来,天气一天比一天冷,白喉、肺炎的症候到处流行。合作社虽然有一个医生,到底跑不过来。这一向郝四儿的生意倒很不错。他赚了几个钱,添置了许多衣服,还问了任常有的女儿任桂花做婆姨,已经择定阴历腊月十九过门了。

那任常有自从阳历九月底请假回家,十月底就把女儿许给巫神郝四儿。也没有开口问任桂花同意不同意,任桂花自己也不便开口多问。加上看见任常有整天骂人,整天叹气,她更不敢开口多问了。任常有原来是和和善善、轻易不发火的人,回家以后就整个变了样儿。这样不对,那样也不对;看见任桂花要骂,看见任福有也要骂。任福有知道他哥哥老了,多半是装悄悄地不理会他；有时实在耐不住他唠唠叨叨地絮嘴，就也顶撞他两句。任常有一肚子委屈，正像茶壶里煮扁食，肚肚里有，嘴嘴不得出来。他看见合作社闹红火了，钱也有了，新房子也盖起来了，老百姓川流不息地出出进进，就觉得自己运气不好，政府也不坚持原则，也不用全力支持他，实在伤心。在家里骂不够，就到处串，到处骂：

"那是政府不叫这样做的嘛，要是政府早就允许这样做，合作社早就造起五十间房子来了。那是拿发财来欺骗人，那叫作什么屁本事！要是高生亮能够按照原则把合作社办得这么好，我就佩服他！看吧，总会有一天上面知道他这种行为，好好地把他清算一番的！——好，叫他出卖吧，叫他把整个合作社都出卖给财主老爷们吧！"

别人开头还听听他骂，觉得这老汉糊涂得好笑，往后就对他的原则没有兴趣了。任家沟的李应才就对他不客气地说：

"算了吧，老任哥。你还谈什么原则不原则？谁解下你那个好原则？从前你办合作社，大家都骂你；现在人家办合作社，只有你一个人骂人家。你那个好原则有什么用？"

像这样的话他听了不少，他的脑子已经装得装不下了。区上自从他请假回家以后，一次也没有找过他谈话，好像把他忘记了似的。看看到了阴历腊月初，阳历新年也过了不久，他借着请区长、区委书记吃喜酒的名义，到区上探听探听消息。这两三个月以来，区上正因为合作社的问题，吵得乌烟瘴气。一方面是区委书记赵士杰，以为高生亮的做法，虽然违反了合作社的一般原则，但是很有点道理，值得仔细研究，不能够打击他。一方面是区长程浩明，以为区上的尾巴主义发展得太厉害了，这回应该只答应合作社包交公债试试看，不应该再答应合作社包交公盐。按照高生亮的计划，是在阴历腊月（阳历一月）间，合作社照每驮三百元的价钱，把当年全区的七百多驮公盐全数包收下来。然后，合作社又拿这二十多万块钱买了牲口，到三边去驮盐。对公家来说，合作社要在至迟八月底完成七百多驮公盐的任务；对老百姓来说，除了替他们完成任务以外，还要保证他们的原本还在，作为合作社的股金，第一年没有红利，到满两年的时候分红。去年整个十月、十一月、十二月都在吵着这个问题，在平时吵，在会上吵，在日里吵，在夜里也吵。一直吵到去年底，区上才算勉勉强强同意，也是让高生亮照他的计划试办一年。任常有到区上去的时候，赵士杰和程浩明两个人正在一半开玩笑一半正经地谈论着这个问题，也不避他。看见任常有走进去，程浩明说："老任，你来了，请坐吧。"随后转向赵士杰说："高生亮的做法，完全不合咱们合作社这一套章程，我已经翻来覆去说过不知够多少遍了，现在我已经不想再说了。这件事情将来上面会有结论的。对那个结论要负责任的，就是我和老兄，你。现在我只说这半年的事情。要是上面要你把这半年试办的过程做一个总结，你怎么做法呢？"赵士杰笑了一笑，说："那有什么困难呢？有两件事是大家都看得清楚的：一是这半年合作社是大大地发展了。加上最近的公盐股金，合作社的股金发展到四十几万，——从一万多发展到四十几万。二是合作社受到群众空前未有的热烈拥护。他们不再骂合作社,却把合作社看作是自己的东西,提了许多意见和要求,要合作社替他们办事。"程浩明也学着赵士杰的样儿,淡淡地笑了一笑说:"对,对。你还没说完呢。还有,还有。"跟着他好像威胁谁似的大声说:

"还有:一般区乡干部大大地反对合作社。合作社的干部不领代耕粮,不穿公家衣服,不要革命津贴,个个都有了薪水,穿上细布衣服,连腿杆子也软了,出入要骑马。合作社鼓励老百姓和党员的发财观念,却把人家婆姨肚子里的娃娃给打了下来。合作社把全区的经济领导权从政府的手里转移到几个私商手里。合作社贪多嚼不烂,开了一大把空头支票,将来老百姓会要政府给他们分红,要政府给他们退股,而咱们的公债公盐不知道朝哪里去要。合作社又变成一间小银行,吸收存款,自己放账;流通响洋和法币,咱们可是什么话也不能说。从前是一切经过组织,现在合作社是一切都不经过组织。从前合作社卖一盒洋火,还得来问问咱们,现在咱们只能说:'好,好,好,你去办吧!'根本就没办法领导。这些,难道不都是事实么?我是老粗,参加革命以后才学认字的。也许什么书上说过合作社该这么办,我解不下。我只知道遵守上级的指示。上级说合作社该怎么办,我才知道该怎么办。我的知识,也是在开会的时候,从上级的讲话当中学来的。像高生亮这个样子,我看不惯!"

赵士杰好像早已料到他会朝这么说,一点也不诧异。低头想了一会儿,很热情地回答他:

"不错,老程。你年纪比我大,经验比我多,做事比我稳重。可是高生亮这个合作社的发展是一种大胆的创造。上级没有这么说，什么书上也没有这么说。咱们服从上级，这是对的。可是咱们也要对老百姓负责。十分行不通的事情，咱们不能闭着眼睛去执行。高生亮的办法，开头我还是一半同意，一半怀疑。后来我慢慢变了。现在，我完全相信他是对着咧！将来咱们的上级也会批准他的。我再说一遍，这是一种大胆的创造。……咱们不能拿红军时代的眼光来看它。你说咱们根本就没办法领导，这是对的。其他的话你就说得太过火。事情也不完全是那样。话说回来，咱们没办法领导，我看是咱们领导的方式方法没搞对头。因为咱们不太懂得人家的业务，不是因为人家的错误。"

这时候，程浩明那原先就有许多红点的脸变得更红了，他那两只小小的，浅黄色的，兔子一般的眼睛朝区委书记瞪着，说："那就是了，那就是了。高生亮是发展，是创造。咱们是倒退，是保守。咱们骑上毛驴儿看书：走着瞧。咱们要就是到县上讨论去，要就是让任家沟合作社自流着，等上面将来做结论。我不怕你笑话，咱们农民做事情，是凭着咱们的经验来判断是非的！"赵士杰也生气了，他的小喇叭嘴长长地噘着，脑袋那样地摇着，好像他在不停地打寒颤。他不想在这个时候发作，因此压住自己的火气说："咱们又不是没有到县上讨论过。县上的意见也并不一致。"说完了就走开了。这两三个月以来，他们研究合作社问题常常是这样结束的。区委书记走开以后，程浩明很和气地问任常有："老任怎么样？是不是要回合作社工作去？"任常有一下子叫他问住了，不知道该怎么回答，愣了好半天，才吞吞吐吐地说：“我的好区长咧，你说得老撇脱。人家股金从一万发展到几十万。人家房子从五间烂脏房子增加了七间大房子，三间灶房，一共十五间；还有十来间马棚猪圈，四面都打了土墙围定，院子口口上还起了一座大门拱，比过去最大的地主家里还阔气。人家办了药铺，纺织工厂，还有像你说的小银行，现在还要办什么运输队。不说别的，就是干部——人家从四五个公家穷干部发展到二十几个漂亮小伙计。……人家还认识我这个老顽固？人家打了天下叫我去坐朝廷？"他这样说，一面瞟着程浩明那种想笑不笑的神气，心里想，程浩明一定会劝他将就一些，马上回到合作社岗位上去。他又想，如果区政府一定要他回去，他也只好回去受高生亮的气的。他也知道倘若他再不回去，合作社的干部和全区的老百姓都会忘记了他。可是他没有想到程浩明这样答复他：

"对，你不回合作社也好。你再休养半年，等上面做了结论再说。一个共产党员为了坚持真理，为了坚持原则，受点把子委屈是常有的事，不算稀奇的。"

他听了这两三句话，觉着又像是胜利，又像是失败，迷迷糊糊地从区政府里走了出来。不过这里有一件事，是清清楚楚的。那就是：在这半年之内，他回合作社的希望，是一点也没有的了！走到大门口，他碰见一个年轻人，叫了他一声"任干大"，他一看是高拴儿，也不想理会，也不想答应，直着眼睛就走过去了。这么昏昏腾腾地走了半里地，他才想起忘记了请区长和区委书记吃喜酒，又碍着高拴儿这时在区上不晓得闹着什么事，就决心改天再来，一直向任家沟走去了。

高拴儿本来打算到区上找程区长谈谈自己的离婚问题的,恰好碰见任常有从里面出来,叫他也不理会,他便想事到如今,谈不谈怕也不顶事,就坐在区政府大门口,着着实实地踌躇起来了。这三个月,高拴儿也实在受了熬煎。自从那回合作社请客,他父亲答应给他到区上交涉,他满心欢喜地回家之后,这件事就像石沉大海,一满没有消息。不知道是父亲到区上说了没顶事,还是父亲根本没到区上去说。他到合作社七八次,高生亮不是看牲口去了,就是收盐钱去了,要不就是正在家里开运输队会议。有一回,高生亮托人捎话叫他去,他到合作社,高生亮正因为整整两天没有睡觉,躺在炕上没起来。大家都不知道他睡着了还是没睡着,不敢惊动他。张四海紧绷着干瘦的脸孔对高拴儿说:

"你两个多月没看见你大了?好,你应该来看看他。再过几天,你就会不认识他了。他老了,瘦了,乏了,连头发都花白了。早些时候,他一连整整五天没有睡觉。白天跑农村,跑市集,跑区乡政府,晚上和那些脚户谈话,在合作社开会,算账;等到大家都睡了,他就一个人在炕前面走来走去。有时,你看见他脱衣服睡了,可是不到一会儿又看见他在院子里来回跑着。谁也不能劝他。一张嘴,他就把你骂个狗血淋头。后来,咱们看看实在不行了,就七八个人硬把他留下一天,不许他出门。可是前天、昨天,他又整整两天没有睡觉了。不止不睡,连吃也不肯好好地吃。昨天晚上咱们给他做了一碗面条,煮了两个鸡蛋,倒了半'素'(壶)酒。他把酒喝完了,面吃了半碗,鸡蛋吃了铜元大这么一个缺口,好像老鼠偷啃过似的。这怎么得了哇?……

第十一章 苦 斗

咱们都担心他会倒下来！……又不吃，又不睡，整天操心，整天跑，那怎么撑得定呵！……"

高拴儿默默无言地等了两个钟头，谁也没问起他的婚姻的事，连张四海也没关心他。两个钟头过后，高生亮从后门走进门市部来了。第一眼看见他，高拴儿大吃一惊。高生亮全身显得灰溜溜地又老又乏，腰弯起来了，背驼起来了，走起路来两条胳膊软软地下垂着，浑身没一点劲儿。他走近了，高拴儿从凳子上跳起来，看见他两眼通红，脸色苍白，脸上的皮肉——不像往日那样胀鼓鼓的，却变成虚虚松松地往下吊着。从那满头灰白的头发，和那满脸纵横的核桃壳一般的皱纹看来，他至少也有六十岁。甚至连那硬挺的两撇胡子，如今也软软地耷拉下来了。高拴儿几乎不认识他，——后来又情不自禁地叫了起来：

"大，你熬了！"

高生亮歪着头，很有点孩子气地笑着说："不怎么，不怎么。"随后又一把捉住高拴儿的手，轻轻捏了一下说："你难活了？穿了棉衣，手还是冷冰冰的！"高拴儿听他说话的那股劲儿还在，嗓子虽然紧了一点儿，不像平时那样宽洪，却也还是铜钟一般响亮，觉得有点安慰。张四海在一旁笑着说："高干大，你看你亲热得……还捏着手儿哩，把他当六七岁的猴娃娃哩！"这两句话把高拴儿说得满脸通红地害羞起来。高生亮对王银发吩咐了几句，就转过来对高拴儿说："拴儿，我有要紧事得出去跑一转，你在这里等一等。——咱们还缺少一个队长呢！"说完就匆匆忙忙走了。高拴儿在合作社等着，以为至多等一两个钟头的，谁知等了一天不见回来，等了两天又不见回来。他知道再等也不顶事，就很气愤地对张四海说：

"四海哥，你评评道理看。这还能算我的老人么？对我冷到这么冷，对别人好到那么好！我有这么个老人，对我帮不上一点儿忙，还不胜没有的好！叫我等着，等着，等到哪一年呢？这还是捎了信叫我来的呀！"说完头也不回地就走了。这一天他从家里起身的时候，是下了决心要和区上谈一谈他的婚姻问题的，连怎么开口，怎么说下去都准备好了，可是一碰见任常有从里面出来，再把这三个月的情形回想一下，他又改变了主意，不想再找谁谈这些事儿，爬起身就回家去了。

有一天，太阳晒得暖暖和和地像春天一样。冰冻了的地面上飘着轻轻的尘土，在向阳的地方，显出一缕一缕回潮的湿气。从半前晌起，合作社就逐渐热闹起来。不知道从什么地方，两三个一批，三五个一批地来了那么些人。他们牵着又肥又壮的骡子、马、毛驴儿，缓缓地走进合作社的大院子里。有些人唱着随口编成的，脚户们顶喜欢的"信天游"曲调子；有些人互相开着玩笑，说着一些只有脚户们才懂得的奇奇怪怪的笑话。他们把牲口拴在院子靠南的那许多木桩子、木杆子、木架子和石条、石槽、旧磨盘子上，然后坐在靠北那一长排的新房子前面的地上吸烟，脱下又破又硬的棉袄来，一面晒太阳，一面在那里翻来覆去地找着什么。他们喜气洋洋地你问我，我问你："拜识，明儿起身啦？"又喜气洋洋地彼此拿同样的话回答："好拜识，明儿起身呀！"随后又彼此问候着哪一个的"玻璃镜子"近来好不好，哪

第十一章　苦斗　　103

一个的"黑牡丹"光景过得怎么样,哪一个的"十里香"官司打赢了没有。

到了后晌,合作社简直像一大锅滚水一样,像一个庙会一样,人声嘈杂,拥挤不堪。天空中的太阳还是一样地晒着,地面上人影儿和老鹰的影儿并排飞着。山坡上,庄户人家听说合作社的运输队明天要出发了,十几二十个人在那里站着往下看热闹。合作社的大门敞开,各式各样的人在那里走出走进。门市部外面挤满了办年货的老乡,他们夹住买到手的东西,也从大门口走进院子里看热闹。那里面有二三十个运输队员,有一二十个合作社干部,有三四十个看热闹的人,有四五十头大小牲口。人们这里一堆,那里一堆,忽然又散开,忽然又合拢,叫着,嚷着,跑着。有几个人在十分凶狠地对骂,有几个人在打架玩耍,彼此紧紧地抱着在地上打滚。那些牲口也和人们一样高兴,叫着,嚷着,跑着,踢着,喷着鼻子,张开嘴假装你咬我,我咬你,甩着尾巴,举起蹄子,在地上打滚。有谁大叫一声:"照相啦!"大家就飞跑着围拢去。这时候,那个子很高、弓着腰、样子很老的高干大才歪着头,微笑着,咳嗽着,叫别人推着撞着,从人们里面浮了出来。太阳正射着他的脸,他举起一只手挡住眼睛。照相师叫嚷着命令他把手放下来,他果然很伶俐地放下了手,又难为情地拧回头四面张望。大家看见他的窘样子,一齐哗啦哗啦地哄笑起来。照完相,大家又分散开,和刚才一样地四处奔跑。有一个人背着牲口的头戴歪歪斜斜地穿着院子走,另外有两个人拚命地追赶着玩儿。前面跑的一个把那背头戴的人撞倒了,红缨子、镜链子、铜铃子喤啷啷撺得满地都是；后面追的那个也蹦上去，压在那两个人身上，三个人滚作一堆，在那喤啷啷响的红缨子、镜链子、铜铃子当中翻腾着。人们立刻跑过来把他们围定，灰的、蓝的、白的、黑的，——各种颜色的人们搅作一团。等到人们散开以后，那背头戴的人才站起来，一面收拾地上那些东西，一面破口大骂。他骂得那么厉害，把什么最下流的话都骂出来了，可是谁也没有生气。又一会儿，晚饭开出来了，平时喝的米汤，今天吃的蒸馍和炖肉：六盘白面馍，六盆粉条炖肉，六大碗烧酒，分作六起放在地上，人们也分作六起围坐在地上吃。大家吃吃喝喝，说说笑笑，十分畅快。用羊毛口袋装好的粮食，——运输队这回上行的货物，像一座山一样堆在门市部后门外。吃罢饭，高干大就站在那堆粮食堆子前面给大家说话，同时正式把几个主要负责人给大家介绍：运输队长马生秀，原来住清风崖，是纺织工厂学徒马吉儿的父亲；会计由纺织工厂的会计高成祥兼；下面有三个分队，第一分队长由马生秀自己兼，第二分队长是凤来坡的王金发，医药社副主任王银发的哥哥，第三分队长是任家沟本庄子上的李应才。三个队一共有大小牲口四十几头，其中有些是运输队自己买的，有些是私人合伙来的。高干大讲完话以后，大家又忙着检查牲口，收拾鞍架，以后又忙着把那些粮食煞在驮子上。等四十几个驮子都煞好了之后，天都快黑了。这丁方十二三丈的大院子，平日显得空空荡荡的，今天叫这些牲口哇，驮子呀，运输队员哪，合作社伙计呀，客人和闲人哪挤得满满地，地方就显得插针都插不下的样子。

整整一天工夫，高干大就在这些人们、牲口、驮子当中，风车一般地打转。到了天黑，他的腰酸了，他的腿疼了，他的头昏了，他的眼睛也花了，就倒在炕上躺着。一躺下，一闭上眼，他就觉得恶心，耳朵里嗡嗡地响，好像那里面养着一窝蜜蜂似的。就是那么半睡半醒地躺了约莫两袋烟工夫，那嗡嗡的声音还是响个不停。他疑心那是天变了，刮起风来了，风吹在电线上才这么嗡嗡响的，于是一骨碌爬了起来。什么腰酸，腿疼，头昏，眼花，这时候都忘记掉，一心只记挂住要是天变了，下了雪，明天早上运输队就不能出发。这么想着，精神也旺盛起来，一点都不想睡了。他望一望窗纸，见天色已经黑下来，就跳下炕，点亮了马灯，走出院子外面来。外面很冷。天上一颗一颗的星星亮晶晶地照着，不止没有刮风，连一片乌云也没有。他的心放下了一半，——又走到那些驮子前面，摩摩挲挲地这里看一看，那里看一看；看罢又走进马棚里，看那些牲口吃得怎样，有没有病容，有没有什么变化。这整整一个晚上，他又没有睡觉，就是那么房子、院子、马棚地跑来跑去过了一夜。天才麻麻亮，运输队员都起来吃饭。他只喝了一口白开水，什么都吃不下去。大家吃过饭，又十分紧张地忙了一阵子，这任家沟合作社的运输队才算打着旗子，第一次正式出发到三边去驮盐去了。

高干大站在合作社大门口，望着那长长的队伍，一直到望不见了；铃声越去越远，慢慢地从小声到听不见了；那空中的尘土也慢慢吹散，和平时一样地清朗了；他才觉得自己胸膛里那一颗心，从喉咙头掉下来，跌落在原来的位置上。这颗心悬在上面已

经三个月了。他叹了一口气,自言自语着:

"唉,这件事总算闹成了!"

他望望那条高高低低的大路,路上是空空荡荡的,上首伸进山峁子里,下首伸进河滩里,跟河滩上的乱石混淆,不能辨认出来。他望望对面那一架山,山上的积雪都融化了,只剩下背阴的壕沟里,还有一缕一缕的白雪在冷冷地闪着光。两三只寒鸦在山头上,在明亮的天空中斜飞着。——景象庄严,很清静。这时候,他觉得心里面很畅快,很安然。半年来,他头一回觉得自己是一个安闲自在的人了。又站了一会儿,门市部的铺门打开了,纺织工厂的机梭声音也响起来了,他慢慢往回走。走到大门口,他抬头看一看,见门拱上横写着"任家沟合作社运输过载店"十一个大字,墨渍正是十分鲜艳,便低下头,一面走一面想:从前几百年、几千年,任家沟长满了梢林。除了一两家庄户人家,便是野鸡、野狼和豹子,此外什么都没有了。现在闹革命才不过六七年,任家沟不单是光景过美了,还有了自己的纺织工厂、运输队、医药社和信用社。要是再过十年这样的民主生活,任家沟会发展成个什么样儿呢?他简直想不出来。想到党把这个什么都没有的地方变成什么都有,不知道经历了千辛万苦,——而且艰苦不说,还要快,在短短的六七年中间得到了这样的成绩,他觉得自己骄傲起来。又想到自己从前在旧社会里,也受过千辛万苦,到豹子沟来种地以后,还担过三四年货郎担子。——人家眼睛里,总以为货郎就是二流打瓜,不务正业的人;人家讥笑说"要见狼,拦上羊,要见婆娘摇货郎",还说货郎担子卖些假

第十一章 苦 斗　107

金、假银，假药材、假颜料。想不到革命以后，自己参加到革命队伍里面，居然也做出了几件大家满意的事，居然也还有今天！想着想着，他走进房间里，把墨盒子放在炭火盆上烤了一会儿，抽出毛笔，放进嘴里咬了几下，蘸饱了墨，在墙上歪歪倒倒地写上：

"辛巳臘月十九"六个核桃般大小的字样儿。

按照他平常的习惯，他是要写简笔的"腊"字的。可是今天他却打算写那个深笔的"臘"字，并且要写得端端正正。到写出来以后，他才发觉那个字写得太大了，而且又歪歪倒倒。好像那个字正在张牙舞爪，想从墙上跳下来一样。写完了，就再也寻不上有什么事可做了。本来他是乏累到了极点的，只因为平日忙惯了，闲下来总觉着心痒痒的，手痒痒的，一满盛不定。他把短棉袄外面的腰带紧了一紧，迈着软弱无力的步子走出院子外面。走到院中心，叫冷风一吹，忽然哆哆嗦嗦，浑身打起冷颤来。再走上几步，他就觉着天上忽然黑了，四围的房子、马房、土墙，忽然都活了。院子变成一个大海，他站在海中心了。——他想叫唤，叫唤不出来；他想抓住那些旋转的房子、柱子、门窗子，可是什么也抓不住。往后他眼睛一闭，两腿一软，扑通一声就倒在地上昏死过去了。

# 第十二章 夹 攻

自从高生亮那天昏倒以后，大家把他抬回房里。社里的医生李向华恰好在家，就用通关散把他救活过来，又用半茶杯烧酒，冲了一碗红糖姜汤给他喝。喝完以后，又替他脱了衣服，盖上被子，在炕底下放了一把火，把炕烧得暖暖的，让他安安稳稳地睡觉。他任凭大家摆布，就那么迷迷糊糊地睡了一天一夜，到第二天早上，才在炕上斜靠着坐起来吃了半碗拌汤。三天以后的一个下午，精神稍为好了一点，他就不听李向华的话，强要坐起来，把张四海叫去问合作社的事情。这天又阴又冷，张四海从外面走了进去，一股夹着药味的热气把他的脸烧得麻辣辣地很难过。他擦了擦眼睛，打了个喷嚏，又用劲搓着耳朵，嘴里说着："好冷好冷，一满撑不定。"高生亮说："天这么阴，不是要下雪了么？——先不管怎样，这几天有些什么事？"张四海不愿意和他多说话，就把两眼呆呆地望住他。这时候，房子里是幽幽暗暗的。左边，靠窗下放着一张红漆方桌，桌上放着一个上了锁的红漆小木箱，箱子旁边放着笔筒、墨盒、裁纸刀和几张零碎的麻纸，箱子上面放着一叠账本。这些东西都冷清清地在放着光。墙上挂着用铁夹子夹住的信件账单之类的东西，也是软软地，懒懒地下垂着。右边，零零落落地放着几张凳子，没有其他的东西。房子的后半，——炕当中放着一张彩色油漆的矮炕桌。画匠在那上面画了一幅《郭子仪拜寿》和一些红红绿绿的花边图案。这小炕桌上，一支涂成棕色的灯树的座子正压住那郭子仪的半个脑袋，而一个算盘正压住站在郭子仪旁边的那一群人。矮炕桌右面，像抱窝的老母鸡一样，高生亮坐在炕上。他的下肢用棉被围着，上半截弯曲着，衣服散乱地披着。很长一个时候，他静静地坐着不动，像一尊叫灰尘蒙盖了的泥菩萨。身躯还是庞大的，但是往时的英武，往时的威风，都蒙在一层病乏的灰尘里面了。他的面容是苍白上面泛着哑红色，太阳穴和前额上都露出粗大的血管，两眼是惊疑不定地在张四海身上闪来闪去，——显得十分衰弱。张四海走近炕沿，仔细看了他一看。这个从来不生病的黑大汉子的确是瘦了，头发更灰白了，满嘴的胡子又长又乱了，——他那懵懵懂懂的，歪着头，歪着嘴，嘴角上的肌肉轻轻跳动着的神气，好像他正在哀求别人给他一点什么东西。张四海心里一酸，脑子里浮上这么一个念头：

"高干大真个有了病了！"

高生亮看见张四海只顾看他，问什么话都不回答，不由得生起气来："张四海，你今天怎么着了？你是来相看小媳妇儿么？你不认识我了么？我又没有死，——才不过病了几天，看你们这鬼鬼祟祟的样子，什么都瞒住我，什么都不叫我知道！"张四海无可奈何地低着头说:"你才病了三天,能有些什么事呢?真个,没些什么事。天气冷了,恐怕要下雪了,得挂几包木炭。"高生亮听了很高兴,说:"对,你能开口就好。坐下来,咱们好好儿拉话。"张四海脱身不得,就顺便拉过一张凳子,在炕前面坐下来,好像一个犯人等待着法官审问。坐下之后,想来想去,觉得有些事情还是不便对他说,就选了一样不关重要的说了:

"按照规定,每个合作社干部每个月至多能够预支五十块钱,罗生明那狗日的一定要使唤八十块。今年他已经长使唤了二百来块钱了。——我不答应,他跟我两个美美地吵了一顿。这件事你还不晓得吧?再就没有什么别的了。"本来高生亮是不知道这件事的,他却说"我知道,我知道",催促张四海再说些别的。张四海又想了一会儿,就说:

"哦,有了。还有一件新闻。就在你得病的那一天,我看……是十九吧,任桂花出嫁了。——嫁给你们豹子沟的郝四儿。那天吹手把她引上,打合作社门口过的时候,你正睡得甜甜儿价,可好睡呢!"高生亮对这件事情表示很爱听的样子,还马上更正张四海的话,说:"我那天不是好睡,是昏迷不醒了!——好,你再说,咱们合作社给任常有行了门户没有?"这一问,张四海觉得自己做对了一件事,有了精神,腰杆也挺直了,说:"是啦吗,我跟王银发、王大章、高成祥他们几个商量,我们没有问你,自己做了主,给任常有送了一张喜幛,字是王大章写的,还送了任常有两百块钱。"高生亮说:"这事情做得对,做得好。他那天请了几桌客?有些谁们?"张四海说:

第十二章 夹攻

"人是不少，有区长程浩明，有区委书记赵士杰，有乡长罗生旺……赵士杰说起高拴儿一个笑话，把大家笑死了。"张四海说的这些事情，都是合作社近几天来天天谈论的事情，他本想不说的，——可是一开了头，他就忘记了那不要叫病人分心的本意，一股劲说下去了："赵士杰说高拴儿有一天跑到区政府门口，大概是去告任常有的状去的，可是只在大门口外呆呆地坐了一顿饭工夫，又什么话都没说就走了……"病人跟着追问："拴儿这几天怎样了？没到合作社来过？"那会计说："来过了，在这儿住了一天。他看见你身体不好，没敢惊动你。他说，豹子沟他不能盛了，要找个地方挪一挪，把地和别人兑一兑。"高生亮说："那才是胡说。——喂，程区长那天说了些什么？还有任常有，他那天说了些什么？"听见"任常有"三个字，张四海打了一个冷颤，慨叹地、缓缓地说出几个字：

"他已经死了！……"

"谁？谁死了？"病人挪动了自己的位子，好像他准备站起来。这消息无疑地使他受了很大的震动。

张四海还是那么缓缓地说："谁？还有谁？就是任常有，他死了。唉，人真是……"

"他死了？他得下什么病？我一满没听说他有病呵！"

"说起来，——也是冤枉。就在任桂花出嫁那天晚上，他喝酒喝太多，一家伙就醉死了！"

"李向华没有去给他治？"

"治是治了，没治过来。"

高生亮深深地叹了一口气，说："真是没有想到，真是没有想到。古人说，肚子里有牢骚不敢喝酒，真没错儿。你再说一说，还有些什么事？一个人在炕上躺了三天，世事就好像过了十年。"张四海一想，这些事儿，原先不想对他说的，现在都说了，他听了，也没有什么妨碍；其他的一些闲事，说出来也不打紧，就逐一逐二地说了：

"还有一件事：县上给区上来了通知，说边区政府要叫全边区的合作社主任，到边区建设厅去开会。区委书记昨天来过了。我们几个人商量了一下，都看着你不能去，就决定请赵书记自己去一次。他也没说会上要谈些什么，——他同意自己去了。"

高生亮对这件事很满意，不住地点着那有点颤动的头说："对着咧，对着咧。这样就好，这样就好。"

"还有一件事，今天早上，"张四海又说，"有佛爷山一个姓李的，拿了两张一九三九年的股票来算账，我给他把账算好以后，他硬要连本带利退股，我想现在入股退股是完全自由的，就让他抽走了。"

哪里知道，高生亮爱合作社爱到什么程度，"退股"这两个字是连听都听不得的。他的脸一红，眼睛一瞪，使劲把被子掀开，一跳就蹲在炕沿上，大怒起来了：

"你看你们这些人，顶个尿用！谁？谁要退股？叫我和他说去！他退股做什么？他不信任合作社么？他不满意合作社么？他不满意他可以提意见，咱们照他的意见办。人家都来入股，连公盐都入了股，他为什么要退股？——你们的嘴巴就会吃饭，就懒

第十二章 夹攻　113

得和老百姓多说两句！咱们要把老百姓的认识往高里提才行！要不咱们当天就能把合作社解散！你们是做什么的？你们想，现在咱们股金多了，有几十万了，这几块股金，退了不在乎，就让他拿得去。——这是错误！错误！很大的错误！你们这些人是些个办事的！"

他生气得这么厉害，浑身都吐噜吐噜地发抖，鼻子里放出哼哼的痛恨声，眼睛往地上寻找他的鞋子，好像要在这个时候跑出去和那个人说去。这时候，他一点都不像是个有病在身的老汉，倒好像是个血气旺盛的年轻小伙子。他完全忘记了这是今天早上的事，而现在，天已经快黑了。张四海一点都没有想到，这件事会叫他发起么大的火，不过他马上就明白高干大的心，——这一颗心是那样胀鼓鼓地装着一个合作社，里面不要说装不进别的东西，就是合作社一天比一天更大，那颗心也就一天比一天胀得更大，眼看就要把它胀破了。这怎么能禁得起别的东西碰它一碰呢？他这么一想，不止没有怪高干大粗暴，反而更加尊敬他。张四海走了之后，高干大点上了灯，衣服都没有脱，一个人盖着被子，躺在炕上静静地想：合作社还应该替老百姓办些什么事？合作社哪一桩事办得老百姓不高兴了？还是另外有其他的什么原因？他觉得他受了打击，受了委屈，受了损伤。他完全不能够明白，佛爷山那个姓李的在这个时候退股有什么意思。他甚至记不起佛爷山哪一家是姓李的，而那姓李的又是什么人。这么想来想去，他又整整一夜没有合上眼睛。

这样子，他的身体又不好了。也说不出什么病，就是头痛心闷，不能吃，不能睡。有一回他喝了几口酒，竟然睡了两三个钟头。于是他每天晚上煎两个鸡蛋，喝上二两白酒，吃一碗拌汤或者吃半碗面片，要这样子才能睡上两三个更鼓。——又养了七八天，这才慢慢地缓过气来，身体觉着强健些儿，可以拄着根棍子到处走动走动了。

有一天，高干大正闲坐在门市部里，忽然看见门外坪台下面，有一个人牵一条毛驴走过，那个人后面跟着一个老太婆，两家一面走一面争吵。高干大对张四海说："你快看，头前走的那个矮个子不是桑坪的李生春么？后面那个老太婆不是柳树台的贺老婆么？你看他们吵得多么凶，你看，李生春动手打那老太婆了，那老太婆叫唤了，什么……叫我出去看看。"张四海说："我倒早看见了。那就是早几天我跟你说的，佛爷山那个姓李的嘛。"高生亮说："他娘，看你们这些做农村工作的！李生春早就不盛在佛爷山了。年时腊月贺老婆守寡的儿媳妇招了他，他就搬到柳树台，今年八月又跟贺家儿媳妇搬到桑坪。他是郝四儿的拜识，是一个那号十十足足的二流子。怪不得他要退股，这里面一定有道理。……你看那狗日的动手打人了，叫我去看看去。"保管兼采买罗生明站在一旁，见高生亮要管别人的闲事，就插嘴说："贺老婆的大名谁不晓得？又刁，又泼，又烂，又臭！年时她不让她儿媳妇招人，就在乡上打过官司。我听我兄弟罗生旺说过，她老早就有意思要讹诈李生春那匹毛驴，本来她儿媳妇跟她没有另开，她就瞅这个空子……"高生亮打断罗生明的话，说："这件事我清楚。李生春开头说要租贺老婆的毛驴，租钱只付了一个月；往后又说要买那匹牲口，一直没给老太婆一个钱。——乡上怎样解决的？"罗生明缩起鼻子，很不以为然地，冷笑着说："老高，你少管些闲事吧！人家乡上判决贺老婆不对。得了钱，把牲口卖了，又回头来讹诈别人。乡上判决毛驴子归李生春。"高生亮再也不和他说，就连棍子都不拄，好像一个没病的人似的走出去了。他把贺老婆和李生春两个都叫到门市部里面，端了凳子叫他们在栏柜外面坐下，就问他们的事情。大家争吵了一顿，寻不上解决办法。贺老婆说："你要拉走我的毛驴子，你得把钱给我！"李生春说："今年春上我倒把钱找清了，哪里来你的钱！"高生亮看见李生春那油头滑脑、流里流气的样子，心里早就有了把握。他不先说李生春，却先对贺老婆说："贺老婆，你反对你儿媳妇招李生春，你时常给他们两口子吵闹，叫我老汉说一句，这是你的不对。你要知道现今的世事是民主的世事，咱们边区老百姓，不论男女，都有民主自由。你儿媳妇只是你的儿媳妇，不是你买来的丫头，——就算是你的丫头，如今你也不能干涉她的自由。她又没有儿女，你叫她守一辈子守个什么呢？她要嫁人，她要招汉，要好好地过日子，这都是对的。你不该跟你儿媳妇吵闹，你应该把他们认作一门好亲戚，——你应该承认你的错误。"贺老婆噘起她那干瘪的嘴，很生气地说："我承认错误，我承认错误。毛驴得叫我拉回去啦！"说得大家都笑起来。高生亮又故作不知地问李生春："今年春上你买这牲口，掏了多少钱？"李生春说："我掏了一百五十元。"高生亮一听，又好气又好笑，说："今年春上，这毛驴子至多值八十元，你真是好心肠，就掏了一百五？这个暂时不说。——你说你给过钱给她，有什么凭据？"李生春很奸诈地笑了一笑，表示这点难不住他，说："怎么没有凭据？这桩买卖还有中人咧。这中人就是豹子沟的郝四儿！他当面作证，我把钱亲手一五一十点清给贺老婆的。"高生亮笑了，大家也笑了：郝四儿也能做见证，谁也没有听说过。贺老婆正想辩白，高生亮做个手势止住她，说："你们的官司打不清，我看这样子好了：这毛驴既不算你的，也不算她的，你们当众拈团儿，谁拈了得字，毛驴就归谁，这样解决好不好？这是第一个解决办法。你们赞成不赞成？"李生春说："可以，可以。"贺老婆说："不能，不能。我的毛驴为什么要拈团儿？"高生亮说："要不就这样子：这牲口市价只值一百二十元，合作社就出一百五十元给你们买下，算作你们每个人入了七十五块钱的股。明年年底下来，就算一块分一块红利，你们每个人都得了一百五十元。这叫作二一添作五，谁也不占谁的便宜——这是第二个办法。"李生春想："看样子这毛驴不会归我的了，反正我不曾花一个钱，就拿她七十五块钱，自己再加上二三十，怕还买不下来一头毛驴？"就说："我同意，我同意，咱们平分算了。"贺老婆说："不能，不能。合作社要买这毛驴，我该占一百块钱，顶多只能分五十给他。算是我倒了霉，叫他骗五十块钱去！"高生亮又说："如果这两个办法都用不上，我还有第三个办法。叫贺老婆找七十五块钱给李生春，这毛驴就归贺老婆牵回去。你们看这办法使得使不得？"李生春一听，觉得更高兴，马上就同意了。贺老婆说："这真是见了鬼，

第十二章 夹攻

我自己的牲口,我还得掏钱买回来!你合作社是要这牲口的话,我就找给他五十元;合作社是不要的话,我顶多只能找给他三十元,这牲口卖不了一百五十元的!就是给他三十元,我也拿不出来。高干大你先借给我,我以后慢慢纺线还给你。合作社放花是纺一斤纱赚一斤棉花不是?我就算白替那狗日的没良心鬼纺上两斤线子就是了!"李生春嫌三十元太少,两家又争吵起来。高生亮把脸一沉,把栏柜拍了一下,站起来,指着李生春的鼻子说:"你这二流子真不受抬举!我这里给你拿出三十块钱来,——你是聪明的,你就把牲口留下,把钱拿走;你要蛮干到底,咱们上区政府理论去!你想一想,我给你提的三个办法,你都一口应承了,——如果这个毛驴真是你的,拿了一半钱你就甘心?你一点都不心疼么?你为什么不像贺老婆一样跟她两个争?"李生春叫他这一骂,骂得转不过弯来,也就硬顶着说:"高生亮你不要仗势欺人!你能欺负我的拜识郝四儿,你可欺负不了我!这毛驴是乡政府解决了,归给我的。上区政府就上区政府去,难道那区政府就是你的?"贺老婆也发火了,说:"什么乡政府解决?咱们那罗生旺吃奶还没吃够呢!下回选举你看我还选举他!我要选高干大当咱们乡长!走,区上去!"

三个人一句话不说,慢慢儿走。走上几步,高生亮就急起来,加快了脚步。可是一走快些,他的气就喘了,腿也软了,又慢下来。好容易到了三汊河口,找着程浩明,把争吵调解的事情说了一遍。贺老婆说李生春打了她四五拳,打得她浑身发痛,要区上惩办李生春。程浩明皱着眉头,把话都听完了,觉得很不好办，就不咸不淡地说了李生春几句，又答应叫乡政府再详细调查。把两个都打发走，然后很生气地对高生亮说："高主任，你还嫌我的工作不够多，倒给我来惹下些麻烦，唔？"高生亮看见问题不能解决，早已气得不行，摇摇头不作声。区长又说："这件事乡上已经解决过了，就对了。他们有意见该到乡上提去。你跟我都不了解那些情况，——'没有调查研究，就没有发言权。'对不对？"高生亮实在熬得撑不定，眼睛发黑，站都站不稳了。他还是挣扎着，一面喘气，一面缓缓地说："不过我是知道这件事的。我知道贺老婆家里的事情，跟知道我家里的事情一样。咱们要调查研究这件事，也不太困难。难道照我提三个办法的经过情形看来，还不——"程区长一下子打断他的话说："对，对！你有调查研究，我没有。——我让你来当这个区长，好不好？你快把你的合作社搞好，不要闹出大乱子，想法儿叫一般区乡干部意见少些，这样就好了。政府的事情你最好少管！"高生亮碰了一鼻子灰，又不好发区长的脾气，只得跑去找区委书记赵士杰，问："赵书记，咱们合作社新办了够五六个月了，到底上面批准不批准呢？咱们办得对不对，该管什么事，不该管什么事，——上面有了指示，咱们好办事。要是这样的合作社不该办，咱们就解散它！"赵士杰刚从延安开会回来一两天，很耐心地解释给他听："咱们大家都不会办合作社，大家共同试验。县上虽然现在没有批准你，也不好说你对不对。你只管安心试办下去，到时候再说。这回延安开了会，发现了一些新的问题，等咱们先研究一下，再找你详详细细谈一谈。"高生亮把刚才贺老婆的事情又说了一遍,并且说程浩明对他有成见。赵书记劝他应该尽量叫别人了解自己的工作,应该谅解别人的误会,最要紧的,应该服从上级的领导。——上级的态度好不好,自然是一个问题,但是被领导的人不应该太强调这一点。

高生亮回到合作社,早已筋疲力尽,他用出全身的劲儿,才爬上坪台,心里盘算着:"我的身体这回真不顶事了。"这时候,正碰上罗生明又在跟张四海争闹预借工资的问题,两个人正吵得脸红脖子粗。他一听见这种吵闹,登时气得嘴唇发紫,浑身打颤。他咬着牙,他的大手掌使劲在柜面上一拍,右脚不停地顿着地,许久说不出话来。王银发过来劝他,他才要哭似的说:"不用吵了,不用吵了!你罗生明是三六年的干部,你是怎样看合作社的?钱是一个也不能叫你再使唤了。你看得上合作社,你好好留下工作;你是看不上这份工作,你就另外高就吧!"罗生明一听,倒反而嬉皮笑脸地说:"高生亮,你记得我是三六年来的就好。你这是客人赶主人了,好气派!你叫我走,我还怕走不了吧?至少,你得当个区长,——再小些,你得当个正式的主任,你才有这个资格!"后来大家跑过来把高生亮劝开了。

当天晚上,高生亮独自在房间里喝酒喝到半夜。他的知觉都几乎完全麻木了,就这么一杯一杯喝下去,一直喝完了半斤酒,就倒在枕头上呜呜地,低声哭泣着,整整一晚都没睡觉,——也不知道他是伤心,还是酒醉。

这样子,他又不能吃,不能睡,脑子痛得抬不起头来。他又犯了病了。

张四海、王银发、李向华、王大章、河南的高家兄弟，还有在家的许多干部，都经常来到他炕前，问他的病，安慰他。他们都说罗生明不对，还在会议上批评了罗生明一顿。他们都是一片真心肠，爱护高干大，拥护他的主张，受了他的精神的感动的。这种精神就是为了合作社，为了给人民服务，什么都不管，连性命都可以不要。高生亮也很感激他们，只是有些话不便对他们说，便只好抓住他们的手，笑着说："不要紧，不要紧。这小毛病，几天就会过的。"只有对张四海一个人，他有时把情形说了一点。那会计听了，就愤愤不平起来：

"把事办好了，他区长反而不高兴！要把事办坏了，他才高兴？高干大你不要在意这些小事，倒把咱们合作社的大事误了！身体要紧。"

高干大叹了口气，说："人就是那么个！要说小事……有时候就硬是看不开！"

## 第十三章 动 摇

阴历年过去，阳历已经到了一千九百四十二年的二月中了。

那回区委书记到延安开合作社主任会议，建设厅提出了一个新的口号，叫作"克服包办代替，实行民办公助"。当时在会上，许多合作社主任听了，都不以为然。他们每回到延安开会，总希望上面给他们解决一些困难，例如请光华商店投点资呀，请政府派一两个得力干部哇，请政府解决干部的代耕的问题呀，请政府多摊派几个股金呵等等。这回政府是什么都不给，反而提出什么都得自己想办法，——合作社凭自己的力量和本地老百姓商量办法。这回政府说过去区政府包办了合作社，代替了合作社的工作，这种政策是错误的；应该使合作社成为人民自己的东西，由人民出钱，由人民出人，由人民出主意。县政府和区政府只是帮助合作社解决困难问题，只是在政策上、原则上加以领导。这个口号一提出来，大家都你望望我，我望望你，没话说。大家都感觉到这回是合作社要起革命了，不过谁也没有把这个感觉说出来。这个口号通过以后，大家都没有信心，——历次会议上总有许多困难要提出来的,这回也不见提了。至于摊派股金,股额限制,退股限制,干部待遇,组织形式,业务方针等等,更是谈不上详细讨论了。一般县区干部,总觉得合作社干部不行;一般合作社主任,总觉得合作社一向是按照上级的命令办事的,这回要自己出主意,自己是一满没有主意。而有一点意见是共同的,那就是:老百姓根本不愿意办合作社,如果要老百姓出主意,老百姓根本就主张不办。会议结束以后,一个干了六七年的老合作社主任把头仰起来,望着窑洞顶长叹一声说:

"这回合作社是尿式了!——唉,回家扛镢头去吧!"

大家听了,虽然都哈哈大笑,可是心里面都觉得有点难过,都觉得很同情他。区委书记把这回会议的结果向县上报告了,县上的负责人,像县长、县委书记、四科长等等都同意这个口号。可是怎样实现这个口号呢?高生亮的办法是不是对的呢?就没有什么具体决定了。赵士杰以为高生亮的办法是正确的,主张完全打破合作社那旧的一套,把高生亮的办法推广到各区去试办去。县长和县委书记都觉得没有经过细密研究,不能轻易表示意见。四科长却对高生亮的一套办法表示很大的怀疑。结果,县上做出了一种暂时的决定:要各区政府不要包办合作社的业务,要加强各合作社的理事会,凡事先经过理事会通过,再由政府批准;股金不能马上全部废止摊派;股额限制从每人二十元提高到一百元;退股还是不能随便,——要经过区政府的批准;干部能自给的自给,——不能自给的由区政府酌量批准代耕;每个村组织一个合作社小组,经常讨论合作社的事情。关于任家沟合作社,还是维持原议：让它试办满一年再说，目前不做什么决定。

　　这样一来，赵士杰和程浩明的意见还是统一不起来。这天早上他们又争持不下。程浩明说："咱们这里的合作社，包办代替这一条，是早就克服了。"赵士杰说："是不是真正在思想上克服了呢？如果不在思想上克服了这种观念，咱们也就没有可能放开手让人民去办事。咱们也同时没有可能用最大的力量去帮助他们。——就是说，咱们还不能真正实行民办公助。"程浩明说："咱们只是帮助高生亮，——对，那么谁去领导他呢？那些合作社代表能领导他么？还是那些合作社理事能领导他呢？比方咱们合作社的原则是争取……怎么说的呢？老赵你不要笑，我说话是有困难的，是争取'非资本主义的前途'吧！可是高生亮把整个合作社都资本主义化了，谁领导他这样子？又有谁能领导他回到正路上来？"赵士杰说："关于这一点，我跟你的理解是不同的。争取非资本主义的前途，抑制私人资本的过分剥削，这些原则依然是对的。要达到这些目的，咱们就要做两件事：一件是把咱们落后的农村经济发展起来，一件是逐渐地把个体经济组织起来，使他们慢慢变成集体经济。现在咱们都穷得很，经济上又落后，又停滞，生活过不美，文化提不高，什么都赶不上人家，咱们谈得上社会主义么？咱们想抑制私人资本，可是私人资本比合作社有力得多，咱们空喊抑制，有什么用？——所以，咱们要发展农民的个体经济，才能够发展合作社。合作社一方面发展自己，一方面帮助那些个体经济发展，再转回来又使自己向前更进一步发展。这样才能达到咱们的目的，——高生亮正是这样做的。"程浩明望着赵士杰轻薄地抿了一抿嘴,说:"你刚才说的那一套我多半解不下,也说不上你对还是不对。凭过去的经验,我知道:高生亮正是这样,在共产党的中央所在地发展着资本主义,传播资本主义的经济思想。"赵士杰赶快从桌子上的一堆书报里面,抽出一本《新民主主义论》,翻开一段念给他听:

"……但这个共和国并不没收其他资本主义的私有财产,并不禁止'不能操纵国民生计'的资本主义生产的发展,这是因为中国经济还十分落后的缘故。……"

程浩明还是用讥诮的口气问:"那么,我们党为什么要提'反对资本主义思想'这个口号呢?"赵士杰理直气壮地回答:"那是指的党员不应该有资本主义的思想。合作社社员不是党员,这个口号就用不上。高生亮如果自己要发财,那是落后,那是错的;高生亮如果要农村老百姓发财,那是革命工作,那是对的。你也看得出来,他不单是要老百姓发财,还教老百姓抗日,爱国;还教老百姓拥护咱政府;教他们慢慢把个体经济变成集体经济。"程浩明连摆着双手说:"好了,好了,咱们不谈这些理论,——但愿一辈子不要谈理论,——咱们再来谈谈实际问题吧!——去年咱们党中央发表了两个重要决定:一个是增强党性的决定,一个是关于调查研究的决定。咱们得根据这些东西把高生亮和他的合作社,好好地研究一番。我认为高生亮是标新立异,是自成局面,是个人突出的。在这方面你应该注意纠正他。其次呢,他的合作社我认为只能算是'独办',不能算是'民办';老百姓是不是那样高兴他,喜欢他,拥护他,咱们没有确实的材料可以证明。咱们应该马上来一个对合作社的、又普遍又深入的调查，看看老百姓到底有没有什么呼声和反映。"赵士杰知道再争论也没有终结，就说："很好，很好。咱们就把他跟任家沟合作社详详细细来调查研究一番。不过关于民办这一点，我认为已经有明显的事实，摆在咱们面前了。从前老百姓骂合作社是'活捉社''捉鳖社'，不肯交股金；现在老百姓不骂了，还自动入股，这就是民办。不过这民办的程度还很低。将来把社员代表大会组织好了，把理事会加强了，那时候民办的程度就会更高些。"赵士杰说到这里，停住了。程浩明望了他一眼，看见那两片噘起的嘴唇还在动弹，好像话没说完的样子。果然，过了很长的一会儿，赵士杰又加上说："老程，有几句话，我很久都想跟你说了。我承认你在你的工作岗位上，替革命做了许多事；一般地说，老百姓也很满意你。你执行上级的指示是很坚决的。但是，……这话怎么说呢，你听上面的听得太多了！听下面的听得太少了！自己的脑筋，那是运用得更少了！是不是这样子呢？这真是很可惜的事。咱们固然要向上级负责，我想，咱们同时也要向老百姓负责的！"

赵士杰说完，正想起身，程浩明把他留住了。程浩明说："这里还有一个问题，你看应该怎么办。高生亮拿合作社的钱去帮助任家沟建立了一个私塾。乡政府去动员娃娃上新文字冬学，去动员娃娃住公家小学校的时候，娃娃的家长就说有了任家沟的私塾，就念私塾吧，不去了。而那个任家沟私塾呢，教书的先生是一个六七十岁的封建的老古董，教的书是'天地玄黄'和'天子重英豪'这一类。很显然，这私塾，要不是高生亮用力支持，是一定办不起来的！这事情你看应该怎样处理？"赵士杰说："我没有意见。我的看法是，咱们对于高生亮，好的地方应该发扬他，坏的地方应该纠正他。"程浩明笑了一笑，没有再说什么。半点钟以后，这圆脸的矮胖区长就到了任家沟合作社了。这一天正碰上运输队第一次从三边驮盐回来，合作社里里外外，全是人、牲口、盐驮子，吵吵嚷嚷，十分热闹。程浩明在运输队队部里找着了面带病容，精神憔悴，却又正在忙着的高生亮。——他的病是时好时坏，脸上总是又黄又皱，可是事情总是一样多。这时候，他正叫一堆人围住，在讨论怎样照料牲口的问题。区长问起运输队的情形，高生亮愁眉不展地说："赔了。——这回算账，要是牲口按原价算，就赔了三千多块钱；要是牲口按现在的市价计算，就还赚了一点。因为这个月当中，牲口涨了价。"区长问："那是赔在什么上呢？"高生亮气愤愤地回答："时间耽搁了。牲口损失了。——本来二十天就能打来回的，却走了差不多三十天。这样子，人工草料伙食都费得多。路上又跌坏了一头毛驴，还有一头毛驴病死了。这都是管理上有毛病！"程浩明也没有仔细追问下去，只和高生亮说："老高，我有点事情和你商量。咱们到你的房子里谈一谈。"高生亮把他引到房子里，坐都没有坐稳，他就谈起合作社捐钱给任家沟私塾的事情来。他竭力仿照他平时瞧不起的、那些"文化人"的说话方式，从边区的教育方针说起，说到新旧教育的比较，说到动员工作的困难，一直说到高生亮帮助私塾的错误。他认为这错误助长了封建思想的发

展,妨碍了新的教育事业,破坏了政府动员工作,是相当严重的。他一个人讲了半个钟头,高生亮听着听着生起气来,在心里骂着:

"这狗日的!叫我美美地把你揍上一顿,回家扛镢头拉倒!"可是他又回心一想,"我不干合作社,这可容易得很。怕还有谁鼓定我干?只是我不干了,吃亏的不是他,占便宜的也不是我。咱们辛辛苦苦把革命搞成功了,也应当叫老百姓快快活活过几天好日子。——我今天不干,他明天还不是叫罗生明当主任?还不是实行任常有那一套?还不是照旧摊派股金,把老百姓弄得哭哭啼啼的?合作社照旧变成'活捉社'了?这可不行!"他用手扶着头坐在红漆桌子前面,这样想了一想,就改了口气说:"程区长,你说的一满都对,都正确,这回是我的错误。"刚才程区长教训高生亮的时候,自己一面讲,一面也觉得自己的话说得太多了,太重了,好像今天是有意来打击他似的。他怕高生亮忍受不住,跳起来和他争吵。他也知道高生亮的脾气暴躁,不肯让人,要是一直吵下去,也许就会吵一个整天,那时大家都下不了台。他看见高生亮沉下了脸,咬紧了牙,不停地用那张大手捋自己那几根花白的胡子。他想是要发作了,却想不到高生亮忽然说出这么几句话来。话说得又干脆,又谦虚,又没有带一点火气,完全出乎他的意料之外,倒把个程区长弄得不知怎样才好。大家你望望我,我望望你,彼此都没有话讲。高生亮站起来,平伸出一只手,说:"程区长,咱们到那边谈谈去吧。请你帮忙,给他们一些教育。这些运输队长队员们,如果解下了自己对老百姓的责任，就不会打架、喝酒、耍钱，贪污、浪费，管理也好管理，运输队也不会赔本了。"程浩明说："不啦，我回呀。我在吆牲口这上头，什么都解不下。——我还有些别的事情，今天也顾不上。"高生亮也不多留，默默无言地把他送到大门口。送罢客，正转身往回走，忽然听见有一种很熟惯的女子声音叫了他一声：

"高干大！"他回头一看，原来是任桂花。她穿着薄薄的黑市布棉衣裤，戴孝的白鞋子。短短的脸孔叫冷风吹得通红。——她的短辫子剪掉了，变成蓬蓬松松的短毛盖。两腮也丰满了一点，此外就没有什么改变。她还是一样的轻身伶俐，还是满脸没主意的孩子气，只是在原来的神气上面，加上一层淡淡的愁苦。在从前，高生亮一向很喜欢她，把她当闺女看待的，后来和任常有闹翻了，和她也疏远了。这时候，她是郝四儿的婆姨了，——郝四儿既然专跟合作社作对，她这一来有什么用意呢？——高生亮不知怎么对待她才好，只得叫她回房里坐，问问她的光景过得怎样。话还没说上三句，她看见高干大那副和蔼亲爱的样子，又给她倒茶，又给她把炭火加得旺旺的，她就好像受过欺负的孩子见了亲人一样，哇的一声趴在红漆桌子上放声嚎哭起来了，哭了半天，才收住声音，对高干大诉起苦来："高干大，救救我吧，我活不成了！……那是个又凶又狠的二流子，一棵庄稼都不种，尽给人胡屎日鬼治病，骗一个钱花一个钱，抽洋烟，赌博，大吃大喝，什么都来！我过门才不到一个月，那狗日的把我打了五回。说一句话不中听，就打；走一步路不顺眼，又打！前两天我跟高拴儿说了两句话，叫那狗日的知道了，今天早上又要打我。我实在气不过，跟那狗日的对打了一阵，叫那短命鬼把我的腰给打坏了。……"说到这里，她端端儿地坐直了，用手按着自己的左腰。太阳从玻璃窗子照进来，正照在红漆桌子上，把她脸上的眼泪也映得通红。高生亮觉得心疼，就安慰安慰她："年轻人的火气大些，忍着性子过下去，慢慢就会好的。夫妻上头……"任桂花一听这些话，反而觉得更加伤心，又大声嚎哭起来了。高生亮觉得没有办法，就把两手反扣在背后，在房间里踱来踱去。走了一阵子，他就在靠墙的一张方凳上坐下，两脚踹在方凳脚的横档上，两手笼在袖筒里，头垂得很低，坐着不动。坐了一会儿，窘得很，他站了起来，走到炕桌前面，拿起锡酒素呷了一口烧酒，又重复坐在方凳上，把头垂得更低，低到碰着自己的心窝了。……这样过了一顿饭工夫，任桂花的哭声慢慢弱下去了，高干大才开口说："夫妻吵闹的事情本来就难插手，是你跟郝四儿的事情就更难办。我跟他说不到一达儿。是别人，我还能够劝几句，说几句话。我的话他不会听，我一插手，他会把你打得更凶的！我有什么办法呢？"任桂花一步跳到高干大面前，尖声叫唤着："你还要劝他呵！你还要劝他呵？这只能怪我大把事做错，这只能怪我没主意，怪我……如今只有一刀两断：离婚！""离婚？"高干大重复着这两个字，"那怎么个离法呵？你过门还不到一个月，怎么就离婚呢？婚姻的事情，哪有这么随便的？"任桂花坚决地顿着脚说："离也要离，不离也要离，郝四儿那里我贵贱不盛了，我就是死也得另外寻个地方死去。"高干大没办法再往下说了，只在鼻孔里"唔，唔，唔"地敷衍着。任桂花跟着提出进一步的要求："高干大，你熟人多，要是替我向区长、乡长说一说，他们一定会解放我的。"看见高干大还没答应的意思，她就走到高干大身边，背靠着墙，身子乱摇，两脚乱跳，一面慢慢往下滑着，一直滑到坐在地上，说："我大把我害得那么苦，高干大你再不救我，我还能奔哪里呢？我只有一个死了！"高干大看见她那可怜的样相，想起这几年的事情，不由得心里一软，鼻子一酸，眼圈就红起来了。他把任桂花搀起来，拖过一张凳子叫她坐下，站在她面前，弯着腰对她说：

"是别人的事情，我早就一把揽上，不用你多说了！郝四儿那样的汉，不管哪个女子，都要跟他离婚的！我看着你长大，看着你叫你大扔进火坑里，难道我不心疼么？只是我管不着，没办法。现在的事情，我还是难插手。那郝四儿跟合作社、跟我都过不去，我们还有官司没有打了，我要是一揽承这件事，区上乡上都会说那是我的儿媳妇，一定是我挑拨离婚；郝四儿一定会造出许多谣言，破坏合作社跟我的工作。桂花儿，你解不下社会上的许多事情，我的处境实在困难呀！这样子吧，你到乡上区上去，各自先去讨论这件事去，我从旁边帮助你。你也不必对别人说我知道这件事，——我是不好露面的。"

刚把这话说完，高拴儿从外面一推开门，带着一阵冷风走了进来。任桂花看见高拴儿，从凳子上站起来，想走又不想走，露出很不自在的样子，好像小鸡瞅见老鹰一样。高拴儿却是另外一种神气。他不看人，也不说话，先在房子里来回走了几转，然后站在炭火盆前面，提起铜壶自己倒水喝。看他那样子，好像一个什么将军回到自己的办公室，而那办公室现在除了他以外，又没有一个旁人似的。喝过水，在炭火上搓了一会儿手，他慢步走到任桂花跟前，拿两个凶恶傲慢的眼睛看定任桂花的脸。任桂花也用求人可怜的脸相望住了他，望了一会儿，就忽然用手掩住脸孔，哇的一声哭了出来，什么话也没有说，冲出房门走了。

高干大轻轻地责备儿子："拴儿，你这就不应该了。她的心是很苦的，你何必再踹她两脚呢？"

高拴儿也不理会这件事，却说起另外一件事来："大，我有这么一个打算。今年的庄稼，我自己不种了。豹子沟我也不想盛了，盛够了。咱们原来雇了一个人，今年再雇上他一个人，对付着看。我要自己倒一点生意，要不就跟着合作社的运输队吆牲口，在家里，天天看见那没良心的女人，实在不好受。"

高干大还不清楚他说这些话的用意，就走近他面前，用话试探他："你从前不爱合作社，现在倒爱起合作社来啦？"看见高生亮走近了，高拴儿就走远些，努起嘴说："我要来合作社吆牲口，是想离开家，不是爱合作社。合作社有什么叫我爱的？人家想发展生产，要合作社帮助；人家生产发展了，又怕娃娃养不活，也要合作社帮助；我不想发展生产，——就是生产发展了，我又没有娃，要合作社做什么？"高干大笑起来了，说："你看你，二流子口气！你为什么不想发展生产？"高拴儿说："我家里什么都没有。没婆姨，没娃。我把那个经济发展了又有个什么的用项？——不顶事！"高干大觉得在他的婚姻问题上，自己是对不起他。自己忙得顾不上，没有管，怪不得他耍脾气。想了半天，高干大半真半假地说了一句笑话收场："对。你来合作社吆牲口，我给咱回豹子沟收拾种地去……"高拴儿摸不清他说这话是个什么意思，觉得他大是在戏弄他，望了高干大一眼就走出去了。高干大忙着给运输队算账，开会，一直忙到半夜。这整整一天，他忙着应付运输队、程区长、任桂花、高拴儿，一点东西都没有吃下去。到了这时候，他的头疼得抬不起来，浑身都发酸了，肚子里还不觉得饿。回到了房间里，看见高拴儿已经睡下了，就没惊动他。大师傅刘宽福给他炒了几个鸡蛋，烫了一素子酒，他就脱了鞋上炕，坐在炕桌子前面慢慢喝酒。一面喝，一面顺手拿过一张《解放日报》来看。这张报也不知道是哪一天的，上面登着一段毛主席在党校报告整顿三风的消息。他看完这一张，又拿起另外一张，在那上面有一篇社论，叫作《加强地方在职干部教育》。他看了一会，大意是懂得了，有许多字眼和句子还是隐隐糊糊的，就搔着那花白的头顶，想起自己多年没有学习，事情知道得很少，文化程度又低，既没有理论，又不会讲话，要是能有机会学习个两三年，那一定会比现在好得多。想着想着，把鸡蛋吃完了，酒也喝完了。他忽然往旁边一看，看见高拴儿披着棉衣，坐在炕上，也不知道他是什么时候坐起来的。高干大问他："你还没睡呀？"他也不答话，两眼呆呆地望住那盏小油灯，好像一个疯人一样。两父子默默无言地对坐着，坐了半个钟头光景。高干大想起了这半年来的酸甜苦辣，一时觉得十分灰心，就说了一声"睡吧"，——随后把灯吹灭了，衣服也不脱地倒在炕上。他用棉被盖住半截身子，来回地想：

"这半年来，我得罪了任常有，我惹下了郝四儿，我害得任桂花掉下了火坑，——这还不算，我和我的伙计罗生明的关系搞坏了，我和区政府乡政府的关系也搞坏了！……帮助一间私塾就要这么美美地教训一顿哪！——这些、这些都不算，我自己搞成了个病，我两父子搞成不像个两父子。唉……这合作社到底算不算为老百姓办事呢？是不是给老百姓办了事呢？……"

他又睡不成了。今天白天，他忙着给运输队算账。为了毛驴子病了，跌死了，他正害着气，因此没跟程区长好好研究合作社帮助私塾的问题。此刻冷静地回想起来，是自己不对。这件事没搞好。新社会应该有新社会的教育，还念那"天子重英豪"？为了这一点，为了自己没理论，没文化，应该学习去。可是，他又想：平时程区长对合作社一满不帮忙，架子大得连请也请不动，为了这一点小错误，倒亲自跑来唠叨了半天。这是什么道理？这不是想逼他走么？不行！为了合作社，为了老百姓，就是得罪了再多的人，就是拚了这一条老命，他死也得死在合作社！……就这样翻来覆去地想着，高生亮又是瞪大两个眼睛望着天亮。

# 第十四章　嘲笑和安慰

有一天，高生亮专门从合作社跑到三汊河口找程浩明。这天天气很好，没有风；太阳把那些黄土山照耀得好像金子堆成的一样，天上的白云好像鱼在海水里面似的，缓慢地游着。人真多。不管哪一道川，哪一道沟，都叫牲口的叫唤，清脆的铃声，粗沙的笑声，装点得很热闹。高干大今天身体看来特别好，精神看来也特别平静，他像那些脚户一样红着脸，红得能跟人家门口贴的春联相比；也像他们一样把棉袄脱下来，搭在一边肩膀上。他跟所有过路的人拉话，有时还站在人家门口，问人家过年过得怎么样。程区长一眼看见他的时候，很吃了一惊，不知道他又出个什么合作社的花样儿叫政府为难。后来看见他特别和善，半点火气都没有，也就十分和气对待他。拉了几句闲话，高生亮就问："程区长，我想学习去，区上同意不同意？"程浩明说："你如今正干得起劲，怎么又想起学习来了？"高生亮说："我在三六年学习过几天，以后工作了五年多，一满没学习过。——这样是不行的，很快就会落后的。我想学习文化。"程浩明做出敷衍的笑脸说:"对,对。学习文化是很好的,不过学政治更加要紧。你在政治上是比较差的。有时候,唉,也难怪你,简直显得是无能。"听见程浩明这么说,高生亮觉得很不服气,不过他如今也不在乎这些了。他照样弯曲着粗大的腰杆,拿蒙眬的眼睛望着区长,拿含糊不清的嗓子和他说话。他平心静气地说:"就是嘛,就是嘛。我还怕闹出政治上的错误来。政府最好另外派一个正主任去接手任常有的工作,好好地把合作社整顿一番,然后正式请政府批准。现在合作社又没个正式负责人,政府又没正式批准,事情就那么悬空吊着。我负不起这么大的责任。"程浩明想了一想,就刁难地说:"你办合作社这一套我是不赞成的。不过别的人也许有别的意见。有说你可能完全是对的,也有说你可能完全是错的。你搞了这么个半拉子,——谁肯来接你的手?从前我劝任常有恢复工作,他就怕,不答应。"高生亮的脾气又有点想发作了。他使劲压住自己,把声音都压得发抖了,说:"政府另外派一个正主任到合作社去。他可以照着你的意思办合作社,不用照着我的意思……"程浩明笑出声来了,说:"你就不能放弃你个人的意见,照着领导上的意见办事么?"高生亮用拳头轻轻捶着前额,低声细气地说:

"这问题咱们顶好去问问老百姓。我愿意顺着上面,可是老……老百姓,你不顺他,也不行的。"

"你这句话很厉害,"程浩明站起来,表示很不耐烦的样子说,"咱们马上就去问老百姓去。这是我做得到的。不过你那个学习的问题,你还可以同赵士杰谈一谈,看他有什么意见。咱们再商量——决定。我希望你不是因为前两天那个帮助私塾的问题,——不要因为受了几句批评就悲观失望起来。咱们共产党员受批评是常有的事。那是谁说的话?——这样说的:问题不在于有没有错误,问题在于能否改正错误。"

高生亮在另外一个石窑洞里找到了区委书记赵士杰。那年青人紧紧握着他的冷冰冰的手,问他的病怎么样。往后又拖了一张凳子,让他坐在炭盆前面,又在自己的棉衣口袋里找了半天,找出一根纸烟来,递了给他,说:"你吸。这还是我从延安带回来的一根纸烟。你知道,我是不吸烟的。"高生亮把自己的工作,自己的儿子,自己的病,顺带把任桂花的要求,都说了一遍,又真心真意地,承认了无条件帮助私塾的错误,然后把程浩明的意见告诉了他。他听着,想着,很久没有说话。最后,他用火筷子敲着火盆边,一面敲,一面说:

"高干大,你难是真难。工作上困难多,身体有病,家庭的事没搞好。这都是真的。我都知道。程浩明那个人,你是清楚的,说话就是带了那么一股劲儿。他的意见,如果是劝你服从组织,安心工作,——我想也不过这样,那么我是赞成他的意见的。你想想看,共产党员的工作,有哪一件是容易的呢?不过你的困难更大些就是了,更多些就是了。你对合作社的主张也不完全是你个人的主张。区上既然叫你试办,可见得区上也有这个主张,不过不完全确定就是了。你应该把这一年试办满了,咱们大家来共同研究,再定以后的办法。你学文化我是赞成的,不过我不赞成你现在就把工作放下,去学习去。你自己回去再想一想,过几天咱们再谈一次,好不好?"

高生亮觉得这些话听起来很舒服,就说:"对,对。"连连点着头,再没有什么意见了。他从区政府走出来,顺着小河,像一头曾经十分强壮,强壮得人人都羡慕,而现在病弱了的老牛似的,一步一步往下走。他的头低着。脑子里,这半年的事情,一件又一件地浮起来沉下去,清清楚楚的,好像昨天才发生的事情一般。甚至某个人的一笑、一动、一句话,都是清清楚楚的。太阳斜斜地射在那冰冻了的河面上,那河面像镜子一般,反射出强烈的光芒,刺得高生亮的眼睛发痛。这高原的地方,到处都是一样的空阔,一样的爽朗;到处都是明晃晃的,连一片最小的阴影也找不出来。高生亮用手蒙住眼睛,从手指缝里望望天,天是水晶一样通明;望望地,地又是水晶一样透亮。——他放下手,眯起眼睛,放慢脚步,很小心地走着,仿佛他当真在两层水晶当中走动似的。走了不到半里地,就有一个年轻人,在老远的地方高声叫唤他的名字。这是一种江浙口音,——叫到高生亮那个生字,就老是用门牙咬着舌尖儿,才发出声音来。他听到这声音,有点熟惯,可是记不起是谁。他自己对自己说:"唉,不行了,我的忘性大了!要是在年时……"这句话没说完,那人越走越近,高生亮停下来,回身一望,才认出是乡政府的文书云飞。他站着,踌躇着,不知道应该装作没有听清楚是他,还是应该装做没有看清楚是他,云飞已经冲到他面前了。高干大只得客客气气地和自己讨厌的那个人并肩走着。

"老高,你们那里尔个谁当主任了?"云飞故意把"现在"

说成"尔个",又把谁字和主字用门牙咬着舌尖儿说出来。高生亮看见他态度轻薄,知道他是向自己寻开心,就咳嗽了两声,回答说:

"咱们合作社的主任,尔个还是任呃,任常有。"高生亮也不知不觉地口吃起来了。

那青年用手紧了一紧脖子上的毛线围巾,然后把两手笼在袖管里,说:"真是见鬼,老任不是死了么?"

"死呃死了还是能当呃当主任的。"

"老高,照我的意见,最好你来当这个主任,尔个合作社这一套都是你发明的玩意儿,你要玩起来不费事。按照一般情理说,正主任死了副主任顶上,也合式。——只是听说你病了,病得很厉害,这就很可惜啦!病了就该好好地休养,不能负担重大的工作啦!"

"我一,一满没呃没有病,上面不呃不叫当呃当主任,是因为我的能呃能力……照我,我看,你呃你来当呃当就好。"

高生亮努力使自己不结巴,就把话说得很慢很慢,哪里知道越说得慢,口吃偏偏越厉害起来。他一面说,一面就注意两边有没有小路。要是有小路,他就可以推说有事走开,不再跟云飞胡缠。可惜这里只有一条单鞭路,两旁都没有村庄。云飞听高生亮说要他去当合作社主任,生了很大的气。他想,要他去当个厅长还勉勉强强,倘若要他去当个县长,已经是很大的侮辱了。自然,当厅长也不过为了更能发挥他的能力,给革命多做点事,完全不是为了个人享受。……可是无论如何,怎么会叫他去当个合

第十四章 嘲笑和安慰 139

作社主任呢？难道他被看成那样的干部了么？难道高生亮以为自己要和他争那个合作社主任了？难道高生亮以为狮子要和田鼠争权夺利了？乡文书越想越不甘心，就很残酷地对高生亮说：

"老高，你这个人厉害得很！你又做买卖，又开工厂，又办银行，又闹药铺，又搞运输队，——这还不算。税收你也管，司法你也管。巫神你要干涉，两夫妻打架你也要插手。民、财、教、建，一手包办。说得好听些，你是专门多管闲事；说得不好听些，你跟旧社会的恶霸又有什么区别？谁不知道，你的合作社顶了半个区政府，——独立的半个区政府，或者这样说，是经济上的半个区政府！谁不知道，你的合作社组织庞大，干部多，比得上一个县政府！谁不知道，咱们这个区，快要变成高生亮区了！"

这一番话，可把高干大嘲骂够了，耍玩够了。高生亮听着，也不动气，让他一股劲儿往下说。——他不懂得云飞为什么要朝这么说，也不知道他有什么用意，只觉得心里隐隐发痛。忽然看见大路右手有一条脚踪，可以踹过冰河走上白家窑子，他就对云飞说："你头里走，——到咱合作社串来，咱们再详细谈一谈。我上白家窑子有点儿事。"说完把云飞撂下不管，自个儿走开了。他那高大的身躯穿着灰黑色的破棉袄，——老百姓式的大襟棉袄，向外弯曲的弓背形的两腿也穿得很臃肿，走得快的时候就真是像猩猩似的左右摇摆。尽管这样子，他好像连飞带跳似地，一下子就斜斜地越过那两丈多宽的冰河，走上对岸的河滩上了。

上了白家窑子，高生亮决心去探望那年老的脚户傅开山。这个人已经平六十年纪,做人性子刚直,可是待人很好。他喜欢那个人,叫他把性命舍出来都可以;他不喜欢那个人,就连话都不多说一句。原来跟高生亮很熟惯的,这几年老了,很少在外面走动,来往才少了。高生亮担货郎担子的时候,离合作社近的,像白家窑子、二郎桥这些地方本是不走的,也常常特地跑到那庄子上去看他。办了医药社、工厂、运输队以后,因为事务大了,分不开身,就没有上他那边走动了。高生亮一走进他家,傅老汉、他的两个儿子、两个儿媳妇、几个孙男孙女,都跑过来围住他,希罕得什么似的。他们给高干大拜年,高干大给钱给他们,问长问短。说说笑笑过了一会儿,傅开山才把高生亮引回自己窑里细谈。客人才上炕坐定,傅家大儿子提水过来了,二儿子烫酒过来了;大媳妇端上来一盘炒鸡蛋,二媳妇端上来一碗粉条肉;傅开山高兴得好像过生日似地连连让酒。高生亮吃了两箸,就想让开。他知道傅开山家境不算太好,一年到头,只凭几颗谷子,吃饭的人又多,又没有其他的收入。可是傅开山无论如何不依,反而责备他,说:"你只是少来两回,怎么倒生外起来了?从前我家里吃不上穿不上,你叫我勉强拿也拿不出来。这两年光景慢慢好起来了,革命把咱家里革好了,吃喝一点,又怕甚?——你说一年省俭,到过年还不快活它几天?你不用怕,是我拿不出来的,我家里也就没有;是我拿得出来的,你管你吃!"说罢又一连灌了高牛亮好几盅。喝了几盅,傅开山的话更多了。他拍着高生亮的肩膀,亲热地说:"生亮哥,你干得好,你干得出色!咱家得了合作社很多好处。我那两个儿媳妇现在都会纺线了,赚了合作社不少的工钱。今年我盘算给她们做一架织布机。合作社那个李大夫给咱全家都治过病，——合作社要早一年立起药社来呀，我那二小子的贵娃就不会摆了。生亮哥，我再说出两件事来叫你高兴高兴！咱家里买货一定上合作社买，别处买去怕吃亏。咱家大大小小，从我起到那顶小的毛娃，都在合作社存得有钱。年时你办那个公债入股和公盐入股，那真是两件大善事。——这不是我当面恭维，实在是人人都这样说的。大家都说'有了高干大，咱们有办法'。来，喝上三盅！"高生亮受了老朋友这样的奖励，把刚才程浩明和云飞给他受的冤气都发散了，像一个妇人家似的，低着头，嘻嘻嘻嘻地笑个不停。这回，他也不用旁人劝，各自拿起酒素斟满了酒盅，咕噜咕噜一气喝了三盅，就这么喝着说着，——傅开山还给他蒸了油馍，又给他泡了熟米茶，凡是自己家里能够拿出来的最好的东西，都拿了出来待客，一直吃喝到天快黑下来。

这一天，是高生亮和任常有决裂以后的半年多当中顶快活的一天，——也是吃得最多的一天，喝得最多的一天。平时，他是知道他的社员们对合作社很满意的。可是有人要问他从哪里知道的呢，他一定回答不出来。他是从感觉上知道的。今天，他是亲眼看见，亲耳听见了。傅开山的友情使他感激，这还是小事；更重要的是傅开山在事业上鼓励了他，使他那动摇了的信心重新坚定起来，而且更加坚定起来。傅开山还对运输队提了一个重要的意见。他说靠现在这些运输队长管理运输队，公事公办，是一定要赔本的。他提议叫合作社多找私人合伙，就叫那些合伙来的私人当队长,把合作社的牲口也交给他管;每一个分队各自独立算账,从赚来的钱里提出成数做奖励金,奖励那些好的队员。他这一番从多年吆牲口的经验得出来的话,把高生亮说得心服口服,简直喜得不行。这样子,高生亮把自己的病,自己家中的麻烦,自己对合作社的心灰意懒,全部隐瞒起来,不对傅开山说。他想:"对这么热心的一个老汉,怎么好把那些灰溜溜的话拿出来说呢?"到天黑了,傅开山送他下坡,还千叮咛万叮咛,叫他把合作社办好。临别的时候,还拉着他的手说:"生亮哥,看样子你也老了,操心身体,好好儿干,我拥护你!"

高生亮已经有七八分酒意,歪歪倒倒地在路上走着,一面走一面想,还把所想的事说出声来:

"屎,你一百个云飞臭骂,还抵不上他娘的一个傅开山夸奖!……人家教会我本事!你不叫我干,人家偏要叫我干,——我就做他狗日的!"

这一夜,高干大甜甜地、美美地睡了一个通宵;直到第二天早上,很迟都没有下炕,使得整个合作社都诧异起来了。张四海更十分着急,生怕他又得了什么病。

# 第十五章  纠  纷

旧历正月十五一过,合作社又开始活动了。这时候已经是阳历三月的初春天气,一天比一天暖和。高生亮的外貌还是一样的衰老,还是弯着腰背,拖着脚后跟,慢慢走路;还是满脸的皱纹、花白的头发和花白的胡须。这些都证明:他的青春,他的壮年,都已经永远成为过去的东西了。——不过和去年冬天不同的,是他的心里面重新生长出一种活力,重新生出一股劲儿,跟春天的任何一棵树,任何一株草的那股劲儿一样。这种活力,这股劲儿,虽然不能叫他返老还童,——不,连他的神经衰弱症、失眠症、胃病,也不能完全治好;可是这种活力,这股劲儿,的确叫他的头疼减少了一些,睡觉多了一些,吃也多吃了一些。这种活力,这股劲儿,还从他的眼睛透露出来,使他常常微笑,使他天天在河边背着两手散步,对着那些毕毕剥剥爆裂的冰块点头微笑。他的身体是一天比一天好起来了。

这一天下午,高生亮正在明渠到李家园子一带的河边闲串,无意中碰见豹子沟的农民、他的老朋友曹玉喜。这老汉正吆着一头毛驴，驮了一驮干草下来，赶集卖草。他看见高生亮，站了一站，好像要对高生亮说些什么的样子，到底又没有说出来。高生亮最为了解农民的习惯，看见这样子，料定他有话要说，只是不知道他要说些什么话，便陪着他走了一二里地，问他年时的光景过得怎样，今年可是强些。慢慢地，曹玉喜就说出来了。他说："听说你丢了魂，得了病，现在怎么了？我看你真老了，个儿还是大大的，虚了，跟年时两个人了！"高生亮赶快回答："没有什么，那是老毛病，不怎么。丢了魂的话是什么人说的？"曹玉喜半吞半吐地说："什么人传出来的可不晓得，咱庄子上的人都这么说。"两个人都不开腔走了十来米远，曹玉喜又含含糊糊地重新起了个头："庄子上又传，说谁要搞任常有的女儿，搞呃……尔个正在挑拨任桂花跟郝四儿闹离婚。"

"谁要搞任桂花？"

"不知道。说是都已经搞上手了。"

"是说的拴儿么？"

"没听说是他。"

"那么说的是谁？是我么？"

曹玉喜胆怯地望了他一望，又含含糊糊低声承认："好像是指你说的。不过我记不定了。"

"是谁这么混账造谣的？"高生亮问了。马上又觉得这样问没有结果，就改口问："你听谁说的？"

"我听郭占秀说的。"

"郭占秀又听谁说的？"

第十五章 纠纷

"乔发均。"

"乔发均又听谁说的？"

"乔发均是高凤岐告诉他的。"

"那么，你给我说，是谁告诉高凤岐的？"

"对，我都告诉你吧。是白从海告诉陈步有，陈步有亲口对高凤岐说，高凤岐告诉……"

"对了，对了。"高生亮下判断说，"白从海也是个巫神。那准是郝四儿自己造的谣言！"

两个人照样不开腔走了一阵子，高生亮又问曹玉喜："另外还说些什么？"

"生亮哥，你要是不生气，我都告诉你。"曹玉喜仔细看了看高生亮的脸色，看见他还是笑嘻嘻地，显得不大在意的样子，就说下去了，"咱庄子上到处都传你快不当合作社主任了。说你当主任的时候，凡以前在合作社入下的股金都能自由退出；说你一不当主任，股金就像从前任常有在的时候一样，一满不许退了。又说合作社今年赔了本，现在退股，一块还能抽一块；到了二月，一块只顶九毛；要是到年底，一块只顶一毛咧。今天我碰见桑坪那个毡匠刘东汉，他也听说是这样的。你说这些事是虚的还是实的？你是个老主任，只要说一句话，大家都相信的！"

"曹玉喜，"高生亮尖声叫唤起来，"你是个老实人，你千万不要相信这些谣言！这些谣言，是连半个字实话都没有的。这是破坏合作社，破坏大家的经济发展的。你要是爱咱们合作社的，就千万不要相信它，——还要对人戳穿它，告诉别人，这些都是虚说的！"

高生亮极力要叫自己说得慢点，说得平静点，免得叫那老实人曹玉喜受了惊吓。说完了，他觉得自己这回还很镇定。可是迎面一阵冷风吹过来，吹透了他的旧棉袄，他才知道，自己早已浑身都出汗了。正在这个时候，后面远远地有娃娃的声音呐喊：

"哦——高干大！哦——高干大！"他听出是合作社的娃娃段五儿的声音，就别过曹玉喜，往回走，和段五儿一道回合作社。他问那十四五岁的娃娃："他们叫我回去，有什么事？"段五儿说："解不下有什么事。我正在工房里倒线，王厂长叫我走下川寻你。我看见有成儿也走上川寻你去了。"老主任又问："是来了什么客人么，是谁来了？"段五儿觉得自己回答不上来，显得很委屈地说："王厂长没说别的。我看见门市部很多人，很热闹。"

高生亮回到合作社一看，真是热闹得很。门市部栏柜外面挤满了人，够八九个，其中还有一个是女的。栏柜里面，几乎合作社的全班人马，都在那里站着。这里面有张四海、王银发、王大章、卜海旺、高成祥，还有专跑外事的，刚从三边买货回来的高鸿林。他们好像在吵闹什么，个个都弄得脸红筋胀。高生亮还听到一句，是那个女人说的，——她的嗓子很尖，一味叫嚷着："不公道！不公道！不行！不行！"往后大家看见高生亮回来了，就都不做声了。栏柜外面那八九个人，都拧转身来和高生亮打招呼，高生亮这才看清楚了：这些人大部分是豹子沟的农民。刚才曹玉喜和他说过的，郭占秀、乔发均、高凤岐、陈步有，全

第十五章 纠 纷

来了。桑坪也来了两个人，是一男一女，男的叫刘东汉，是一个毡匠，女的是贺家媳妇，现在招了早些时候为了毛驴跟贺老婆打官司的李生春，成为李生春的婆姨了。此外还有两个巫神，一个是豹子沟的白从海，一个是离豹子沟不远的沟掌村的杨汉珠。这些人和高生亮打过招呼之后，就都好像害羞似的，一个一个垂下了脑袋。看见这种情形，高生亮不用问也明白个大概了，可是他故意大声问，——并且故意先问纺织工厂的会计高成祥："成祥，这是什么事情？是谁要寻我么？"高成祥还没开口，贺家媳妇就抢着说："高主任，你看这件事情可是不公平嘛！人家王二媳妇年纪轻，长得俊，会兜搭，人家纺的线子明明是二等，都交了头等；我年纪老，长得丑，不会兜搭，我纺的线子明明是头等，他们愣要给我个二等。这是什么的屎道理？这不是要私情是什么？"高生亮拿起她的线子一看，果然纺得坏，劲儿不够，粗细又不匀，原来只称个三等货色，算二等已经很勉强，便和她说："咱们立个工厂，原是为了大家都穿好布。你纺得好些，你就能穿上好布。咱们这个区，有一百五十人给合作社纺线，咱们对谁都一样公平的。这回你不用争，下回纺紧些，我们一定给你算头等。对不对？"贺家媳妇用手在栏柜上一拍，说："不行！不行！这回的线一定要算头等。再的我也不纺了！"高生亮看见道理说不通，知道那是李生春叫她来跟合作社故意捣蛋的，就忍住气，叫高成祥按照头等工资给她收下。这一件事情解决了之后，众人就七嘴八舌地说起自己的事情来。高生亮举起两手摇摆着，叫大家不要乱嚷，一个挨着一个说。桑坪的刘东汉说："年时我入了一头好骟驴,现在我要退股……"王大章插言说:"你这个人一满不讲道理。年时你入的牲口,当时就给你作了价,变成钱,发了股票,你现在怎么能退回原物?你要退,照股票的钱数退给你。"刘东汉说:"不,我一定要拉我的骟驴回去。"高生亮问王大章:"那牲口年时给他作了多少价?"王大章说:"五百块。"高生亮拿起算盘的里答拉打了一下,说:"中途退股,按存款五分算息,五五二十五,三个月,三五一五,三二得六,一共七十五块利息,本利一共是五百七十五元。刘东汉,你这可没吃亏呀!"刘东汉说:"我没吃亏,我的骟驴现在至少也不下八百!"高生亮说:"要是每个人都按照你这样算,合作社就闹不成了。你的牲口作价的时候,只值四百元,合作社给你作了五百。现在牲口涨了价,你又要拉牲口。要是牲口跌了价,合作社怎么办呢?那时候退牲口给你,你依不依?好比你出卖了一匹牲口,过后牲口涨了价,你能把它翻回来么?你想想这个道理看。"刘东汉这时候不愿意讲理了,只是噘着嘴说:"我贵贱不要钱,我要我的牲口哇!"站在旁边的巫神白从海打帮说:"对嘛,人家入牲口,要牲口,这也是公道的事。"大家都附和说应该退牲口,只有合作社的伙计都表示不应该退牲口。于是王大章对着刘东汉跟贺家媳妇,张四海对着白从海跟杨汉珠,王银发对着郭占秀跟乔发均,卜海旺对着高凤岐跟陈步有,这么一个对两个地争吵起来。把个合作社吵得一片喧哗叫嚷,像个热闹的骡马大会一般。吵了约莫两袋烟工夫,高生亮看见解决不了问题,——而且门口外面看热闹的闲人也越挤越多。叫人听了传开去，对合作社的影响也不好，就留下卜海旺照管门市部，自己带上张四海、王银发、王大章、高成祥四个人，把客人们引到自己的房间里去，再仔细谈论。那贺家媳妇的问题原是已经解决了的，也跟着众人走了进去。高生亮的房间本来是很清静的，如今突然增加了十几个人，就显得乱七八糟。客人们都坐在炕上，干部们都坐在凳子上，大家的神气都很紧张。坐定之后，先由郭占秀开口。他说他婆姨年时秋天得了病，请李大夫看了脉，抓了药，那药还没吃，病已经好了，现在他还不起药钱，合作社又催得紧，他要退股顶账。乔发均说他年时扯下合作社的布，如今还不起，也要退股顶账。高凤岐要使唤钱，想把从三八年起入的股都一齐抽去。但是张四海给他算账，从三八年起到四一年底止，每年每元红利两毛，四二年每月每元利息五分，他嫌少，又觉得今年比以前历年的红利都多，说合作社亏了他。陈步有的婆姨在合作社存了十块响洋，叫他知道了，他要把响洋提走，但是没有把存款单据拿来，张四海和他解释说，合作社银钱出入，全凭单据，——认票不认人，虽是夫妻也不能通融。他很不满意，说合作社故意作难他。他老是来来回回地重复着说那么一句话：

"怎么，我婆姨的钱就是我的钱，难道咱们夫妻还有假的？"

最后说话的是那两个巫神。白从海要退那公债入股的股金，杨汉珠要退那公盐入股的股金。贺家媳妇跟那毡匠刘东汉不再重复说了，只在别人说话的时候插进一两句："是咧！""我说的嘛！""对着咧！"——这样来表示他们不同意合作社的做法。

这些人说完了，张四海他们又一个对两个地解释起来，解释不到三句，又变成剧烈的争吵，和原先在门市部的情形一样了。高生亮原来只是低着头听着，想着，很少说话。他想："事情已经明明白白摆出来了，是郝四儿捣的鬼！郝四儿造了合作社许多谣言，又调唆他们来给合作社找麻烦。——曹玉喜的话就是凭据。"不过他虽是这么想，嘴里却不朝这么说。他知道说了出来也不顶事。于是他站起来，像一只鸭子似的走着，慢慢地走到炕前，对大家说：

"我想这样子吧，把事情分作两下里说，——"

才说了这么一句，忽然门外有人接着说："把什么事情分作两下里说呵？"门开了，从院子里走进一个公务人员，大家一看，原来是乡长罗生旺。高生亮让他炕上坐下，把刚才的问题对他简单地叙述一遍，就接着说下去："怎么分作两下呢？——一下是办得到的事情，一下是办不到的事情。凡是办得到的事情，合作社吃点亏倒没什么。像贺家媳妇纺的线子，差是差些，合作社还是收下。刘东汉一定要退牲口，合作社也可以同意，等运输队回来，叫他拉得去。郭占秀跟乔发均要退股还账，那也是可以办得到的。不过咱们话得说清白，现在退股利息小，等到分红的时候利息大。你两个是有别的办法开饥荒的，最好还是不要抽股。……也有些事情，是合作社没法儿办的。那就只有请大家呃……什么。像高凤岐嫌利息小，那是没办法的。合作社赚下了才能给大家分，没赚下那些，拿什么给大家分呢？这又不是特别给你一个人分得少，——要少，是大家都少的。又像陈步有要提存款，没有带条子，这也办不到。咱们边区谁都有他自个儿的权利，在他本人的权利上面，老子代替不了儿子，男人也代替不了婆姨。你们看选举就知道，谁能代替谁选举呢？再说到白从海跟杨汉珠两个人的要求，那——简直是没有道理！那公债跟公盐都是革命的负担，合作社是想办法给大家免掉这项负担，才收这两种股金的。现在公债公盐都还没给政府交完，你们怎么能够退股呢？你们想一想，要是你们不入股，把钱交了给政府，那你们的钱就没了。现在你们把钱交给合作社，合作社替你们交了负担，还有你们的老本在，过了一年以后，到第二年还给你们分红。天下间还有比这个更便宜的事么？你们是一定要现在退股的，合作社就把钱还给你们，也不代你们包交负担，公债公盐都由你们直接向政府去交去。这样办也可以。罗乡长你看我说得对不对？你也给咱们说上几句。"大家叫高生亮这么一说，都觉得很难再开口，都闭着嘴，观望着。

过了一会儿，乡长罗生旺就很谨慎地发表了他的意见：

"对，我给咱说上几句。这回的事情，乡上还没有调查研究，不好表示意见。不过既然老百姓有了'呼声'，合作社就该好好考虑。老百姓一向对合作社有意见，乡政府和区政府都是知道的。豹子沟那边对合作社的意见特别多，我们也清楚。老百姓应不应该对合作社有意见呢？我想是应该的。不过我们也照顾到合作社的困难，所以平时就向老百姓解释。自然，解释是有限度的，不能说什么都解释得大家满意。像前些时候贺老婆跟李生春打官司，分明是贺老婆不对，我们也没办法叫她满意。我看这回我没有什么意见,总之,我希望你们两方面能把事情说通。老百姓应该提出自己的要求,——不过同时也应该照顾到合作社的困难,那问题就好解决了。再的我就没有什么……"

乡长这一番话给白从海、杨汉珠这一伙子人增加了不少胆量,他们本来都闭着嘴,觉得很难再开口的,现在一下子又觉得有话可说了。倒反而是张四海、王银发、王大章、高成祥他们这一伙子人现在都闭着嘴,觉得很难再开口了。高生亮坐在一旁,歪着嘴巴微笑,又谦虚又和气,没有说一句话。要是从前,他大概要跳起来骂娘老子的,可是现在不。——这变得和从前大不相同了。他的神气连白从海都暗地里吃惊,心里想着:"这驴日的草包是个草包,却是世界上第一等好人!"

就这么说着、吵着、吵着、说着,又过了一顿饭工夫,谁也没有把谁说服,问题也就不能解决。后来白从海提议到区上解决去,大家都赞成,只有几个合作社干部望着高生亮不开腔。高生亮知道白从海是故意把这件事闹大,闹得大家都知道;又晓得到区上去,程浩明是不会给合作社撑腰的,他半开半闭着眼睛,比原先更和气地笑着,心里想:"到区上还不就是到区上去?……叫我看看程浩明还有个什么说上的!"嘴里就说:"好嘛,好嘛,'上级叫咱怎么办,咱就怎么办'。张四海、王银发你们留在家里有事,我给咱区上跑一回。"王银发、王大章、高成祥三个人听了,都没觉着什么,只有张四海听了,忍不住哈哈大笑起来。高生亮、罗生旺和这八个人走了之后,大家问张四海笑什么。这一问,又把张四海逗得大笑起来,笑得他人仰马翻,

第十五章 纠 纷

满脸流泪。笑了一阵又一阵，一共笑了这么两三阵子，才对大家说："你们不晓得：高干大才说'上级叫咱怎么办，咱就怎么办'这一句话的时候，他的口音，他的神气，都跟从前任常有一样样价！任常有常就是这么说的！我的好神神，像极了！呵哈哈哈……"说到这里，一想起刚才高生亮装任常有装得那么像，张四海又像发神经病似的大笑起来了。

在区政府里，赵士杰和程浩明看见高生亮、罗生旺引了那么一长串人进来，开头都不免吃了一惊。罗生旺把那几个人的要求说了一遍，高生亮把合作社处理的办法说了一遍。赵士杰很细心、很严肃地听着，——他严肃得过迂了，那喇叭形的嘴噘起来像个小茶杯一般。程浩明低着头，鼻子里不住地喷气，嘴角边不停地发笑。高生亮一点都不明白，程浩明的鼻子今天为什么堵得那么厉害，程浩明今天为什么那样喜欢笑，连没有什么好笑的地方也要笑。听完了两边的意见之后，赵士杰和程浩明又互相推让了一番，才由程浩明说话。

"这件事情你们闹到区政府来，区政府也很难处理。"他装作正经的样子说，不过他的神气还是忍俊不住，"合作社的事情，尔个政府一满不管了。谁该退，谁不该退，政府里没有意见。你们各自跟合作社负责人具体商量解决。解决不了，你们还可以提到理事会去讨论。你们能够对合作社提意见，是好的。任家沟合作社是民办的合作社，你们提出意见来，合作社自然会依照你们的意见去解决。你们先回家，不用急，等过几天，合作社自己商量一下，咱们政府也研究一下，自然会给你们满意的答复。"

程浩明这样说的时候，赵士杰十分焦躁地坐在凳子上，十分不耐烦地听着。他眯起眼睛，缩起鼻子，噘起嘴唇，好像他什么地方觉着痛似的。他的头还不停地摇摆着，表示他对于这种说法很不满意。罗生旺领着七八个人，嘻嘻哈哈，有说有笑地出去之后，赵士杰也顾不得高生亮在场不在场，就对程浩明说："老程，你说这些话没有解决任何问题，只是更增加了一些纠纷。咱们区政府应该拿两方面的意见来研究，一下子就可以把问题解决了的。"程浩明说：

"我不。——那样一来，又是包办代替了！"

程浩明那番话，高生亮听起来，就不像赵士杰那么着急。区长的意见，他是早就料得到的。而且照他想来，程浩明比罗生旺说得还中听一些。这时候，他看见区委书记和区长都不哼气，就很镇静，很坚决地走到程浩明跟前，缓缓地把一向弯着的腰挺直了，又缓缓地把一向歪着，低垂着的脑袋挺直了，刚强豪迈地说：

"一九三五年的事情，你如今还记得么？"他说这句话的时候，心里还是很平静，脸上还是笑嘻嘻的。把这句话说完之后，他的虚松的脸就因为轻微的忧愁而稍为有点紧张起来了。程浩明原先以为他又要吵闹的，忽然听了一句这么满不相干的话，就随便回答着："自然还记得，你问起一九三五年做什么？"高生亮再问："那时候，你是咱们的军事委员，我是在你的领导下作战的。是不是？"程浩明说："事情是那个样子的，不过——"高生亮截断他的话说："那就对了。那个时候，大家说好的：咱们把政权拿到老百姓手里之后，咱们就得好好地跟老百姓做几件事,叫老百姓过一过舒服快活的日子。这种舒服快活的日子,是咱们受过五千年压迫的农民,从来没有过过,连做梦也不曾梦过的!"程浩明越听越糊涂了,只是敷衍着说:"是的。你说得不错。不过——"高生亮又截断他,说:"那么,我是一个老战士,我就拿一个老战士的资格来问你:你既然赞成跟老百姓做几件事,为什么你又要破坏咱们任家沟合作社?"程浩明听到这里,才明白他的用意,却没有料到他居然敢用"破坏"这样的字眼,登时满脸通红,回答不上话来。沉默了好一会儿,程浩明清醒过来,并且仍然像原来那样得意扬扬地说:"在你那个工作岗位上,一个人可以发脾气;在我这个工作岗位上,那是不行的。有什么办法呢?——过去,你总以为你是完全对的,你一点都不虚心,态度又那么粗暴,一出口就伤人!我说你的合作社方针不对,你叫我去问老百姓;现在老百姓出来说话了,你又叫老百姓来问我!你忘记了,老百姓有意见,你是应该好好儿听着,好好儿给答复的!"赵士杰觉得这样闹下去,两方面都不得下台,就从后面把高生亮的破棉袄扯了一下,叫高生亮回转身来,并且对他说:"老高,对了,说对了。合作社有问题,首先应该由合作社本身来解决。这些事还不算什么大事,还用不着由政府出面。过两天,咱们要下乡布置春耕工作,要把农村里的二流子改造一下,程区长走东沟青龙套,我走南沟豹子沟,你也回家住上十来天。咱们相跟上,把这些事调查一下,解决一下,好不好?"高生亮一听,十分高兴,便连声说:"对,对。"——说完就离开区政府,不跟程浩明胡缠下去了。

## 第十六章　春耕时节

三天以后，赵士杰背着自己的铺盖，高生亮也背着自己的，两个人相跟上走豹子沟去。在路上，赵士杰向高干大提出这么一个问题：

"年时几月来了？我给你念过一段希腊神话，——要是按照那种精神来说，一个共产党员碰到了困难，他应该怎么办？他应该灰心丧气，还是应该看清环境，看清周围的人，抓住困难的根子好好儿积极奋斗下去？他应该依靠上面，还是应该依靠下面？"

高干大听了，一路想着，一路笑着，总不答话。走了二十里，赵士杰看见高干大气也喘了，脚步越来越慢，越来越困难了，便提议休息一下。他们在桑坪庄子的山脚下坐着，前后左右都长满了青草，在青草丛里，又开满了那一年间开得最早的野牵牛花。周围都是浅浅的紫红色的小花朵，周围都放出那种清香的草汁气味。高干大忽然又向赵士杰提出那么一个问题：

"赵书记，你说预兆这个东西，是有的，还是没有的？"

赵士杰听不明白，就问："什么预兆？"高生亮很郑重地说："今儿早上，我刚要出门的时候，合作社院子中心出来了一条青蛇。——你们念过书的人知道的事情多，你说这是什么预兆？"赵士杰听了，心里好笑，再问他："那条蛇后来怎样了？"高生亮说："他们要打死它，我给挡定了。后来，我叫他们把它送到河里去了。"赵士杰高声指正他的错误："高干大，那什么预兆也不是的！你干了一件傻事情。世界上，科学的预兆是有的。好比天阴了，那就是下雨的预兆。要是天阴不下雨，或者下了几滴，叫一阵风刮起黄土，把阴云刮跑了，——要是常常这么个，那就是天旱的预兆。除了有科学根据的预兆以外，世界上再也没有别的预兆了。一条蛇，它跟咱们人有什么关系呢？那是迷信，不是预兆。我碰见过多少蛇，结果是啥预兆也没有。蛇这种东西是有毒的，顶好是打死它，不要放走它。"高干大听了，觉得有点迷迷糊糊。要说相信他，总觉得脑子里还没转过来；要说不相信他，又找不出理由驳倒他。于是高生亮就很心虚地笑着说："是呀，我还是照着老法子，把它送到河里去了。……"

自从赵士杰和高生亮到了豹子沟以后，三乡的干部，像乡长罗生旺、乡指导员刘海荣、乡治安主任刘德才，都陆续来到了。他们都住在村长姬兆宽家里，准备拿豹子沟最荒凉、最落后的庄子，同时也是最贫穷的庄子做中心，展开这一带村庄的开荒，组织变工队，改造二流子等等的春耕运动。高生亮住在自己的破窑里，和高拴儿睡在一个炕上，另外的一个破窑住着他家的长工。他准备把合作社的纠纷，彻底解决一下，同时也帮助着搞春耕运动。这样一来，平时冷冷清清、人影儿也少见的豹子沟，一下子就热闹起来，紧张起来，骚动起来了。

赵士杰在郭占秀家调查，罗生旺到乔发均家访问，刘海荣研究高凤岐家去年的生产情形，刘德才和村长姬兆宽拉话，有个叫茆克祥的农民也在座。高生亮回到家里，一见高拴儿，还是那样愁眉不展，就和他开玩笑说："拴儿，我回家种地来了！"高拴儿好多时候没见过他，见他背着铺盖回家，便也高兴起来，摇摇头，笑着说："你不回来不行了！我在这里实在不能盛了！人家不论哪个人，看见我都像看见仇人一样！他们说，合作社倒灶了，把他们的钱都给撂完了，一满没事了！"正说着，拴儿雇的两个长工，原来都在门外修理农具的，这时候都跑进来了。那老雇工冯胜，年纪四十上下，已经认识高生亮，就跑过来问他的病。高拴儿又把那新雇工郭彪，一个三十来岁的汉子，给高生亮介绍了一番。介绍完了，又添上说："豹子沟我是盛够了。我出去倒生意，吆牲口，家里的庄稼事就靠定他们两个了！"高生亮安慰他的儿子："你管你好好地盛在家里务庄稼，再的事情有我。"说完就跑出去，找那个大家管他叫"老石头"的曹玉喜去谈问题去了。高拴儿望着他的后影，自言自语地说："我还看不透，合作社的事情，有你！我的事情，有什么你？你什么时候管过来！"话是这样说，可是他看见他大那么起劲，精神那样好，他心里又觉得很安逸。

大家正在忙着的时候，豹子沟那两个巫神也在忙着。白从海去找郝四儿，在门口碰见他，就问他听到什么风声没有，问这一大堆干部到豹子沟来，到底想搞什么名堂。郝四儿用手搓着自己尖尖的下巴，说："我也解尿不下。不要管球他们闹什么花样，咱们还是避开一下好，不要叫闹到咱们身上来。老白，你跑沟掌村一次，叫杨汉珠约定几个人，后天我上他那里，咱们大家商量商量：恐怕这回政府又不叫巫神，一定要咱们生产了！我给咱走南梁子、桑坪、青龙套，再邀上两个人，顺便打听打听消息。"说完就一个上山，一个下山，分头避开了。这时候正吃过午饭，任桂花在窑里收拾锅碗，听见门外郝四儿和人家喊喊嚓嚓说话，到做完事情出去一看，却连鬼影子也没有了。她深深地叹了一口气，说：

"我不能算嫁了一个人，我只能说嫁了一个鬼！"

随后她就端了一张小凳子，坐在门口晒太阳，手里随意做点针线活儿。她家住在全村子最高，也就是往里最深的山坳里。一排三个朝东的破烂窑洞，他们住当中的一个。左边靠北那一个，白从海盛着；右边靠南那一个，有时空着，有时郝四儿倒贩牲口，就拿来喂牲口。这三面窑离开正庄子有十几丈远，地势又高，路又难走，平时莫说庄子里的人很少到这儿来走动走动，就是庄子里的狗也不会跑到这儿来。她一个人坐在门口，看见下面庄子里人来人往，都在做着正经事，很热闹，只有她家是冷冷清清的，阴森森的，想说话也没个人跟自己说话。她自个儿好像孤零零地活在一个空洞洞的世界上，心里觉得很难受，又很害怕。她这样坐着，一直坐到太阳偏西了，晒到对面山坡了，……爬过对面山顶，不见了，还是坐着不动。出嫁到这里来的两个月当中，她有十几二十天就是这样过的：不说话，不动弹，也不吃晚饭，就这么坐着坐过了那整整的一天。一直坐到天黑，她灯也不点，就回窑里去睡觉。有时她想："这还早得很哪！还要在这里坐着过一辈子呢！"心里就更难受，更害怕，还会隐隐作痛。……这也很难怪她。任家沟是她的出生地，庄子又大，人又多，大家惯熟了，有说有笑，十分热闹。而且那里离大川近，差不多住的都是殷实农户，有吃有喝，有穿有戴，囤里有余粮，圈里有牲口，全区里算是数一数二的村庄。嫁到这豹子沟以后，地方虽说只隔上三十里，可是处在一个山圪塄里，贫穷苦寒，荒凉寂寞，好比从天堂掉进地狱里一样。加上她大死了；高拴儿虽在眼前，却不能亲近；郝四儿只会打骂她，作践她；下面同庄子的人，一来生，二来怕跟郝四儿招是惹非，没有谁敢来接近她。这样子，她只有仗着独自发愁叹气来打发日子了。

这天天快黑，她的眼角里照见一个人影慢慢摇晃着，移动着，走了上来。她以为是郝四儿回来了，就懒得去看他。那个人走近了，脚步声很轻，绝不像是郝四儿，于是她吃了一惊，猛然站了起来，一看，原来是高拴儿。每逢郝四儿不在家过夜，高拴儿就到她这里来，——这已经成了老例子。任桂花说："你今天怎么能来？"她说这句话的时候，并不是真要问他，也没有什么别的意思，只是又惊慌，又欢喜，又高兴，又难受，就随便说一句话来遮掩遮掩罢了。高拴儿却故意反问她："我为什么不能来？还怕我认不得路？"任桂花说："好我的乖儿子，快回窑里来，别在外边叫人照见了不好。"两个人回到窑里，黑黢黢的谁也看不见谁。任桂花坐在炕的一头,高拴儿坐在炕的那一头。女的又问他:"今天,不是你大来了么?你怎么敢来?""敢咧,怎么不敢?他有他,我有我,他能管他的合作社,他可管不着我!""你大来做什么来啦?""谁解尿下!总不是合作社啦,春耕啦,那么一套!……郝四儿呢?那狗日的哪里去了?""谁解尿下!他出门又不跟我说。""今儿回呀不?""那没说嘛。""对了,不要管他!叫他愿意回,愿意不回……""他回来,叫他碰上了,他会揍死你。他还会使法……"高拴儿说了一声:"尿!"随后吐了一口唾沫,蹲在炕沿上,两臂抱着膝盖,说:"是怕死的,我就不上这儿来了!"任桂花说:"叫我明儿寻高干大去!这一回他来了,区上乡上的人也来了,正好。我非趁这个时候把婚给他离了不行!"高拴儿就从炕沿上走到她身边坐下,用那粗糙的手把任桂花的手紧紧抓住,说:"对着咧,对着咧。你和他离了婚,我和你结婚。我豹子沟再也不盛了。咱们挪到下面去,再好好儿过上他几天。"两个人说得情投意合,就一股劲儿说开了:他们将来要打怎样的一面窑,要买一犋牛,要种多少地,要养几个娃娃……好像这世界上再没有别的东西,就只剩下他们两个人了。

到了半夜的时光,高干大回到自己的窑里。他今天跑了一天,说了一天。事情大体上是弄清楚了。所有那些高生亮丢魂得病,欺负任桂花,挑拨她离婚;所有那些合作社赔了本,高生亮不当主任,股金不许自由退等等谣言,都已经证明是从郝四儿和白从海那里传出来的。大家到合作社闹着要退股那一天,就是白从海当的狗腿子，到处跑着邀人去的。有四个人，那就是董成贵和茆克祥这两个变工队长，"老石头"曹玉喜和村长姬兆宽，他们虽然也听见这些谣言，可是他们始终信任合作社，别人怎么说他们都不到合作社去退股。还有高凤岐和陈步有这两家人，经过今天高生亮一解释清楚，说明白有些坏人要破坏合作社，他们也就改变了主意，股不退了，响洋也不抽走了。陈步有家婆姨还讨好高生亮说："我说那些响洋不用抽的，合作社牢靠着咧，高干大威信高着咧！那老鬼死不相信！"高生亮得到了这些成绩，急急忙忙回到窑里，打算对高拴儿说一说。回到家里，盛在边窑的那两个"受苦的"已经睡了，高拴儿又没回来，他只好一个人闭着嘴，拿他的羊腿巴子，对着小油灯沉闷地吸烟。吸了不少的烟，那烟锅巴吹满了一地。窑洞里也充满了焦臭的烟油气味，高生亮也早已吸得嘴里发苦，——这时候，高拴儿一面打着呵欠，懒洋洋地回家来了。他回到窑里，也不走到他父亲跟前，也不说一句话，——却走到水瓮跟前，背着灯，拿起马杓子咕嘟咕嘟喝冷水。高生亮开头想挡定他，不叫他喝冷水，后来看见儿子那副冷淡的神气，就很不自在地说："拴儿，你这样三更半夜到处串，不怕误了正事么？"高拴儿慢慢地走到灯前，眼睛望定那朵小小的灯火，完全像个成年人一样，一板正经地说：

"谁还愿意胡串哪？那是没个做上的，不串你也不能行。你怕我还爱串哪？"

"怎么没个做上的？谋虑谋虑庄稼不好？咱们还有十多垧荒地，年时种过的够四十多垧，——今年雇了两个人，把这五十多圪地都种了起来,还不够你谋虑的?"

"你这回要是帮助桂花儿把婚离了,我随便你怎么安排都成。到合作社也可以,是种地也可以。"

"到合作社工作去?你会做什么?"

"我什么都能做!自由入股,为人民服务,——这有什么难的?再不成,我跟马老汉吆牲口,跟王大章放花收纱,跟卜老汉学抓药,跟王银发站栏柜,跟高鸿林跑外事,跟四海哥儿学管账;还不成的话,跟刘大师傅学炒菜,跟马吉儿、罗有成、段五儿他们一样当学徒我也当了啦!"

"当是当了咯。可是七十二行,还是庄稼为呃为王!土里长呃长出来的东西,比什么都值呃值钱!"

"对。那你就替桂花儿离了。不啦我贵贱不种地。别人的事你都往身上揽,我的事你倒只推不揽!"

"正因为是你们的事,我不能管。尔个赵书记、罗乡长都在,任桂花抓紧一点,我看是能解决的。解决了之后,你就应该好好儿种地。咱们不要群众代耕,这是好的。咱们不丢荒土地,这也是好的。可是咱们雇了长工,这就不好,这就是剥削。咱们劳动力不够,咱们应该参加变工队。……"

"是那么个,我就谋虑我的庄稼,还能参加你们的工作。"

高生亮就把他来豹子沟的目的,跟今天跑了一天,说了一天的成绩,都告诉了高拴儿,说:

"要是郝四儿能改正错误,不再闹破坏,合作社就好了,你也能在达儿款款盛下了。"高拴儿说:"不,顶好把郝四儿赶走,那就万事大吉了。"两父子谈到夜深才睡。

第二天,吃过早饭,任桂花精神饱满地夹了一个大包袱来找高干大。高干大已经到村长姬兆宽那边商量事情去了。高拴儿告诉她,他大说过只要她把赵书记、罗乡长抓紧一点,事情就很有希望。她就又兴高采烈地夹住那个大包袱跑到姬兆宽家里,果然都在。任桂花不知哪里来的一股勇气,把平日的胆小害羞都冲走了,在众人面前,大声对高生亮说:"人家都说合作社要垮台,我偏不信!你看,我来给你入股来呀!"高生亮笑着跳下地,打开她那大包袱一看,东西可真不少:一件玫瑰红对襟毛袄,一套半新旧女装青市布棉裤褂,两双扎花青布男装单鞋,五六件半新旧女装单衣裤,一些零碎的银首饰,还有三四百块钱的一小包边币。高生亮正在看这些东西,任桂花站在一旁,已经流得满脸都是眼泪了。她好像站不稳,就要跌倒似的,倒退着跌在炕沿上,用衣袖揩着眼泪,说不成话。炕上坐着赵书记、罗乡长、刘治安主任和姬村长,都你望望我,我望望你,不知道怎么才好。还是姬村长开了口,说:"任桂花,不用哭,你的要求,你的困难,我都给他们说过了。咱们来好好地谈一谈。"任桂花听了,放声大哭起来,一面哭一面尖声说:"我一定要离!我一定要离!他不是个人,是一个鬼!整天二流打瓜,什么事都不做。骗了几个钱就大吃大喝,赌博,抽洋烟!没有钱就要我的,我不给就偷,衣服、首饰、银钱,什么都偷!偷不成就抢,抢不成就打!三朝两日就把我打一顿!不准我离我就要死了!我再活不成了!"她说话的声音已经不像说话,倒像是嗥叫,——嗥叫了几声嗓子就裂开了，哑了。乡指导员刘海荣安慰她说："对了，再不要伤心。你的事情，我已经跟乡长商量过了。有些情况还得调查一下，才能决定。现在赵书记、罗乡长都在，——你再等上几天，等春耕运动结束了，咱们再商量一下，还要找郝四儿谈一谈，再给你解决这个问题。"赵士杰也说："对了，你回去好好儿等着，咱们一定给你解决这个问题。"

当天下午，郝四儿从桑坪他拜识李生春那里回到豹子沟，心里烦闷得很。他已经隐隐糊糊地想得到，高生亮这一回到豹子沟来，一定要调查他对别人说过的话；再呢，一定会调唆政府逼他放弃巫神，逼他种地，参加变工队。他离开豹子沟才不过一天多，回来的时候，村子里的空气就变了样了。别人看见他，一点都不亲热了；说话也不多说，就说也只是唔唔呀呀的几句敷衍应酬话，倒拿一种生硬的眼光望着他。他想这里面一定有鬼，可是白从海又没回来，沟掌村杨汉珠那边情况又不知道，就把话闷在肚子里，连对任桂花也不理睬，只是感觉到自己很孤立，很危险，迟早会有什么事情发生。果然，他回家不久，乡治安主任刘德才就来找他谈话。任桂花对客人分外殷勤，又烟又水地招呼周到。他一看见刘德才就有点心惊肉跳，想："为什么派个治安主任来呢？"这刘德才是一个三十岁上下的粗壮汉子，粗脖子，斜眼睛，露出一副不大好惹的神气。不过他外貌虽是不好惹，他跟郝四儿说话却是很耐心，很和气的。他问郝四儿年时光景过得怎样，家庭和睦不和睦，今年想不想种地，那三十多垧荒地打算租出去还是打算雇人种，还是怎么的。郝四儿抱定了"耍死狗"

的决心，老是低眉苦脸地叹气。他说年时的光景一满不能提，家庭吵闹得不成，种地他是想种的，只是有病不能劳动，又没有钱买牛买农具。任桂花却时时插进几句话拆他的台，好像就要当面揭穿他说的话都不大可靠。任桂花的话说得又灵动又巧妙，尽是"他病是有病的，不过我看人一上山，搦起镢头，加上心一发狠，病就会轻了"这一类，弄得郝四儿无可奈何。他不明白任桂花哪里来的这么一股得意劲儿，又快活，又骚轻，对他大模大样地，好像从来就没有把他放在眼里。他想："许是政府批准了她离婚？"他立刻又自己回答："不像，不会这样快。"又想许是政府动员了任桂花一道来强逼自己生产，不过也不像，任桂花不是那样能干的妇女。"那么，要不是她有了喜事，背后有了靠山，她哪里来的这么大一股劲儿？"他想来想去就想出来了，那一定是任桂花偷了汉，有了别的男人无疑。他越想越对头，望望任桂花，果然越看越像是一副妖冶淫荡的相貌。——眼睛是红红的、肿肿的，像是哭过来；嘴巴老是咧开，老是要笑，一直合不拢来。这还不是清清楚楚的么？这不是妖冶淫荡还能是个什么？郝四儿老是这么胡思乱想着，刘德才问他："跟人合伙买一头牛做得到么？"他却慌里慌张地回答："是的，我常常不在家……"刘德才也不深究，随便拉了一阵子话就走了。

客人走了之后，郝四儿横躺在炕上，脸朝着崖壁，装睡觉。任桂花坐在炕沿上，两只脚搁在冷灶上，低着头想心事。两个人既不说话，又不吃饭，一直捱磨到天黑。天黑以后，白从海回来了。他也不回窑里，只在门外咳嗽一声，郝四儿好像来了神神似的，爬起就蹦。整整一夜，任桂花都没有睡好。她才说闭一闭眼睛，就惊醒了，只听见隔壁窑里喊喊嚓嚓地说话。她又睡又醒，还是听见郝四儿和白从海他们在说话。……

# 第十七章　谣　言

郝四儿在白从海窑里过了一夜，天刚亮，他就回到自己窑里，叫醒任桂花，吩咐她说："槐树峁子有一坛法事，主家要请我下阴，我出门了，得两天才能回来。你看好门户。有人问我，你说出门去了，不知道去哪里，也不知道什么时候回来，就对了。"吩咐过后，他就跟白从海一起上了山。槐树峁子是要从庄子后面翻山过去的。不过他们嘴里说到槐树峁子，其实是到沟掌村巫神杨汉珠家里。沟掌村离豹子沟只有两三里地，一会儿就到了。

杨汉珠家里，早已有五六个人围坐在炕上等候他们。除杨汉珠本人以外，有老窑村的巫神程项，青龙套的神官郑生荣，槐树峁子的法师田登魁，南梁子的梦仙王俊奎这些人。那是一个旧式的窑洞，只开了一个很窄很小的门，没有窗孔。把门一关，里面就在白天还是昏昏暗暗的。加上里面原来的霉臭气味，众人吸烟的焦臭气味，使得刚从外面进去的人头晕作呕。这些人之中，田登魁和王俊奎比较年老，再的都是三十以上、四十以下的年纪。

看他们的衣服鞋帽，都还过得去，可是他们的嘴脸，却又都是皮黄骨瘦，衰衰颓颓的，仿佛经常捱饿的样子。郝四儿年纪最轻，今年才二十五岁，不过看众人对他的神气，又可以断定他是这里面的主脑。他对大家说了许多"消息"，他说高生亮自从丢魂失魄以后，现在已经半疯半癫了。合作社赔得不行，不出今年四月就要关门了。这回区乡上的人跟高生亮一道来，逼他和任桂花离婚，要在离婚之后，面子上说是把任桂花娶给高拴儿做婆姨，暗地里，是高生亮要把任桂花搞到手。此外，高生亮又对政府说过，合作社赔钱，是因为有巫神、神官、法师、梦仙给老百姓治病，是因为这些巫神、神官、法师、梦仙到处破坏了合作社的威信，如果要把合作社搞好，一定要把所有的巫神、神官、法师、梦仙都拉去坐禁闭，不啦就要把这些人强逼上山去生产开荒，一定叫这些人都活不成。末了，郝四儿又装作十分秘密的样子问大家：

"你们说为什么区乡干部，今年都全体动员来搞春耕运动？"

大家都说："解不下。大半是要老百姓多打几颗粮食吧！"

郝四儿说："哼！你们说要老百姓多打粮食做什么？"

大家又说："是呀，这就越发解尿不下了！"

郝四儿装成十分胆怯的样子，像演旧戏的规矩，先出门看看有没有人，然后回转来，压低了嗓子告诉众人：

"年时咱们全边区的救国公粮是二十万石，今年呢，哼，今年要添成三十万石了！不搞春耕运动怎么行？这是我听见高生亮的儿子高拴儿亲口对我说的。千真万确的！"

这个"消息"确实新鲜，大家听了，都哄哄地议论起来了。——就在杨汉珠那昏昏暗暗、烟雾沉沉、臭气十分难闻的洞里，这一群活鬼整整商议了一天。结果大家决定把郝四儿的"消息"拿出去告诉老百姓，又决定如果谁强逼他们生产种地，他们大家一致拒绝。大家临走的时候，郝四儿拍着炕席说：

"对，对！咱们就干！有高生亮，有合作社，就没咱们；有咱们，就没高生亮，没合作社！"

那些鬼鬼神神走了之后，天刚黑，郝四儿他们就睡了。鸡叫了三遍，天还没亮就起来。郝四儿从杨汉珠炕席底下找出一把短刀，——将它拔出皮套子，在灯下低头看了一会，对杨汉珠说："今天用得着你这个家伙了！"杨汉珠挤眉弄眼地笑了一笑，说："用是能用，可不要把它撂了。撂了你就要了我的命了。"郝四儿说："屎，你看你怕得！"正说着，白从海已经准备好了两根粗麻绳，杨汉珠也准备好了纸、笔、墨，郝四儿把短刀掖在腰里，三个人借着星光，急急忙忙地赶回豹子沟。一会儿到了豹子沟，庄子上还是黑沉沉的、静悄悄的，既没有人声，也没有狗吠，只是稀稀拉拉地有一两声鸡啼。三个人在郝四儿门外听了一会儿，没有什么动静，就留下白从海一个人在门口监视着，其余两个人轻轻开了白从海的门锁，推开门，回到炕上等候着。等了约莫两袋烟工夫，白从海回来报告说："有响动了，有人在里面说话了！"郝四儿夸口说："怎么样，两位老兄，我料中了吧！"那两个人也没有答话，只是每个人在他面前竖起一个大拇

指,表示佩服的意思。随后三个人踮起脚尖,一声不响地来到郝四儿的门口,耸起耳朵听:

"走吧,天快亮了!"是任桂花的声音。

"早着咧,怕什么!"是一个男子的声音。谁都能听出来,那准是高拴儿无疑了。三个巫神屏住气,互相望了一望,彼此点点头,表示没有落空。里面只说了那么两句话,再就没有什么声音,好像又睡着了似的。三个巫神在外面又等了将近半个钟头。天色已经麻麻亮,还不见里面有什么动静。白从海很不耐烦,又加上早晨天气很冷,冷得他浑身发抖,就退后两步,做出一种姿势,好像他准备用肩膀去把门扇撞开。郝四儿按住他,又等了一阵子,里面有响动了,有人从炕上跳下地了,在窑里走……走到门边,用手拔开那门插子……两扇门慢慢打开,高拴儿的脑袋从里面伸出来了。三个人一齐吼叫:"谁!"吼叫还没完,高拴儿已经看见有人了,便同时大声叫嚷:"有人!有人!"转身朝里面走,三个巫神跟着走进窑里。任桂花很机警,她知道事情不好,就一翻身坐起来,一面穿衣服,一面大叫:"救命啊!救命啊!"才叫了两声,郝四儿跳上炕,抽出短刀威吓她说:"你敢叫唤!再叫唤我先杀死你!"这时候,白从海和杨汉珠已经用粗绳把高拴儿反手捆绑定了。郝四儿放开任桂花,一步跳到高拴儿跟前,露出牙齿,凶恶地说:"我做了你狗日的再说!"便举起短刀,装作要从高拴儿脑门上刺下去的样子。任桂花大叫一声:"呵!……"便仆倒在炕上,用两手抱住自己的脑袋,一时失去了知觉。正当这个时候——高拴儿眼睛闭上等死,杨汉珠抢上去格住郝四儿的手,说:"四儿哥,慢着!"又对白从海说:"你把四儿哥搀到你窑里歇一歇,我把这件事情审问个清白再做他不迟。"郝四儿鼻子嘴里哼哼哈哈地让白从海推了出去,任桂花也慢慢恢复知觉了。高拴儿睁开眼睛,只见杨汉珠一个,就问:"老杨,你们要把我怎么样?"杨汉珠说:"郝四儿知道你对不起他,他一定要杀死你,我劝他不听,才跟了来看看的。"高拴儿说:"那你把我放走吧,我重重谢你。"杨汉珠露出很为难的神气,想了一会儿,说:"我放了你容易,那怎么对四儿哥交代?这件事我可以给你们调停一下……"任桂花一听见"调停"两个字,就从炕上跳下来,拽住杨汉珠一边胳膊,央求他:"老杨你做做好事,把他放了吧,把他放了吧!"杨汉珠甩开她的手,十分凶恶地骂着:"就是你们这号婆姨家害事!滚开!"任桂花叫他这么一甩,心里又混乱起来,退了两步,站在炕边呆住了。杨汉珠转过头去,再劝高拴儿说:"事情已经闹出来,你给郝四儿赔一点礼,平平他的气,也就算完了。"叫人捆住的那个说:"要赔多少礼?"杨汉珠一口就回答:"照我看,你赔他五石小米吧!"叫人捆住的那个摇摇头说:"不行!我哪来的小米?"杨汉珠一眨眼就变了脸,说:"这是我爱管闲事,人家还不定肯不肯呢!你这个人好不受抬举,我不管了!"说完装作要走出去。任桂花抢前两步,一只手拦住杨汉珠,一只手抓住高拴儿的肩膀拚命地摇,哭着恳求她的情人:"给他五石小米,给那没良心的,给吧,给吧!"高拴儿看见这种情形,只得答应了:"好,五石就五石吧,不过我现在没有米,也没有钱。"杨汉珠听见他这样说，马上高兴起来，说："迟早一点倒没关系，好商量。"说完他就叫白从海过来看守住那对俘虏，自己一面从怀里掏出那预先准备好了的纸、笔、墨，一面走过隔壁窑洞去和郝四儿商量去了。这里等等不见人来，再等还不见人来，天色已经大亮，下面庄子里已经有各种各样的人声，大家都不耐烦起来了。白从海在窑里来回走着，高拴儿叫人反缚着双手，垂头丧气地坐在一张小凳子上，任桂花蹲在旁边，一手扳着他的又宽又厚的肩膀，一手替他理好那散开的衣服，替他一个一个地扣上钮扣，心疼得想哭又哭不出来。又过了半个钟头工夫，那两个巫神走过来了。郝四儿板着脸孔，没有表情；杨汉珠带着一种深沉的微笑，手里拿着一张写好的字据，挨近高拴儿念给他听：

"立借据人高拴儿：今因开工钱借到郝四儿小米五大石，言明每月付息小米一大石。半年为期，本利还清。恐口无凭，立此为据。立约人：高拴儿。保人：白从海，杨汉珠。中华民国三十一年正月十五日。"

虽然杨汉珠这张字据写错了好几个字，可是他念起来却是很正确的。他写了民国年份，月份和日子却按阴历写。唯一有毛病的地方，就是在日子上头。这时候已经是阴历二月初几了，他却写了正月十五，倒填了差不多一个月的时间。按照这个日子算，高拴儿马上就要付出一大石小米的利息了。但是高拴儿听是听了，实地里什么也没听见。白从海替他松了绑，他就照杨汉珠的指点，用墨涂黑了右手的第二个指头，在自己的名字底下，打了一个指印。两个保人也打了指印，契约就成立了。高拴儿既不识字，又没有听清楚，那上面写的什么东西，他一点也不在意。

人散了，事情也过去了，豹子沟又像昨天一样热闹着，忙着。忙着、忙着……一天过去了，两天又过去了，到了开春耕大会的前两天，豹子沟忽然出了一件奇怪的事情。有一种谣言，说边区政府今年征收救国公粮的数目是三十万石，比去年的二十万石，增加了二分之一。这种谣言不知道从什么地方传来的。那天半后晌，这种谣言在豹子沟发生之后，比最厉害的瘟疫传得还要快，不到天黑，就整个村子传遍了。这个消息马上引起老百姓的纷纷议论。平时，豹子沟的居民天黑不久就睡觉的，那天家家户户都显得十分紧张，直到半夜都还点着灯。——有好几家的门口老是人出人进的，窑洞里面是围着一大堆人在大声说话。村长姬兆宽调查了五户人家，他们都承认听到了这种说法，并且还证明这些话的确是从他们这个区的合作社主任的儿子——高拴儿口里传出来的。那天晚上，高生亮回到窑里，两父子对坐着，许久许久都没有说一句话。后来还是高生亮先开了口："拴儿，他们又把你扯在谣言里头了！"高拴儿露出漠不关心的样子，冷冷地说："扯进去不是扯进去！豹子沟我贵贱是个不盛了。正好趁这个机会挪个地方。""往哪达挪？""往底下挪。柳树台、桑坪、赵塌儿，要吗任家沟，李家园子，明渠儿，随哪达都行。"高生亮本来笑笑地，一面听一面点头，这时候忽然透了一口大气，沉下脸说："你现在要挪就挪不动！这谣言是破坏咱边区的！你缠在里头，不搞清楚你就跑不脱。人家都说你传出来的，全边区今午的公粮是三十万石。——政府公布的真正数目是十六万石。比谣传的要少一半,比去年的还减少五分之一,这个谣言不止你要负责任,连我也要负责任呢!"高拴儿叫父亲用大帽子压住了,没办法再提搬家的事,只好憋着一肚子闷气睡觉。第二天早上,他又开口问高生亮要两千块钱。高生亮问他要两千块钱做什么,他说这里欠下许多账,要两千块钱来开饥荒。高生亮想了一想,对他说:"你帮助我把这些谣言平了,把春耕大会开完了,咱们再来仔细商量搬家呵,开饥荒呵,任桂花离婚哪那些事情,好不好?"高拴儿不同意。吃过早饭以后,高生亮赶忙到村长姬兆宽那边去,高拴儿自个下了山,走下川去了。

高生亮经过"老石头"曹玉喜家里,看见曹玉喜两夫妇正在收拾行李。有两个大柳条筐子,一个装了些锅盆碗盏,一个装了些破布棉衣,曹玉喜那个一岁多的小娃娃坐在里面。曹家婆姨正在炕上叠铺盖。一头毛驴拴在大门外面。高生亮暗地惊奇:"怎么拴儿要挪地方,曹家也要挪地方呵?"就走进去问曹玉喜。"老曹哥,明天咱达儿开大会了,你要出门哪?"曹玉喜望都不望他,说:"我走哇!""你走哪里去?""走上头去!""盛得好好的,怎么又要走呢?""达儿盛不成了!""那是怎么价?"曹玉喜原来只是用简单的话对付着他,看见他还要往下追问,就有点生气了,笨头笨脑地说:"庄稼种不成了,谁还能盛?不走又怎么价?"高生亮自言自语着:"这才是胡屎日鬼!……"这下子,把个"老石头"可是撩起了火。他走到高生亮跟前,面对面说:"我胡屎日鬼?话可是你的儿子说出来的!你问问庄子上的人谁不晓得!今年的庄稼是种不成,——种了也不顶事！"

高生亮腰背微微弯曲，很恭敬，很沉着地站着，动都不动。他用那只老花的眼睛，温和地望着曹玉喜。一只手不停地在捋着嘴上那几根花斑斑的胡须。他的心里十分紧张地在苦苦想着对付的办法，他的外貌可是安稳平静极了，——叫人看着仿佛他并非一个活人，而是一座高大的、没血没肉、不会走不会动的石碑。这么着，一下子好像乌云里电光一闪似的，他的脑子里来了一个主意。这个主意首先使得他的虚松的脸皮轻轻地跳动着，后来从他的蒙眬的眼睛里，和他的歪着的嘴巴里，送出来一阵得意的微笑。他迈开很有把握的、沉重的脚步，把曹玉喜拖到炕沿上坐下，用自己人的口气说："老曹哥，你该信任我，不要听这些破坏分子造谣。政府宣布的是十六万石，比年时五份减了一份。谁也没有说三十万石，拴儿更没说过。这样子，你多开荒一垧地，这一垧地打下来全归你，谁也不要谁一颗。我说的话，我对你完全保证！"曹玉喜到底是个老实人，看见高干大说得这么恳切，已经有一半相信了，——不过还有一半怀疑地，说："你保证我一个人，……你敢不敢保证全庄子的人？"高生亮接住就说，"敢咧！咋不敢！"曹玉喜又把他浑身看了一遍，吞吞吐吐地说："生亮哥，你是个主任，这个不错；可是政府的事情，你究竟不好干涉呀！你怎么能够保证得了？"高干大看他这样子，知道很有把握了，就把自己所打的主意缓缓地，直接地说了出来：

"把你今年的救国公粮，叫咱合作社给你包了吧！好比你年时出一斗细粮，在这个月里，你到合作社入上一斗细粮的股金，合作社就给你包交公粮。今年的公粮下来了，——是跟往年一样的，不用你出一颗粮；是比往年多的，也不用你出一颗粮；要是比往年少了呢，减少一升合作社退给你一升，减少两升退两升。这还不算。你除了不用交公粮以外，你的原本还在，到了明年年底还可以分红。还有，今年交过公粮以后，你要等用还可以随时抽股。你看这样能不能保呃保证？合作社包了公呃公债，包了公呃公盐，也能包公呃公粮！"

高生亮这一番话起了很大的作用，登时把曹玉喜的念头拉转过来了。曹玉喜低着头，眼睛望住自己的鞋尖，很惭愧地、声音小得几乎听不见地说："要是那么个，我就不走呀！"随后，——过了一会儿，又像所有那些老实人故意装作狡猾的时候一样，挤眉弄眼地说，"你只是包我一家的公粮呢，还是全庄子都包？——我这样问你不是别的用意，你要是全庄子都包，我就去跟大家说去。想走的还不止我一家呢！"这正是高生亮巴不得的事情，就十分欢喜地回答他，是打算全庄子包，他可以告诉随便什么人。

把曹玉喜稳定下来以后，高生亮走了出来。他觉得自己这回能够打破那些谣言，使得春耕运动顺利展开；另一方面合作社又扩大了股金，力量更加雄厚，真是一箭双雕，公私两利。他一边因为胜利而欢喜，一边又拿这个办法和包交公债、包交公盐的办法来比较，想找出一条规律来，以后可以经常应用。他想了半天，却自己问自己："这到底叫个什么办法好呢？"——他觉着这里面的确有一条规律，又觉着自己的确会运用这条规律，但是他怎么的也不能给它找出一个恰当的名称来。

想着想着，不知不觉走过了村长的门口也不晓得。姬兆宽看见高生亮走过自己门口，往庄子下面走去了，就一步跳出门口，在他后面大声喊叫："生亮哥！走哪里去呀！快回来，这里程区长也派了人来，大家都等着你咧！"高生亮这才知道走过了头，自己也觉得好笑。回到窑里一看，见除了原来那四五个人之外，还加上区上的保安助理员段富贵。这个人身体很矮，可是很壮，小小的圆脸上长满了络腮胡子，从他的说话可以看出他的性子很急。他一见高生亮，就把刚才对大家说过的话又重复说了一遍：程区长在二乡青龙套那边布置春耕，工作本来很顺利，往后忽然推不动了，大家都不愿意多开荒，还有个别的庄户要搬家。后来就发现了跟豹子沟这边一样的谣言。这谣言同样是"三十万石"，同样指明由高拴儿传出来的。段富贵被派到这里来有两个任务：一个是要调查明白，这谣言到底是不是高拴儿传出来的，豹子沟有这种谣言没有；一个是来和大家商量对付谣言的办法。据程区长的意见，对付办法最好是加强宣传政府今年宣布征粮十六万石的决定。高生亮开头听说程区长专门派一个保安助理员来调查"谣言到底是不是高拴儿传出来的"，觉得有点刺耳，不过不大明白程区长的用意何在；后来一听到要商量对付办法，他就把他和曹玉喜的谈话详详细细说了一遍，而把其余的事情都忘记了。赵士杰听了合作社包交公粮的计划，高兴得两边大腿帮都红起来了，张开那喇叭形的突出的嘴巴直笑。笑到得意忘形，就举起两只手在头顶上挥舞。大家也都说这个办法使得,决定在明天的春耕大会上提出来。正在热闹的时候,任桂花走进来了。她不明白大家在笑什么,脚步稍为踟蹰了一下,随后又坚定地走到炕前,面对着赵书记和罗乡长,说:"我来报告你们一件事情。今天早上,郝四儿对白从海说,他不管事情闹到什么样子,要叫他上山生产,那是万万不能的!你们看这样的人,还有什么用处!好赵书记,好罗乡长,给我批准吧!"赵士杰一心在想着那包交公粮的事,没有闲心来处理任桂花的离婚,就和她说:"好吧,你不用急。郝四儿要是那么顽固,甘心当二流子,叫他在明天的大会上说出他不生产的理由来,让大家听听。你也提出你的离婚意见来,也让大家听听。往后咱们批准你离婚,大家也不会有意见了。"任桂花听了,也不再说什么,苦着脸在炕沿上坐了一会儿就走了。她走了之后,这里的人又忙起来。赵士杰叫乡治安主任刘德才再去找郝四儿和白从海,好好跟他们谈一次,叫他们一定要出席明天的大会,还要准备发言;把任桂花提出离婚的理由,也跟郝四儿谈一次,看郝四儿本人怎么说。又叫区上的保安助理员段富贵赶快跑青龙套一次,把这边的情形和办法告诉程区长,看他有什么意见。于是剩下来的人又分头出去,走东家,走西家,跑上庄、跑下庄,去鼓动大家的生产热情,调查每家每户的困难,揭发那什么三十万石的谣言,宣传合作社包交公粮,——将他们的全部力量,都给明天的春耕大会用上了。

# 第十八章　二流子

豹子沟春耕大会那天早上，姬兆宽和赵士杰他们几个人才起来不久，太阳还没下到庄子上来，区里的自卫军营长曹正就骑了一匹铁青色的快马赶到豹子沟来了。这是一个三十多岁、矮小精瘦的人物，右边脸上有一颗大黑痣，黑痣上面留了一丛很长的黑毛。他的声音十分宏亮，和他的个子绝不相称。论身架，他只有高生亮一半那么大小，而他的嗓子和高生亮比较，可不差甚。他经常穿着军服，束了皮带，打上绑腿，这就使得他在刚强麻利之外，还给人一种整齐端正的印象。他一看见区委书记赵士杰，就说："老赵，老程说他不赞成合作社包交公粮的办法。他叫我赶来通知你，今天的大会上最好不要提出来。等以后他再来和你商量，或者回到区上开一个会。……"大家听了，都觉得很诧异，赵士杰立刻生起气来。——他使劲摁住自己，问曹正："曹营长，你没听说，他为什么要不赞成这个办法么？你们在青龙套没讨论过？"自卫军营长回答："他说是说来了。咱们没有时间，——来不及讨论。他说，合作社过去的权已经太大了，揽事揽得太多了，人家都说已经顶半个区政府了，——所以再不能做这个事。他的意思是那么个：咱们不能用自己的力量加强政府的威信，却要合作社来保证政府的威信，这就是咱们政权的失败！"赵士杰一边听着，一边气极了，不过他还是极力压制着自己，很斯文地说："这才真是乱弹琴。好……"他又转向大家说："咱们很快地把这个问题讨论一下，老曹你也发表一点意见。"大家进行了约莫两袋烟工夫的讨论。乡指导员刘海荣，乡治安主任刘德才，村长姬兆宽，甚至自卫军营长曹正自己，都觉得这办法可以行得通，只有乡长罗生旺同意程浩明的意见。最后，赵士杰看见除了罗生旺以外，大家都不同意程浩明的看法，气就消了一点，很平静地对大家说：

"咱们的政府是人民的，咱们的合作社还是人民的。我看政府跟合作社，在给人民服务这一点说来，是一个事，没有抢抓工作的必要。又因为咱们是站在领导岗位上，所以民办方针，自由入股，包交公债、公盐，跟这回的包交公粮这一套办法，本来就应该由咱们想出来，和老百姓，和合作社，大家商量着去办。咱们没想出办法来，咱们自己就应该觉得惭愧！应该承认高干大实在比咱们能行！应该鼓励，帮助他！应该动员所有的干部帮助他，向他学习！应该给他解决工作当中的困难，检查他工作当中的小偏向和小毛病，赞扬他的一切优点！这就是民办公助。——这就是领导。咱们为什么要反对他？咱们为什么要妨碍他？咱们为什么嫌他工作做得多了？难道给人民服务，不是越多越好么？咱们为什么怕合作社顶了半个区政府？难道咱们一定要说：

'只有我才能给老百姓服务,你要服务,不行!'随后自己做事又做得很少,又做得不太高明,倒把自己忙得要死,天天嚷着缺乏干部,却不能满足人民的需要,也解决不了问题,——这样才好?咱们为什么会失掉威信?难道咱们着实把一个合作社领导好,老百姓都满意,这还不是咱们的威信么?难道从前任常有把合作社办得一塌糊涂,老百姓都骂'活捉社''捉鳖社',那时候咱们政府的威信就比现在高,高得很么?……"他一口气说到这里,停了下来,用略为发红的眼睛望了众人一遍,接着说:"咱们还是按照昨天的计划开大会。这个办法,——我看还是不能改变。今天早上咱们商量的问题,不用通知高生亮,免得他分了心。曹营长,你赶快回去通知程区长:这里的事情由我负完全的责任。——政治上的责任也在内。现在不能改变了。要讨论也来不及了。以后咱们在区上讨论,在县上讨论都可以。"

曹正从姬兆宽窑里出来,正从木桩上解下那匹铁青色的快马的时候,高拴儿也正从任家沟回来,刚赶到家。曹正看见他那慌慌张张的样子就故意寻他开心:"高拴儿,年轻人,大清早到处串什么!"高拴儿含糊答应着,往上庄子走去了。昨天他走下川搞钱,跑了一天没搞到手,最后到了合作社,向张四海借两千块钱。张四海是管信用社的。本来信用社放款一定要一个保人,张四海看见是高拴儿,平时端端正正的一个年轻人,就顺了情面,给他开借据借了两千块钱。现在他拿着钱往郝四儿家里走,他的心里一面觉着丧气,一面也觉着高兴。给郝四儿抓住自己的把柄,以后就只能让他勒索;可是花了几个钱,以后就可以公开跟任桂花来往，却也值得。到了郝四儿那个窑洞，门只虚掩着，他一手推开门走了进去，他们还没起来。他叫醒郝四儿，就把一千五百块钱塞给他，说："来，四儿哥，这就是一大石小米。点好。"郝四儿光着身子，在炕上坐了起来，一面推开高拴儿的手，一面使他无论如何也想不到地说："拴儿哥，你这个人怎么这样认真？算了吧，我这几天又不等钱使唤，你先使唤着。咱们同村同庄，从小就在一块儿长大的，你当我是什么人啦！"高拴儿好辛苦才搞到了钱来清利息，郝四儿忽然又朝那么说了，他拿着钱，站在炕前发呆，好一会儿都没有听懂那年轻巫神的话。郝四儿穿好衣服，跳下地，又换了一副严厉的脸孔对他说："桂花儿整天闹着要和我离婚，我劝过多少她不听，你来得正好，你也劝一劝她吧！——离婚不是好事情。……她要是不闹离婚，咱们盛在一个庄子上，和和气气地过日子，什么事情不好商量！她要是一定要闹，……就算离了吧，我郝四也不是好惹的！你欠下的小米难道说就白白地算了么？还不单是这个，哼！"他拍一拍自己的腰带，早几天，那地方曾经掖过一把短刀的，说："反正我也是烂命一条！你敬我一尺，我敬你一丈。"说完就一直走出去了。在他们说话的时候，任桂花早爬起来把衣服穿好，在一旁悄悄听着。这时候，她也跳下地，牵着高拴儿的袖子把他往外拖，嘴里说："给他，给他，把那些钱给他！好不识羞的，拿自己的婆姨卖钱！我不离，这日子过得下去！"高拴儿平日也是盼望她离婚的，这时候因为有把柄抓在人家手里，却反过来劝住她，说："你不要性急。离不离吧，还不是那么个！'和和气气地过日子',郝四儿说得对着咧!"任桂花高声叫嚷着:"我不能跟他在一达!我不能和和气气!我一定要离!要和和气气,你跟他和得去!"说完也就挣开高拴儿的手,一直往门外走出去了。……

春耕大会在村长姬兆宽门口那个坡瓝上开。姬兆宽当主席。到会的有三十来个人,大部分是男子。只有六七个女的,任桂花就是当中的一个。大家围成一个不规则的月牙形,脸朝着村长的窑洞口坐着。有两条狗,一条黑的,一条白的,在人群当中缓缓地转来转去。娃娃们好像过年一般高兴,特别起劲地跳着,笑着,谁打谁一下,又远远地跑开去。才会走的细娃娃一不小心绊倒了,就唔呀一声哭起来,谁把他叉着胳肢窝,刚叫他一站稳,他又乐起来,东倒西歪地跑开了。有谁嚷着:"走!那头耍去!"娃娃们就四下飞散。不到一会儿,又像麻雀似的跳回来了。就在这种和谐的空气里,赵书记和罗乡长讲完了他们的话。下面跟着来的节目是开荒竞赛。因为预先的准备工作做得充分,这一项程序进行得很顺利:陈步有提出他要多开五垧荒地,高凤岐提出十垧,乔发均又提出十五垧超过了他。竞赛一下子就展开了。郝四儿坐在人群最边缘的地方,他的脸——和大家的脸相反,不朝着姬兆宽门口那张当作主席位子的桌子,却背着大家,向着那空洞的山谷。大家嘈着叫着,他什么也没听见,反而觉着今天比平时静得多,静得连鸡叫的声音都听不见了。他望望大家的衣服,看见有脏的,有破的,有一块一块往下吊着的,有裂开一道口口露出屁股来的;他又望望自己那一身黑市布新棉衣,虽然有点油垢，究竟还是新崭崭的，和众人差得很远。他想："你们快开荒去，受苦的活儿我可看不上！"跟着抬起头，望着对面山顶上的太阳。——这时候太阳已经离开山顶，升在半空中。阳光正射在对面山坡一棵野杏的树顶上。这棵孤独的野杏，正开着满树的红花，叫太阳晒得红光闪闪，十分抢眼。他又想："你们爱种烂脏庄稼，你们种得去。我要务艺，倒不胜务艺它几棵杏树。"这时候，竞赛像雷雨一般，轰轰烈烈地过去了。只剩下高拴儿、郝四儿、白从海三个人没有发言。姬兆宽问高拴儿："你呢，你开多少荒？"大家静下来听着。高拴儿冷不防叫村长一问，一点主意都没有了。在村子里，他是一向受人称赞，大家管他叫"好后生"的。"这一下怎么办呢？"他想，"难道要当场出丑么？"他决定不对大家说他想挪地方，想倒生意，想吆牲口那一类的话，却慌慌张张、冒冒失失地站起来对大家说："我开十五垧！"大家都热烈地鼓掌。这一阵鼓掌，把郝四儿惊醒了。他立刻想到下面就轮到问他，登时满脸绯红起来，脑子里面昏昏沉沉的，像喝醉了酒一样。可是村长并没有再问下去，却进行讨论变工队的问题去了。一讨论到变工队，大家就提出来许多困难：缺粮食的，缺农具的，缺人力的，缺牛力的，吵吵嚷嚷，乱成一片。姬兆宽好几次使劲摆动着双手，大声嚷着："听不见了，听不见了！慢慢来，一个一个来！"这样子，大众静了一会儿。有谁一提起今年的救国公粮的问题，大家就又哗啦哗啦乱嚷开了。后来由赵士杰、高生亮两个人发表意见。区委书记保证今年救国公粮比去年减少五分之一，又着重说明一千九百四十一年边区的救国公粮所以稍为重了一点，是因为边区受着军事、经济的双重封锁的缘故。高生亮除了答应借给变工队一些资本，还尽力给变工队调剂种籽粮食，帮助解决农具困难、穿衣困难等等之外，又当场提出了合作社包交救国公粮的办法。这办法马上获得全体通过，并且重新选出了本村种庄稼的好把式董成贵和茆克祥两个人当变工队长。一直到现在为止，郝四儿都在暗自盘算着，如果人家问到他的开荒问题，他应该怎么回答。——他料定这一关不会让他白白过去的。果然，变工队问题讨论得差不多了的时候，那本来受郝四儿的煽动，到合作社去，要提出他老婆所存的响洋的陈步有，忽然举起一只手来，说："主席！我有一个意见。"主席同意之后，他就站起来说："我提议叫郝四儿和白从海两个人，也说一说开荒计划！"下面一听见这个提议，就七嘴八舌乱嚷起来："对着咧，叫他们也说一说！""说一说他们为什么不生产！""反对二流子！"姬兆宽又使劲摆动双手，大声嚷着："听不见了，听不见了！慢慢来，一个一个来！"任桂花看见这种情形，气得浑身都发软，眼睛潮潮润润的，面前的东西慢慢就模糊起来了。跟着，有三四个人说了话，她看不清那些人是谁，也没听见说的是些什么。往后，主席征求郝四儿的意见，说如果他有什么理由不能参加生产，他可以站起来给大家说清楚。郝四儿不肯站起来，只是坐着说，他不能生产开荒，有三个理由：第一是他要给人治病，顾不上种庄稼；第二是他自己也有病，不能上山；第三是他没有本钱，因此也就没有吃的，没有牛犋，没有种籽和工具。大家都反对他这种理由，说第一，治病有合作社的大夫，他并不会治病，只是胡屎日鬼乱搞一顿，把病人反而治死了；第二，他有什么病，谁也不晓得，（有一个老汉插嘴说："是懒病！"）——就是有病，也总能治好的，不会一辈子害病；第三，没有本钱更不成理由。谁有多少家当，大家都清楚。就算真的没有，只要他实心干，变工队可以负责解决。人家说一通，郝四儿答辩一通，这样一直搞到过了中午。姬兆宽看看时间不早，自己也觉着饿了，就宣布暂时休会，吃过中饭再开。吃过中饭以后，姬兆宽和董成贵、茆克祥两个变工队长先到郝四儿家里，把他着着实实劝说一番。任桂花休会以后就没回家，不知道上哪里去了。郝四儿连饭都不吃，一个人躺在炕上，不管别人怎么好意相劝，他只是一个劲儿不……

下午再开会。郝四儿第二次发言。他又把要给人治病，自己有病不能上山，没本钱种地那一套理由照样说了一遍，——和第一次发言比较，差不多没有什么改变。只是他觉得自己犯了众怒，地位很孤立，口气上些许软了一点，带着点求情的味道就是了。他发言完了之后，村长姬兆宽请任桂花发言。她和郝四儿闹离婚的事是大家早已知道的。她还没开口，大家就鼓起掌来了。她站起来，把郝四儿怎样反对生产，不务正业；怎样吃喝嫖赌，偷抢殴打的情形，对大家都说了。还要大家斗争他，叫他好好生产；又要大家同意她和郝四儿离婚。她的话才说完，又引起一番热烈的鼓掌。跟着众人都发表了意见，同意他们离婚。这时候，什么事情都明明白白地摆在郝四儿面前了。郝四儿暗中盘算，这回他的计划是完全失败了：他想破坏春耕运动，可是春耕运动成功了；他想破坏合作社和高生亮的威信，合作社反而增加了一笔股金，高生亮的威信更提高了；他想造谣暗害高拴儿，如今大家赞成任桂花离婚，等于把自己的婆姨送给高拴儿做婆姨；他一直要搞垮医药社，现在却搞垮了巫神。这真是龙王爷叫水推——神神顾不了神神。如今到了这步田地，正像俗语所说，是到了生死存亡，千钧一发的危急关头。他要东，要西，只决定于一眨眼的工夫，只决定于他一张开口，说一句话。他愿意家败人亡呢，还是愿意别的什么呢，只等他自己来挑选。"不管我生产不生产，"他想，"这回不答应是下不了台。好吧，我就来变个样儿再说。"到村长姬兆宽再要他发言的时候，他的主意已经打定，就站起来声明他愿意参加变工队，和众人一起开荒。白从海看见郝四儿已经改了口，变了，他也就同意参加变工队开荒。郝四儿这个做法果然厉害。他一答应了开荒生产，众人就掉过头去劝任桂花暂时不要离婚，说他既然有了改正的决心，那些吃喝嫖赌、偷抢殴打的情形，慢慢都会改正。说任桂花应该劝他，帮助他改正；倘若一定要离，那就是打击了他，使他改正不过来。任桂花没有想到郝四儿有这么一手，叫众人说得没话回答，一面嚎啕大哭，一面站起来就往家里跑。这里会上最后讨论了合作社的问题。首先有几个人起来揭发郝四儿和白从海造谣；其次赵士杰和高生亮对大家说明合作社一方面十分巩固，一方面还在发展，叫大家放心；最后郝四儿和白从海也都承认了错误，说以后再不说合作社的坏话。众人又商量决定：除了高凤岐、陈步有自动声明他们不退股、不抽存款之外，郭占秀和乔发均如果要退股，可以按照合作社规定的利息退；白从海是公债股，现在不能退，等公债交完以后，随便他自己愿意怎么办就怎么办。

郝四儿完全失败了，而高生亮完全胜利了。政府和老百姓都觉得满意。只有任桂花和高拴儿两个人，心里老是迷迷糊糊的，不知道是祸是福，是悲是喜。那郝四儿像叫别人痛打了一顿似的，浑身酸痛地回到家里。任桂花眼泪蒙眬地问他："四儿，你以后种庄稼啦？"他凶恶地瞪起眼睛，咬牙切齿地说："种！怎么不种？只是这回我看清楚了。你，拴儿，高生亮，政府，老百姓，——你们是一伙的，你们就是新社会，你们全是我的仇人！你听见了么？"任桂花听是听见了，可是没有解下。她认为大家劝她不要离婚，是对郝四儿有利的。

# 第十九章　酒　后

高生亮看见高拴儿垂头丧气、癫癫痴痴的样子，知道他心里不快活，很心疼他。临走的时候就对他说："走，咱一道走。到合作社去住上一两天吧！"高拴儿眼睛愣愣地、没精打采地说："走吧。"就跟着高生亮和区乡上的几个人一道下了山。走到三汊河口，赵士杰对高生亮说："你先回去等一两天。包公粮的事我再到县上去商量一下。县上要是批准了，我马上通知你。你再派大批人下乡去收股金。"高生亮带着儿子回到合作社，召集大家开了一个会。把包公粮的办法在会上提出来讨论，大家研究了一番，都表示赞成。第二天又召集了理事会讨论这件事，理事会也全体通过了。第三天，赵士杰派人来通知，说县上也批准了，于是整个合作社又热闹起来，张四海、罗生明、王银发、王大章、高成祥都被派下乡，——全合作社举行了一次大会餐，有蒸馍，有炖肉，有韭菜炒腰花，还喝了酒。

那天晚上，会过餐以后，高生亮把儿子带到自己房间里去，打算和他好好地谈一次。今天，趁着高兴快活，两父子喝酒都喝多了，看来话又多，又显得特别亲热，不像平时那样冷冷淡淡的。一进了房里，高生亮就迈开歪斜的脚步走到炕前，用手拍打着铺在炕上的白羊毛毡子，打得它冒出满房子的尘土，兴致勃勃地说："来，拴儿，你坐这里，你坐这里，咱们好好儿拉一拉。今天得把什么事情都谈通，谈通了你的心病就好了。"高拴儿的脚步也是歪歪斜斜的，不过没有他大那么厉害。他一纵身上了炕，乖乖地坐在他大给他拍过尘土的位置上。高生亮拿起茶杯，就着水壶斟满了一杯开水。不过他并没有喝。斟完了就放在红漆炕桌上，让它在那小油灯的光圈里静悄悄地冒烟。他自己是安静不下来，弯着两脚在房间里来回走着，显得很年轻，很活泼地挥动着两手，说："你先谈，你先谈。我知道你不满意我的！把你那些不满意，一件一件给咱说出来！"高拴儿自从他大办医药合作社以后，从来没有见过他大这么年轻，这么高兴，这么令人喜欢，自己也喝了不少，胆子也就大起来了，说：

"大，我是不满意你的！——你一满不关心我！年时，你算算看：有一回夏天，我在白家窑子前面碰见你，你不赞成我倒生意，也不赞成我自由结婚，你答应跟我想办法，可是你什么办法也没给我想出来！有一回，医药社已经立起来了，我天快黑的时候来合作社找你，你只是劝我跟任桂花离婚，你说这是人家任桂花提出来的！又有一回，合作社正请客，我来了。这回你答应给我跟区上说去，可是你一句话也没说，往后我到了合作社七八次，连一次也没碰上你。他们说你搞运输队，忙着咧。还有一回，是你叫别人捎话，叫我来的。我来了。等了你两三个钟头，才见着你的面。面是见了,只说了几句话,你就有事出门去了。你说你跑一转就回来,你说你缺了个什么队长,叫我等一等。可是我等了两天两夜,你就没有回来!——往后,任桂花也出嫁了,任常有也死尿了,你也生病了,我的婚姻就一满没有了!"

高拴儿说一句,高生亮就说一声:"是的!"跟着向他走近一步。儿子的话说完了,父亲就走到他的身边了。高生亮那张大的长方形的红脸和他儿子的也是长方形,不过比较小些的红脸几乎贴住了。那个伤疤,周围红得好像会滴出血来的,差一点就擦着高拴儿的鼻子。那几根胡子,正好扎在高拴儿的嘴上。他那一大一小的眼睛,还是那样蒙蒙眬眬地,直望着高拴儿那长得很俊的两眼。这时候,高拴儿觉着他大很近人情,很和气,很可爱,……他又觉着这个老汉很可怜,觉着这个老汉在向他求饶。他闭上眼睛,只闻着他大的酒气冲人,只听见他大的呼吸很短促,好像气喘得很难过。不久以后,他又听见他大那把铜钟一般的嗓子压成沙哑的声音,说:

"是咧,是咧!都是我的错儿!"

儿子听父亲这么一说,觉着很难为情,就睁开眼睛说:"我知道不是你的过,是你那个合作社的过。它把咱们家里什么事情都给误下了,都给闹日塌了!"

"是的,是的!"高生亮使劲睁大两个眼睛,说了。——那两个眼睛,因为喝了酒,好像很不容易睁开。他的脸上有一种想笑不笑的神气。这神气,使他看来很老实,很忠厚,又包含着无限的欢喜,无限的慈爱。一会儿,他又放开那含蓄的笑脸,说:

第十九章 酒后

"为了那个'松'合作社,咱们庄稼没有务好,牲口没有吆成,生意没有倒上。人家在咱们民主政权底下,大大小小都发了,咱们还是一样的穷!——你说的一满都对着咧!"

"那么,合作社还有什么好处呢?——对什么人才有好处呢?"

"唉,说起这个来,话就长了。"

"说吧,你给我说,再长我也愿意听。"高拴儿在座位上扭动自己的身子,好像很难安静下来。他觉得他大已经说不出道理,就说话长,想推托开。

"好,我说短一些,我说简单一些。不过话还得绕远一点,绕个大弯子才说得清楚。"高生亮略为停了一停,整理了一下自己的思路,就站在原来的地位上,并着两个手指,在大鼻子下面画圆圈,很谨慎地说下去:"在二十多年以前,你才出世的时候,中国出了一个共产党,共产党里面,出了一个毛主席。毛主席告诉咱们,中国老百姓所以这么穷,这么落后,这么受欺负,是因为中国老百姓有两个敌人的缘故。这两个敌人,一个是侵略了咱们一百年的帝国主义;一个是压迫了咱们几千年的军阀、贪官跟地主。中国老百姓要翻身,一定要打倒他们。"

高拴儿说:"这个,我两年前上冬学的时候就听说过了。"

"好,你听过就好。这是第一层。还有第二层。因七年以前,咱们陕北出了个刘志丹。他听了毛主席的话,就领着咱们老百姓,起来把陕北的军阀、贪官跟地主打倒了。咱们翻了一个身。"

高拴儿有点不耐烦了,就说:"这些事情谁不晓得?你尽说它干吗!"

"我要说的,我要说的!还有第三层。在五年以前,毛主席领着咱们打日本帝国主义。咱们一定会打胜的,可是现在还没来咧,还在打着咧。……"

高拴儿忍不住笑起来,说:"对了,对了,对了……你光说这些干吗!谁不晓得?"

高生亮也哈哈大笑起来,他的两手像要飞似的展开,那全身的影子在墙壁上晃动着,说:"你晓得你说吧,我不说了。"

"快嘛,快嘛,快嘛,……"经高拴儿这么一半恳求,一半催促,高生亮这才又说下去:

"你要记得,咱们现在是不受军阀、贪官、地主欺负了,可是还受日本帝国主义欺负呢!在前方,日本鬼子天天杀咱老百姓,不用说了;就是年时,日本飞机还轰炸过咱边区,炸死了很多人跟牲口。这就要说到第四层道理。是不是咱们打倒了帝国主义,打倒了军阀、贪官、地主,咱们就马上可以享福了呢?不,不的!还不是马上的事!那些军阀、贪官、地主,说近些还有帝国主义,说远些还有皇帝和宰相,剥削了咱们五千年,把什么都剥削完了,都拿走,都拿得光光的了。剩下给咱们的只有穷,只有落后。咱们打倒了他们,还要打倒贫穷和落后!这一层,你恐怕就没有听过了吧?——咱们还要革贫穷和落后的命!等到把贫穷和落后也打倒了,把贫穷和落后的命也革掉了,咱们才到了真正享福的日子。"

第十九章 酒后

高生亮说到这里就停住了。他看看他儿子，看他还有什么说的。他看见他儿子很庄严地坐着，在那里沉思不动，知道他是听进去了。这时候，高拴儿的酒气完全过了，也在感动得说不出话来。往后，高生亮把羊腿巴子从怀里掏出来，——可是他不吸烟，只是把那根羊腿巴子拿在手里耍玩着，继续说下去：

"不过要革贫穷和落后的命，比要革军阀、贪官、地主的命难得多！这里面还有第五层道理。革军阀、贪官、地主的命，咱们能使唤枪，能使唤刀，可是你怎么能够对准贫穷和落后放枪呢？它们不是枪炮打得死的。一九三五年闹革命的时候，敌人伤了我的脸；现在革贫穷和落后的命，敌人伤了我的脑筋，伤了我的心！……大家都不知道这个革命该怎样革下去，毛主席又出来了，——每逢咱们有灾难，他就会出来搭救的。他说：'你们从前闹土地革命，是大家伙儿一道闹成的。现在你们革贫穷和落后的命，难道能够一个人一个人地各自去革么？'对，他这么一说，就提醒了咱们。从闹革命，要是一个一个地各自去闹，那么再多的人也死光了。这是只要一想就解下的。咱们想了一想，就决定组织合作社，来革贫穷和落后的命！……将来把日本鬼子打垮了，咱们合作社要办一个大的纺织工厂，要办一个大的炼铁厂，还要办一个大的畜牧场。咱们有了布匹，有了铧、镢，有了牛、骡……再慢慢说别的。"高干大说到这里，拿旱烟装在羊腿巴子里，就油灯吸着，吸了几袋烟，他打着趔趄走到窗前，两眼透过嵌在窗子当中那一块大玻璃，望着窗外的沉沉的黑夜。

……高拴儿恍然大悟了。他点点头，说："我解下了。你说要光景过得美，就要大家伙儿一道搞，大家都参加合作社。咱家的光景也要等合作社办好了，才会过得美。对不对？"

"是的，是的。差不离就是这样。不过我的文化不高，——我吃了这狗日的亏，说不利落。"他一面说，一面从窗前回到炕前。

"那么一个人活在世上，活一辈子，尽是为了大家，不为自己了？"

"拴儿，你要这么说也可以。不过不如说：如果单为了自己，那是闹不好的；如果为了大家，那么大家闹好了，你自己也就好了。"

高拴儿喜极了，就开他大的玩笑说："怪不得别人说你是傻子！是呆子！"

高生亮也哼的一声笑了出来，并且平伸出两手按住高拴儿的双肩，好像他准备把拴儿推倒在炕上一般，说："好嘛，我是傻子！是呆子！——将来让别人也这样说你吧！往后，咱们的子孙会听见别人说：'呵，你们的祖先尽是些精精，没什么戆戆！'那时候会颠倒过来的。……我的话说多了！我醉了！你要再不相信，我也是老君爷叫蛇咬——法尽了！你说说看，我不是醉了么，我说了这么些！……"

高拴儿听了这番话，把所有的牢骚忘掉了，把对郝四儿的害怕忘掉了，把对任桂花的想念也忘掉了。夜里，他睡在高生亮的身边，觉着高生亮的个子很大，大到和大庙里的四大金刚一样；又觉着自己很小，小得和初生的婴孩一般。睡在那里，他觉着无忧无虑，心里很畅快，——连梦都没有做，甜甜蜜蜜地睡了一夜。第二天早上起来，高生亮问他："拴儿，你现在想定了没有？你究竟打算在家里种庄稼呢，还是到合作社来工作？"他一时回答不上来。——在家里种庄稼，少不了要受郝四儿的欺负；在合作社工作，又见不着任桂花。这两样事情，都有好处，都有坏处。吃过早饭以后，高生亮又问他，他只好含含糊糊地回答："我还决不定。说在家盛着嘛，心里又安不下来；说盛到合作社来嘛，又撂不下那几亩庄稼。"高生亮早看破了他的心，就说："不管你在家也好，出来也好，你要是不下狠心撂开任桂花，什么事也搞不好的！"高拴儿一听这话，连想都来不及想，就生起气来了。他的心跳得很厉害，口里结里结巴地说："不，不行的！我什么都……我撂不开她！"这时候，他的心眼儿里只有一个任桂花，把合作社，革贫穷和落后的命，为大家办事那些大道理都忘记掉了。他又在合作社磨磨转转地呆了半天，看见别人算账的算账，卖药的卖药，织布的织布，浆纱的浆纱，自己没个做上的，也怪没有意思，就决定回家。高生亮正要谋虑包交公粮的事情，顾不上陪他说话，也就不多留他。两父子走到门口，高生亮忽然想起一件事情，就问他："拴儿，你不是说过要两千块钱开饥荒么？"拴儿说："是的。""你开的是什么饥荒？""我跟别人要钱，输了的。"高生亮不相信他会跟人要钱，但是也不再追问他，只是淡淡地说："咋跟我来，我跟你寻钱去。"拴儿没跟他走，也只是淡淡地说："不啦。我有啦。""你哪来的钱？粮食卖了？""粮食没动。我借来了。""哪里借的？""信用社。""谁跟你保的？""没有保人。我借钱还要保人么？谁不认得我？我又不会逃跑！"高生亮再不往下说了。放款没有保人,这是不合手续的。这个人不要保人放款给高拴儿,也就能够不要保人放款给他自己的亲戚。这还成什么话？高拴儿走了之后,他心里老不舒服,就跑到账房里翻开账簿子看。翻了一会儿,查出来是张四海干的事儿。他心里就想:"连张四海都做下这号事儿！不行了。合作社的工作得好好检查一次才行！"更从这里,他又想到:不只信用社要检查,要加强吸收游资和停顿着的资金,要清理呆账和烂账,其他各方面也是一样。纺织工厂要检查出货存货达到原来的计划没有,要检查放花是不是普遍,推动妇纺是不是经常,收纱有没有耍私情。消费部要检查进货的价格,存货的数量,销货是不是有毛病;还要检查有没有贪污浪费,有没有夹带私倒。运输队一定要马上实现那回傅开山提议的办法,加强和私人合伙,加强检查出外的开支和路程,赶快执行奖励制度。医药社也要检验治病的数目,治好的人数,免费得适当不适当,药价对不对,有没有私自接受谢礼,工作态度好不好等等。他最后想着:"我的事情还多着呢,得赶快做才好！"后来就决定等那些下乡收公粮股金的人一回来,马上开始全盘的检查工作。

……高拴儿往回走不上十里,就刮起大风沙来。陕甘宁边区的春天真是来到了。这风最先穿过什么地方的远远的峡谷,好像千千万万的野兽在那里咆哮。往后它就拥进了平川,像拖着一里长的尾巴的列车,在平川里用最高的速度辗过,虎虎的声音像闪电那么快地飞远了。山上、塄里、沟里、川里，冒起一股一股的烟柱，你会疑心什么地方全着了火。这些烟柱立刻又你卷着我，我卷着你地变成红色的尘土，像海似地，像雾似地，弥漫了山谷，弥漫了天空。这样的风一阵又一阵地吹过。红色的尘土就包围了一座接连一座、一座高过一座的山，包围了山脚下纵横交错的河沟，包围了山坡上的村庄，最后，还包围了天空中那光辉灿烂的太阳。地面上的什么东西都看不见了，太阳像一个大血盆似的，黯然无光；整个宇宙都变了颜色，变得十分灰哑，十分愁惨。高拴儿低着头走，不行就横着走，再不行就后退着走，眼睛不能睁开，连呼吸都闭住，好容易才走到豹子沟，全身都变成一个土人儿了。

"呵，好大的风！"他走进任桂花的窑里，只说了这么一句话。他的衣服，已经在门外拍打过，那皱褶的地方还积着一两分厚的尘土，好像下雪天出过门的人一样。他的脸上，擦去一层土以后，里面又露出一层土来。一说话，牙齿就格扎格扎地响着，而那眼睛，就使劲睁开吧，也不过像是从黄土当中拨开一条小缝。任桂花也顾不上怜惜他，只顾拽着他的衣服催问："咱两个的事情怎么样啦？"高拴儿舔舔嘴唇，想把上面的土舔干净，说："没希望。你离又离不成，我挪地方也挪不动，谁也不管咱们，谁也不帮助咱们。我看咱们还是照老样子活下去吧！"任桂花扁一扁嘴说："那不是人过的日子！"高拴儿拖过一张小凳子，很颓唐地坐下说："不是人过的日子也得人来过……"任桂花说："咱们不敢逃走么？"那年轻人好像连动都不想动，只努了一努嘴,说:"不——成!逃到哪里去?"任桂花也端了一个木头墩子坐下。两个人默默无言地对坐着,一直等到郝四儿从山上回来。郝四儿在山上劳动了一天,又碰着这样大的风沙,真是又乏又气。一回家,什么话都不说,一个劲儿叫嚷道:"不行,不行,这不是人过的日子!"停一会儿又叫嚷:"我回呀!我回呀!我回老家横山去呀!"任桂花听见他这么鬼咤狼嚎,心乱得不知怎样才好。高拴儿听了,更是十分害怕。他想要是郝四儿真回横山,把任桂花带走了,那简直就是要了他的命。——没有了任桂花,他就活不下去了。再要是郝四儿真回横山,一定会逼他归还五大石小米,他哪里来的这么些小米呢?于是他摸摸挲挲从怀里又掏出那一千五百块钱来,递给郝四儿,说:"你还是拭去使唤使唤吧!在这里盛了多时了,还要走哪里去?受苦这活儿……过几天,慢慢惯了就好了。到打下粮食……"郝四儿接过他的钱,说:"你手头也不宽裕,可是我只得受下了。你说什么?打下粮食?没事儿!我等不到那个时候就死屎了!"大家又沉默了好一会儿,郝四儿仿佛自言自语地说:"除非豹子沟能闹它一次鬼。我来给咱安庄子,赚它一万八千,咱弟兄几个分开花一花。不啦我今年光景就一满过不成了!"高拴儿说:"咱豹子沟尔个又没有鬼。"郝四儿说:"世界上原来就没鬼。鬼都是人变的。它没鬼,咱们不会给它闹出鬼来?"任桂花说:"你敢这么搞!我不到政府里告你去!"郝四儿凶狠地笑着说:"能咧。快告去。我不拿刀子捅死你!"高拴儿听着,没有做声。他分不清郝四儿说的话是好是坏,是假是真,——心烦意乱地、呆呆地坐在那里，像一块木头一样。当天晚上，郝四儿、高拴儿和白从海三个人在隔壁窑里唧唧哝哝商量了大半夜。第二天郝四儿上山以后，高拴儿又来了。任桂花问他，他们夜儿在商量什么。高拴儿告诉她是在商量闹鬼的事情。任桂花很吃惊地问他："你也一达里闹呀？"高拴儿把头垂到胸膛上，连脖子都红了，低声回答说："不闹又怎么价！……我不闹，他就要回横山去，他要我还他五石小米。这还不算，他还要把你带走！——叫我一个人怎活下去呀！……"

# 第二十章 闹 鬼

从阳历三月到五月,是这里的风季。隔上几天就刮一次风沙,刮一次黄土。刮得厉害的时候,两三天都黄沙弥漫,不见太阳。一到六月,天气暖和,慢慢就进入雨季了。雨季一来,天气转热,庄稼地里的草长得很快,麦子逐渐变成金黄色,于是庄户人家就开始忙着夏收和锄草。自从那回三月底四月初,高干大帮着区乡干部,在豹子沟搞春耕运动,得到成功以后,区上根据这回的试验成绩,在其他各乡各村继续展开开荒运动和组织变工队,改造二流子的运动。高干大几乎全部参加了这些活动,——特别是那些比较穷苦,移、难民比较多,需要合作社在经济上加以援助的村庄。当进行这些运动的时候,高干大一定在场。他一面下乡搞这些运动,一面当在家的时候,就照着那天的想法检查合作社的工作。到了七月初,雨是越来越多,开荒运动早已结束,夏耘运动快要开始。仟家沟合作社检查计划,建立制度,调动干部的整顿工作也做得差不多,业务一天比一天进步了。正当合作社喜气洋洋,大家都干得起劲的时候,忽然传来了一个奇怪的消息,说豹子沟闹起鬼来了。高干大听到这个消息,心里很疑惑,也很烦闷。他想豹子沟真是多灾多难,真是个爱闹事情的地方。老百姓刚安定下来,一心一意种庄稼,指望今年多打几颗粮食,好好地过一个年,想不到又出了这号"二事"。不过他也疑惑这些什么闹鬼的话,不一定可信。也许又是郝四儿他们造的什么谣言,闹的什么新花样。他想:"要是豹子沟真闹起鬼来,拴儿一定会来跟我说的。"从这里他又想起来,他和拴儿已很久没见面,大概快有三个月了。他很有点想念他的儿子。这谣言,开头只说有鬼,很不具体,慢慢就越传越真了。说出各种各样的事实,说出各种各样的证据;甚至有人亲眼看见了,是个女的;甚至说乡治安主任刘德才到豹子沟调查,叫鬼打了;最后简直说乡长罗生旺也到那里调查过,只住了一夜就叫鬼吓走了。正在阳历七月半,这谣言流行得最凶的那几天当中,豹子沟的农民曹玉喜到合作社来找高生亮来了。他到合作社的时候,合作社还没吃中饭。高生亮问他:"曹玉喜,有什么事呀?"他做出很害羞、很难开口的样子,说:"我有点小事情。不大大的一点小事情。"等高生亮催他"有什么事情,你尽管说吧"的时候,他又说:"没些什么事,我是来串一串的。"——别的什么话都不说了。吃过中饭以后,高生亮又问他:"你地都锄完了?"他又只是含含糊糊地回答:"锄是锄过了。"以后整个下午,他不是坐在门市部栏柜外面的长凳子上发愣,就是拿起烟袋吸几锅烟,再也不说什么。许多农民都有这样的习惯:什么事都没有,到合作社来吸几锅烟,吃两顿饭,捱磨一天半天。高生亮看惯了,也不觉得什么。只是有一件事,他心里有点疑惑,那就是豹子沟闹鬼的情形。他自己也不知道根据什么理由,不想开口问曹玉喜,曹玉喜也不说,就这么浮搁着。到吃过晚饭以后,高生亮又对他说:"今儿时间不早了,盛着吧!"他还是唔唔呀呀地应承着,就留下来了。

晚上,高生亮正在自己房间里,就着一盏小油灯算救国公粮的细账,曹玉喜却偷偷摸摸地跑进去了。他好像怕人看见他似的,站在一个最黑暗的角落里。——并且很固执地只肯站在那里,任凭高生亮怎么催请他上炕坐,他也不肯移动一步。高生亮知道他的脾气,就再三鼓励他,有什么话只管说,于是他最后才说了:

"生亮哥,我真不好意思说,我入的那些股金,都让我一伙退尿了吧!"

高生亮一听,就大声笑着安慰他,并且十分同意地说:"可以,可以!那是什么问题也没有的!明天早上你回呀不?随便你什么时候起身,我叫他们给你把账算出来。"

经过高生亮跳下地来,再三拖他,他才在炕沿上坐下。那炕沿上只有他和高生亮两个人,可是他却紧紧靠着墙壁坐着,好像那里十分拥挤,把他挤到那角落上,动都不能动了似的。高生亮说:"睡觉还早,来,咱们拉一拉话。你那么等钱使唤,又是什么事情把你逼着啦?"

曹玉喜还是半吞半吐地,使唤差不多听不见的声音说:"我要挪地方呀!"

"挪到哪里去？"

"你真不知道，还是假不知道？难道你还不知道么？"

"那回你答应我，说我给你包了救国公粮，你就安心盛下来了。此外，我什么也不知道。"

"唉，我的好高主任，你还不知道，叫我给你说吧。豹子沟一满不能盛了。豹子沟闹开鬼了！"

"鬼？什么鬼？"高生亮虽然还大声问，可是到底有点胆怯，全身的毛管也松了一松。

"谁知道呢？开头，有人听见咱对面那座荒山，一到黑里就有鬼叫。过几天，那鬼就撂起土疙瘩来了。打在门上，打进窗子里，把锅盆碗盏都打碎了。再过几天，庄子上的毛驴不见了，牛也不见了，狗也不咬了，家家户户的门窗上都洒满了污血，臭得比大粪还臭。有一天，他们说咱庄子的堖畔上有了许多脚踪。我也上去看了，果然是的。那些脚踪全是那样子，"曹玉喜说到这里，用手比出那个长度，说："只有两寸三寸上下。唉，他们说，这是老血腥鬼！"

"呵，老血腥鬼？真是胡说！"高干大无意中这么重复了一句，随后又加上有意地骂了一句，接着问："那你们怎么办呢？年时罗志旺的婆姨也说叫血腥鬼缠住了。旧社会里，血腥鬼只有缠一缠坐月子的婆姨，哪有这么猖狂的？"

"咱们怎么办？咱们有个什么的办法！你回家去看一看！半个多月了，不到天黑，太阳才一落山，家家户户都关紧了大门，连一个人影儿都没有了。有些人家，怕得连门都不敢出，一心只谋虑搬家，连草也不锄了，麦子也不收了。唉，今年的麦子长得可美啦！眼见得就要撂在地里，发芽了！后来大家一想，这不是办法，就谋虑叫郝四儿给咱安一回庄子。你猜那好狗日的讨多少？"

"他讨多少？"高干大又重复了一句。

"头里，他开口讨三万！往后他减了，他说他自己本庄子的事，就两万吧。我的好高主任，你想，谁出得起这两万块钱？就是凑也凑不起的！两万块钱，要按小斗算，就是二十石小米啦！大斗也就是十三四石啦！咱们全庄子才不过十二三户人家，那就比年时的救国公粮还多得多啦！大家商量了一下，决定不安庄子。后来，请了一个瞎子来说了一回书，也没顶事。鬼还是一样地闹。我的好高主任，你说除了搬走还有什么办法？"

"我的拴儿，他们怎么啦？"

"还不是一样？谁都是一样，怕得不行！我看拴儿还好，他的胆子还大。冯胜跟郭彪那些一满不行。听说他两个也要辞了，不干了。"

高生亮叹惜着说："唉，想不到好好一个村庄，闹成这么一个模样！"往后他又劝曹玉喜说："鬼这个东西，我也说不清白。照道理说，应呃应该是没呃没有的！说呃说不定这里呃里头有什么坏人捣呃捣乱。——你们应该报告给政府，看政府怎么说，请政府想呃想个办呃办法。"

"好你咧！"那"老石头"抗议了。"还没报告来啦？头里，乡上也跟你一样，说：'什么老血腥鬼小血腥鬼！我就没见过鬼！'后来，治安主任刘德才到豹子沟去了一转，叫鬼把一块土疙瘩打在他的脸上，把嘴给打肿了。第二回，乡长罗生旺亲自出马，到豹子沟住了一夜，口里说没鬼没鬼，第二天早上爬起就蹦，什么话都不说了！"

谈到这里，高生亮不再劝他，却想出另外一个办法来。他向曹玉喜提议，入的股金仍然叫盛着，不必退股；另外由合作社借给他一些钱，不取利息，等将来豹子沟太平了，他搬回来了，合作社也分红了，他就可以将红利来还账。当时曹玉喜没有什么意见。过了一会儿以后，他忽然有了另外一种想法，并且那想法逐渐"明确"起来了。他说：

"这个我不来！你替我想想，搬家我是要吃亏的。我有钱在合作社入股，倒回头来借合作社的钱？说到退股，我又已经吃很大的亏了。将来我的红利还要拿来还账，我吃的亏不是更大了么？不干，不干！"

他这个想法确实是十分奇特，经他这么一说，反而把高生亮弄糊涂了。他急急忙忙地和曹玉喜分辩："你这个人真不会算账！你退了股，现在一块钱只能拿按月五分钱的利息。将来分红就没你的事儿了。到那时候，你的本已经拿走，利息也就没有了。要是你不退股，借一点钱，这些钱又不取你的利息，将来分红的时候，你本有本，利有利，那时候你再给合作社还钱，——这不是等于预支红利给你么？你还吃什么亏？"

曹玉喜用拳头捶着自己的天堂，自己抱怨自己，同时又很固执地说："对的，对的。我不会算账。要会算账做什么？不算我也知道了。搬家，还是我吃亏！退股，还是我吃亏！借钱，还是我吃亏，过来过去，还是我吃亏！"

高干大知道这个时候和他理论，是理论不清楚的。无论如何，曹玉喜正碰到灾难，这种灾难使得他要把那辛辛苦苦建立起来的家撂掉，使得他十分痛苦。高生亮很同情他，就安慰他，说："是的，咱们种庄稼的人，盛得好好地，要搬一个家，实在要吃很大的亏。"

这时候，忽然又有一个奇怪的念头钻进曹玉喜的脑筋里，使他登时振作起来。他猛然抬起头，眼睛发亮地说："我不退股了，不借钱了，地方也不挪了！只是我问你——"他往后改成了先生考问学生的口气：

"合作社不是给人民服务的么？"

高生亮说："是的！"

"你叫咱们入股的时候，你不是说，大家入股吧，以后大家有什么困难，合作社给解决么？"

高生亮点点头说："是的！"

"现在豹子沟闹鬼，大家困难极了。你为什么不管？"

高生亮一连回答过两个"是的"，最后叫曹玉喜这块"老石头"这么一问，只觉得自己的心突突地跳个不停，嘴里可是回答不上来了。比起今年前晌刚来的时候，曹玉喜完全变了个样儿。还不止前晌，差不多今天一天，他都是害羞的，胆怯的，畏畏缩缩的，闪闪烁烁的，现在却变成大胆的，勇敢的，理直气壮的，并且一个劲儿向高生亮进攻了。他的嘴巴也厉害起来了！他说：

第二十章 闹鬼 209

"生亮哥,你给咱豹子沟做过许多好事情!你不摊派咱们的股金,你给咱们请来了大夫,你给咱们放款,你教会咱们的婆姨纺线,你又给咱们包交公债、公盐、公粮。——这都是好事情,咱全庄子都记得你!现在呢,生亮哥,你回豹子沟看看吧,那是你的家,你在那里也盛过二十多年的。你看看吧,个个都是愁眉苦脸,家家都是哭哭啼啼!家也撂了,粮食也撂了!入合作社的股金也不顶事了,连命都活不成了!你这就不管了么?"无论如何,高生亮是没个说上的了。他想说,"这是政府的事,不是我的事",可是他说不出口,只好闭着嘴,让曹玉喜一个人说。这天晚上他们两个直谈到半夜。第二天吃过早饭,曹玉喜临走的时候,还是同样坚持着,既不退股,又不借钱,只是要合作社想办法替他们把鬼赶走。他认为高生亮是有办法管的,只是不想管。高生亮只是重复着一两句话,从昨天晚上到今天早上都是同样地重复着:

"我是不想管?我解都解不开,你叫我怎么个管法呢?"

问题解决不了,曹玉喜于是气愤愤地回家去了。

# 第二十一章　青蛇的故事

三天以后,豹子沟的变工队长董成贵带着他的全家人到合作社来了。这全家人,就是他的老母亲,他的婆姨,他的三个娃娃,和他自己。他们走进高生亮的房间里,饭也不吃,茶也不喝。董成贵本人坐在前几天曹玉喜坐过的那个炕沿上,低着头只顾吸高生亮那根羊腿巴子。他的母亲先开口,哀求高生亮救救他们。她说:"我的好高干大,你是咱们的救命恩人,你做做好心,行行善吧!成贵今年种的庄稼又多,又长得美,尔个眼巴巴地全撂啦!咱们不走,光景过不下去。要走,没个走处!东西一满在地里,走出去还是个饿死!"说完她自己先哭起来。董成贵的婆姨跟着也哭了。三个娃娃跟着也哭了。高干大在那些泪人儿当中,背着手来回走着,一点办法都没有。哭声此起彼落地,一阵紧接一阵。中间稍为停了一停,可是那两个妇女想起自己辛辛苦苦,搞成了一个家,又得到政府跟合作社的许多帮助,满指望今年粮食打下来,明年好好地过日子。如今又出了这些妖魔鬼怪,她们一场欢喜又成了一场空。想到悲惨的地方,她们又忍不住哭起来。那三个娃娃原先也停了哭,看见大人们伤心,便也重新嚎哭起来了。高干大看见这种情形,也没个好说上的,只是陪着他们淌了几滴眼泪。看看到了下午,太阳已经西斜了,高干大只得应承他们,他明天回豹子沟调查一下。

董成贵婆姨说:"高干大,还要调查什么?你回去把那血腥鬼给拾掇了就对了!"

董成贵从背后轻轻碰了一下他的婆姨,说:"你们女人家解下个什么?只要高干大肯回去,——他一回去,办法就有了!"

大家听见这么说,才慢慢安静下来,才吃了合作社重新给他们热起来的中饭,吃了饭又匆匆忙忙赶回家去了。第二天,天阴阴地想下雨,气候变得很凉。高生亮一早就到了乡政府,把那天曹玉喜的事情和昨天董成贵的事情对罗生旺说了一遍,问乡上对这个问题怎么处理。罗生旺摇头叹气地说:"唉,高生亮你这下可把我给难住了!事情都没调查清楚嘛,哪里谈得到处理?我已经给区上报告过了,说不定这几天咱们要开一个会。唉,说起来,神鬼这种事情,不能尽信,也不能不信,把我弄得好为难!"但是对于高生亮想到豹子沟去看一看,他却表示很欢迎,说:"好极了,好极了!合作社能够出头帮助解决这件事,真好,真好!咱们政府以后要跟合作社加强工作上的配合,对不对?"还没等高生亮回答,他就派出了治安主任刘德才和高生亮一道去。把人派定了之后,他又疯疯癫癫地举起两只手在头顶上挥动着,自个儿大声地说:"咱们是革过命来的!咱们天不怕,地不怕!就是这个,日他妈的,把人躁坏了,唉!……"高生亮和那粗脖子、斜眼睛的刘德才从乡政府出来，急急忙忙赶上豹子沟去。离豹子沟还有七八里地，乌云一层盖一层地遮蔽了整个天空，轻轻地，一阵凉风吹过，雨就下起来了，雨下得不大，可是很细，很密，扑到人的脸上好像扑粉似的。草上，树上，慢慢开展到整个空洞无人的山峡里，都是这种轻飘的，流动的，潮湿的烟雾。他们一口气跑上豹子沟，外面叫雨粉打湿了，里面叫汗水打湿了，浑身湿粘粘地很不舒服。到了家，拴儿、冯胜、郭彪，三个人正在长工住的窑里忙着烧火做饭。这时候已经是阳历七月下旬，天很长。高生亮推算时间，大概是吃中饭的时候，就问："你们中饭还没吃来啦？"郭彪是新来的，年纪又轻，没答话。冯胜跟高生亮很熟惯了，就装出一种很惊讶的神气，缩着脖子说："老主任，你们还吃中饭的？咱们不吃中饭一个来月了！尔个就做晚饭。做好就吃，吃了就睡！"高生亮和刘德才两个人脱下湿衣服，蹲在灶火跟前烤，一面就问起豹子沟的情形来。郭彪始终不说话，显得十分害怕。高拴儿也不大说话，——看样子倒不是害怕，而是冷淡，不高兴，多少还有点怀疑。冯胜还是始终爱说话的，不过他只是这样说："唉，不能说，不能说，不知道谁把她老人家得罪了！"或者说："你问刘德才，他还不清楚么？他来过一回，什么事情都亲眼看见，什么味道都亲自尝过！"又或者这样说："不用问，不用问，等一等，——你看，你全会知道的。快了！"等到吃过饭以后，村长姬兆宽，那如今弄得灰溜溜的老汉，也来了。他们三个人到隔壁高拴儿住的那个窑洞谈话去了，这里只剩下高拴儿和那两个长工。又过了一会

第二十一章 青蛇的故事　　213

儿,高拴儿不声不响地溜了出来,往郝四儿那上面走去。

他一进了郝四儿那窄小的门口,就慌慌张张地说:"'做过'咧!我大来咧!"郝四儿也吃了一惊:"谁?你大又要插手啦?"他使劲把双眉皱起,心里想:"你这不知死活的老鬼,你总爱跟我两个找麻烦!"任桂花一听说高干大来了,喜得就叫起来:"在哪里?在家里,好,我去找他去!"郝四儿一把拖住她,大声威吓她:"你敢?不准去!你敢走出去一步,我不拿刀子捅死你!"他说到这里,又转过去朝高拴儿问:"你大来了,还有谁?"那年轻人想起那回打了他一土疙瘩的事,忍不住就笑起来,说:"还有刘德才。"白从海在一旁做了个鬼脸骂:"'松'人!"郝四儿又问高拴儿:"你大来了,咱们怎么弄法?""咱们今儿不要闹了,又下雨,歇它狗日的一天!"郝四儿想了一下,就一个劲儿摇头:"不行的!不闹对你就不好。你想,你大一来,鬼就不闹了。谁还猜不着闹鬼的就是你!"高拴儿点点头说:"话倒说得对。我可是离不开家,怎么个闹法?"郝四儿说:"对,你款款在家里盛着。我跟白从海两个闹。我还要吓唬刘德才一下!"高拴儿不同意,说:"那不敢。我大跟刘德才一达里盛着咧。"郝四儿笑笑地说:"怎么也不怎么!今天晚上,你想法子跟你大,跟刘德才盛在一达。到半夜,你听见猫儿叫唤,你悄悄地跑出来,我给你好东西。"高拴儿坚持着:"不,那是我大!"郝四儿高声笑起来了:"谁是你大?刘德才是你大?快回去,留心猫儿叫唤。这不过开开玩笑,又不伤人,怎么也不怎么!"任桂花和白从海两个呆呆地听着,也不明白郝四儿搞什么新花样。

村长跟高生亮、刘德才两个人商量了一顿，定不出具体办法来。高生亮和刘德才都（虽然不那么坚持）主张今天晚上到外面去看一看，实地侦察一回。村长不赞成这个办法，说不顶事。天还没黑，村长就回家去了。这里剩下高干大两父子，加上刘德才，三个人。大家都不说话，都在等着，——这样子，把空气弄得十分紧张。什么地方响动一下，或者谁咳嗽一声，大家就朝那里望。高生亮带试探性质地问拴儿："咱们今天晚上出去侦察，你去呵不？"高拴儿正在担心他们出去侦察，一定会碰着郝四儿，要不就会碰着白从海，那时候出了事情，就要把自己牵连进去。如今听见这么一问，就故意做出十分害怕的样子，张开嘴，缩着头，把眼睛核子都鼓出外面来，说："我的好神神！——我不！谁愿意做这号'二事'！"于是，大家就又都不说话了。

天黑的时候，雨忽然下大了，淅沥洒拉地打在墙畔上，打在坡圪上，打在门窗上。高生亮摩摩挲挲地这边站一站，那边站一站，往后就小声说："看今天这样子，咱们也出去不了，点上个亮吧！"高拴儿立即挡定他："大，万万不敢，万万不敢，你看满村子哪有这会儿敢点灯的！"外面下着雨，不能出去；里面黑黢黢的，不能点灯。——他们做什么事情好呢？刘德才提议："咱们把大门插定，先睡他狗日的一会再说吧！"于是高拴儿把门闩插上，大家就睡下了。睡下之后，因为这边炕上没烧火，潮气大，高生亮觉得被子是潮湿的，毡子也是潮湿的，很不舒服。加上心里有事，耳朵老留心听着什么地方有响动，总睡不着。他们一睡下，雨倒停了。寂静的山谷里，有缓缓的凉风吹过，树叶沙沙地响，夜鸟咕咕地，一声两声地叫着。什么都跟平常一样。高生亮听曹玉喜说过连狗都不咬，他不大相信，留心听着，果然一声狗咬也没有。刘德才是尝过那滋味的，他留心听着外面有没有他听过的那种声音，但是也没有。高拴儿是明明知道会有什么事情发生的，可是他心里想不通，怎么雨停了多时了，还不见他们动手？三个人都没有睡着，在炕上翻过来转过去。每一个人都明白别人的情形，大家都不说话，只是睁开眼睛望望这里，望望那里，有时在黑暗的窑洞里打转，有时望一望那微微发白的小窗孔。这小窗孔位置在窑门之上，本是横长方形的，现在看来变成鸡蛋形的了。大家都在等着，等着……

约莫两个钟头以后，悄悄有了变化。最初，什么地方发出一声悲惨的嚎叫。接着，大约每隔两分钟，这种嚎叫就能听见一次。有时长些，有时短些；有时大些，有时小些；有时显些，有时弱些；有时远些，有时近些。既不像人，又不像鸟；既不像狗，又不像狼；既不像笛，又不像箫。凭过去十几二十年的经验，高生亮能够判断这种凄厉的声音，绝不是豹子沟任何时候听见过的，也不是豹子沟任何生物所发出来的。他觉得脊背骨上有一股冷气，一直窜到脑门上，浑身的皮肤都感到寒冷。他把被子裹紧一点，——并且总想把脑袋缩进被子里面去。

那悲惨的声音嚎叫了十多次，忽然啪的一声，一块土疙瘩打在离他们门口至多一丈远的地方。高生亮心里想："来了！"他的拐肘自然而然地隔着被子碰了刘德才一下，刘德才也用拐肘隔着被子碰了他一下,算是回答。往后,那悲惨的声音每嚎叫一次或者两次,就有一块土疙瘩朝这村庄打下来。这些土疙瘩有时大些,有时小些;有时打得远些,有时打得近些;有时打在南圪上,有时打在北圪上。有一次,嘭的一声正打在他们的门上。高生亮觉得自己整个人跳了起来,——整个身体离了炕。往后他紧闭着眼睛,屏住了呼吸,连动都不敢动。

……这样闹着不知道闹了多久,也说不清已经是什么时候,——照高生亮事后想,以为是快要天明了——总之,是在很久很久以后,他才蒙蒙眬眬地睡过去。就在这蒙蒙眬眬当中,还隐隐糊糊觉着有雨声,有轻微的雷声,有脚步声在什么地方走来走去,有低声说话的声音在什么地方喊喊嚓嚓地响着。

第二天早上醒来,奇怪的事情就出现了。高生亮先睁开眼,望望刘德才。那治安主任也睁开有点歪斜的眼睛望望他。天已经大亮了。窑洞里有一股腥臭难闻的气味。高生亮问:"你嗅着什么?"刘德才回答:"是呀,那是什么?"两个人一同爬起来穿衣服,彼此脸对着脸,忽然,差不多一齐开口说:

"你脸上有血!"

"你脸上有血!"

果然,他们脸上都有干了的血印。高生亮天堂上有两三点,刘德才那两三点是在左脸上。他们摸一摸,闻一闻,比人血腥得多,又臭得十分厉害。他们从脸上到身上都检查了一遍,都没有伤痕。他们叫醒高拴儿,一同跳下地看一看,只见地上有一条死了的青蛇,原来有二三尺长,这时已经拦腰分成两段。在青蛇旁边,约莫七八寸光景,有一把像刺刀形状的木刀,木刀上面有鲜明的血渍。除了那两段蛇身底下有一摊淤血之外,周围都溅上了许多深红的斑点。他们赶到窑口一看,窑门还是关得紧紧的,门闩还是插在原来的位置上,没有动过。几个人脸色苍白地对望了一阵子,便打开门,走出窑外。外面的什么东西,都跟平常晚上下过雨的第二天早上一样。所不同的,就是他们的门上和窗上都有血斑;而地上,印在那柔软的湿土上的,除了乱七八糟的脚踪以外,还有几行印得特别深的,每个只有二三寸长的,小脚女人的脚踪。这几行脚踪,从他们的门口起,一直到崖畔上,到那儿以后就不见了。按照这些脚踪来推测,仿佛曾经有一个小脚女人,从半空中飞到他们的崖畔上,横过他们门前的坡圠走到他们窑洞里,然后又依照原路走到崖畔上,再从那里飞去。高生亮把这些都看过一遍,面目呆板、毫无表情地用一块旧布包起那两段死蛇的尸体,叫高拴儿寻出一把镢头,跟着他走。刘德才也跟着一道走出去。他们三个人走到村庄上面的半山腰上,刨了一个二尺左右的小坑,把那条死蛇埋葬了。

随后他们又回家,把地上的污血打扫干净,才开始洗脸,吃早饭。吃过早饭以后,高生亮对他们说:"你们解下昨天晚上出了什么事情么?"大家都说解不下,于是他就慢慢地说下去:

"三个月以前,我跟赵书记他们到这里来参加春耕运动,你们还记得吧?那天早上,咱们合作社院子中心出来了一条……一位……那就是他(高干大拿手指着刚才打扫干净了的那块地方),这条青龙。合作社那些小伙子要伤他,叫我给挡定了。我叫他们把他送回河里，不许伤他。当时我猜想是个什么预兆，想来想去还是猜不透。我拿这个事情去问赵书记，他说这是迷信，什么道理都没有的。昨天晚上，你们都亲眼看见的：大半是什么脏东西想仗着邪法来伤咱们，却叫他给挡定了。他救了咱们的性命。三个月以前，我不叫别人伤他；三个月以后，他就不叫别的东西伤我。你们看我说得对不对？不过你们千万不要拿这些事对别人乱说去！……"

刘德才是相信了。冯胜跟郭彪两个更是确实相信了。他们都说了许多赞叹的话。只有高拴儿一个人心里明白：他知道谁在对面山顶上嚎叫，谁使唤摆鞭绳朝这边摆土疙瘩，谁到处洒下血污和按下脚踪，而昨天晚上的什么青蛇呀，血渍呀，都是半夜里他听见猫叫，偷偷走出门口，郝四儿交给他一些"好东西"，然后他照郝四儿的吩咐做出来的。他听了他大的解释，心里觉得好笑，便把脸朝一旁拧歪。他大问他对不对，他只是点点头，没说话。后来高生亮和刘德才到姬兆宽、曹玉喜、董成贵，和另外一个变工队长茆克祥家里，都站了一站，说夜儿的事情还看不出什么缘故，又安慰他们，叫他们不要搬家，还是好好儿锄草，收麦子，过几天，政府一定会给他们想出办法来的。那些农民听着，觉着这些话很不"具体"，——不过倘若高干大也没有了主意，他们想，他们自己也更没主意了。

高生亮回到合作社以后，只把这青蛇的故事对几个负责的干部，像张四海、王银发、王大章他们说了一说，还叫他们不要往外传。可是经过另外两条线索，一条是刘德才在区乡干部里面传播；一条是由高拴儿告诉郝四儿，由郝四儿通过那些巫神、神官、法师、梦仙，在全区全县的老百姓当中传播，——结果不到两天，这青蛇的故事已经变成无人不知，无人不谈了。

## 第二十二章　鬼的家庭

这时候，闹鬼的地段，已经拿豹子沟做中心，向北发展到南梁子，向西发展到沟掌村和老窑村，事实上是有四个村庄都在闹鬼，而不止原先的豹子沟一个村庄了。——在这一方面，青蛇的故事又大大地助长了鬼的威风。这故事流传开来，流传得那么快，那么广，以至于到了后来，离奇荒唐到不可想象的程度。有人说，三个月以前，高生亮在合作社院子里看见那条青龙的时候，那条青龙正在有病，想到医药合作社讨点药吃。又有人还说他曾亲眼看见，合作社的李向华大夫给那条青龙喂了一点白色的药末。其他的人就坚持说，当高生亮点起香火，把那条青龙送回河里的时候，那条青龙曾经向他点了三下头。

这段青蛇的故事，在任何地方都引起了反响。自然，一个地方和另一个地方的反响是不一样的。

豹子沟、南梁子、沟掌村、老窑村和这周围十里八里的老百姓，一般的反响是疑惑不安。他们说："咱们是革过命，拆过庙宇，反对过迷信的，尔个倒出了这样的事情呵！"可是没有一个人能肯定说那是虚的还是实的。豹子沟是最先闹起来而又闹得最凶的地方，老百姓都觉着大祸将临，这地方是再不能盛了。不过这里面，有些人实在舍不得他们的家和他们的土地，就迟疑着，踌躇着，观望着，希望事情还会有点转机；有些人是决心搬走，还没有凑够钱，或者还没有找到适当的地方。只是两家人，是已经搬走了的，其中有曹玉喜那一家。高干大离开豹子沟的第三天，他们全家就哭哭啼啼、吵吵嚷嚷地搬到一个他们有亲戚盛着的什么村庄去了。

在郝四儿的家里，那情形就完全两样。这里是全世界上最清楚豹子沟为什么闹鬼的地方。这里有疑惑，有痛苦，有害怕，也有得意扬扬。曹玉喜全家才下了山，高拴儿就垂头丧气地跑去找任桂花，告诉她说：

"真有人走了。这事情，——你看！动下乱子了！"

"谁家？"

"曹玉喜家。"

任桂花向她的情郎走过来，一面走一面点着头说："唉，可怜！"

高拴儿坐在小凳子上，用两手搔着头皮，说："也有那样的'松'人，真信鬼，还搬家！"

"唉，依我说，不能再闹了！"这么说着，任桂花已经走到高拴儿跟前，弯着腰，亲热地紧紧抓着高拴儿的两手，劝他，"要是再闹下去，闹大了，政府破了这个案子，不说郝四儿活该枪毙，恐怕你和我都保不住性命！那时候想后悔，就来不及了！"

"话是这么说,你看怎么办?错是咱们的错。有什么办法呢?——原先,咱们又不是打算闹成这么个样子的!我只当是闹一闹,要大家出几个钱给郝四儿安一安庄子,事情就完了。哪里知道郝四儿一定要两万,大家又'卡榨'得厉害,一定不肯出两万,闹成今天这么个样子!"

"我害怕,我害怕得要命!"任桂花忽然放开两手,像发了神经病似的,嘴唇都发抖地叫了起来,"我自己怕死,那倒没话说,'谁叫你嫁了他?'只是我怕连累了你!——我死了,倒落得一身干净。万一你也为着我的缘故受了罪,那时候,我怎么才好呢?我的心不会裂开么?我死了,眼睛能闭上么?"

"快不要这么说,快不要这么说,桂花儿!谁愿意那样子的呢?谁愿意那样子的呢?"

"咱们对大家说了吧!把这些倒霉事情,一伙告诉给政府,告诉给高干大,告诉给大家!"

高拴儿伸直腰用力抓住任桂花的手,仰起头望着她,心里嘣咚嘣咚地跳个不停。

"你疯了么?你疯了么?"高拴儿用一种哀求的神气摇着头,说,"怎么可以那样做呢?"

任桂花慢慢镇定下来,依然像刚才似的向他弯着腰,温柔地反问他:"怎么不可以?不管怎么样,咱们跟郝四儿反了脸,就算了。"

"哦,桂花儿,你说得老撒脱!你是个婆姨家,想事情容易想偏。哪里能朝你那样子做呢?不敢的,万万不敢的!你也不想一想,要是把郝四儿激恼了,他一发起狠来,会做出些什么鬼事情!万一他杀死了你,我怎么办呢?就是他不杀死你,可是他把你带回老家横山去,撂下我一个人,我又怎么办呢?他真会把你带走的。他说过,我要不跟他一起闹,他就走。不管怎样,大家闹翻了,他一定会逼我还债,我又怎么办呢?再说闹鬼这件事情,你我都有份儿的。我是他叫我做什么我就做什么,从头到底都有份儿,不用说了。就是你,——至少那小鞋底是你纳出来的——难道你就没有罪么?你怎么能把这些事情告诉给大家?"

任桂花还是那么温柔地问:"那么,你说咱们不能告了?"

"告是能告,不过时间不对了,迟了。开头动的乱子还小,你上政府里告去,还不相干。尔个事情闹大了,案情重了,不知道咱们政府会怎样处罚咱们了!"

"照你这么说,咱们的事情就绝了望了?"

"不绝望又怎么价!"

任桂花缓缓地退到炕前,垂着头靠在炕沿上。她想到他们跟着郝四儿搞下去,不知道搞到哪一天,也不知道搞到什么地步……不知道造出多少孽,也不知道害死多少人……到了有那么一天,都叫自卫军抓住了……"唉!"她叹了一口气,就不能再往下想了。眼泪滴滴答答地落到地上,好像停留在树叶上的雨点叫风吹动了一样。

恰好这时候郝四儿从外面回来。他站了一站,还用鼻子嗅了一嗅,猜不透这里面又出了什么事。他用满不在乎的神气走到任桂花跟前，一只手兜着她的下巴扶起她低垂着的头，又用满不在乎的神气问：

"怎么啦，又不快活起来啦？"

"你们的事情不能再闹下去……我不干了！"

高拴儿怕任桂花得罪了郝四儿，连忙接上说："她不是不干，她只是心里害怕。"

任桂花尖声争辩着："不，不！我不害怕。我是不愿意干！"

郝四儿很轻薄地笑着说："真是婆姨家说话！你不干了，我干不干？"

"你？谁愿意管你？——你是聪明的，我看你就赶快收场！"

"收场就收场吧，要收场还不容易？给我两万元，我三天工夫就把场给收了！你怕我还不愿意收场？你怕我还愿意常跟他们耍玩？人家睡了我忙着，人家在炕上——我还在山上，这也不是一天两天的事了。你叫我白白收场不成？"

高拴儿胆怯地插嘴说："看一万五是不是能行啦……"

"没有的事！一万五？叫它款款盛着吧！——我会闹鬼，他们会搬家，这是正好！叫他们都搬走，撂下地里的庄稼全是我的！"

任桂花咬着牙说："庄稼全归了你，你的良心过得去啦？"

"达儿良心的话就说不成咧！他们搬走，我收庄稼，这样子我很满意。要论起道理来，那道理可就多了！我过我的光景，别人过别人的光景;我说我的光景美,舒服,别人愣要说我的光景是'罪恶',是懒惰;我说我是一个医生,是给人治病,救人的命的,别人硬说我是二流子,是骗子,是寄生虫;我愿意照我的老样子过下去,别人一定要斗争我,要我转变。——这些事情,不都是实地有过的么?这又是些个什么的道理?"

任桂花驳他说:"人家是对的,你是错的;人家是好的,你是坏的;人家是多数,你是少数!……"

高拴儿也劝他:"四儿哥,话不是这么说了。尔个世事变了,尔个是新社会了。"

一听见"新社会"三个字,郝四儿就皱起眉毛,冷笑起来:"哼!他们是新社会,是对的,是好的,是多数,还是什么?他们过得心惊肉跳,他们撂了庄稼,他们要搬家!咱们是旧社会,是错的,是坏的,是少数,——对着咧,都对着咧!咱们太太平平地过光景,咱们天不怕,地不怕;神不闹,鬼不惊!……"

他们在这里吵得上了劲儿的时候,高生亮正接到区上的通知,从任家沟赶到二郎桥乡政府去开会。在乡政府里,那青蛇的故事所引起的反响又是另一种情况。区委书记赵士杰,区长程浩明,保安助理员段富贵,自卫军营长曹正,本乡乡长罗生旺,指导员刘海荣,都到了,加上乡政府原来几个干部,人数就很不少。乡文书云飞有事下乡去了,没有参加。当高生亮赶到的时候,区长正在批评治安主任刘德才:

"……我的意见就是这样,我也不多说了。总之,咱们这个区有上两条沟,一条在南,一条在北;一条是豹子沟,一条是任家沟，咱们的工作就尽够做。一辈子还做不完了！"

高生亮走进会场，只听见这两句话。他望望众人的脸色，跟平常都不大一样。只有赵士杰对他带点笑容说："来了，很好。来参加咱们的会。咱们已经开会多时了，现在正在讨论豹子沟的问题。"高生亮心神不定地坐在一张凳子上，两眼呆呆地望着地面不动。不久，又听见乡指导员刘海荣说：

"我同意程区长的意见。这个青蛇救命的故事，比单是闹鬼的事情，影响来得更大，更坏！消极方面，应该请刘主任和高主任再不要对别人说这些没根据的迷信话；积极方面，咱们还要想许多办法，来安定人心。我接到报告，说昨天和今天，豹子沟都有人搬家。这对于咱们的锄草工作，要发生很大的影响！"

乡长罗生旺接着说："对着咧，就是那么个！没有这场青蛇救命以前，我还敢对老百姓说：'世界上哪里有什么鬼呢？那是没有的。不科学的！'这场事情出来以后，我连没鬼的话也不能说了。人家说：'高生亮都亲身经历了，你还有什么说的！'我就回答不上来。高主任的威信比我大，这不用说。他还亲身经历过，那就更有力量了！"

高生亮偷望了坐在炕上的罗生旺一眼，心里很诧异："怎么听罗生旺今天的口气，也变成好像他平时就不信鬼神的了？"正疑惑着，又听见自卫军营长曹正心直口快地说：

"咱们研究那个做什么？那顶个屁！咱们现在最要紧的，是把那个血腥鬼捉定！做他狗日的！"

保安助理员段富贵附和着说："先把案子破了，再研究那些问题不迟。"

程浩明说："问题不能那样子看。咱们一面向老百姓解释教育说没鬼，一面另外有人向老百姓做反宣传，替鬼说话。那就会影响了咱们捉拿血腥鬼的工作。现在怎么捉拿法还没商量定，是不是能够捉拿定也还没把握。但是把个别的搬家的人安定下来，这是很必要的，很必要的！这就要靠大家把这件事研究清楚，认识一致，步骤一致！我看首先要请高主任和刘主任说一说他们的认识，青蛇报恩的事情是虚的还是实的；其次要请他们表示态度，看以后他们怎样对老百姓，对别的干部解释这个问题。"

刘德才沉默着不开腔。高生亮阴阴沉沉地说："我又不懂文化，怎么会知道鬼神的事情呢？"

大家都不做声，过了好一会儿。赵士杰望一望大家，又咳嗽两声，说：

"没人说，我来给咱说几句。关于刘主任，程区长刚才说了很多，我都同意，就不重复了。现在，我对高主任说几句话。高主任的合作社工作，一向是积极的，正确的，有创造性的。从前，我只是看见他能解决实际问题。自从今年一月到延安开会回来以后，我就慢慢认识，他的做法，跟咱们所提的'克服包办代替，实行民办公助'的口号是完全一致的。在这方面，他创造了一个模范例子。但是因为是一种创造，所以许多同志还对它不了解。……"

程浩明听得有点不耐烦了，就插口说："老赵，你扯得太远了。咱们以后再讨论这个吧！"

"对，以后再讨论它。不过他的合作社不止过去做得好，我还听说，他们准备下个月分红了。是啦不？"

高生亮点点头说："是咧。到阳历八月，咱们开全区合作社社员代表大会分红，改选理事跟主任。"

赵士杰接着说下去："所有这些成就，都是高主任的力量。这是他的好的方面。另外一方面，他还有些缺点。比方在态度上，高主任有时就不大好。并且常常爱发脾气，爱跟人家冒。迷信，也是他的一种缺点。——他也不敬神，也不请巫神治病，相反地，还打过巫神。只是思想里的确还有些迷信的残余，这就在他的行动上面表现出来。高主任应该知道，咱们是马克思主义者，是唯物论者，是无神论者。迷信的说法，鬼神的说法，命运和预兆的说法，都是虚的，是唯心论的，是没有一点事实根据的。咱们说，什么都是人做出来的，什么事情都是阶级斗争的表现。神鬼这些东西就是封建社会里，占统治地位的人做出来的，——拿来麻醉、欺骗、愚弄、恐吓被统治的人民大众，要他们不能反抗，不愿反抗，不敢反抗的！咱们愿意高主任成为一个十足的布尔什维克，咱们希望他克服这些缺点。"

高生亮叫赵士杰打中了弱点和痛处，羞惭得满脸通红地抬不起头来。他的头越垂越低，好像要把自己的脸藏在膈肢窝底下。那脸皮，因为又红又皱，看来好像干枣皮一样。好久没见它红过的，左脸上那个伤疤，这时候也红得好像快要裂开似的。看见他不开腔，程浩明又说了：

"什么布尔什维克，早着咧！——还反对着咧！连一句理论都没有，字也只能识上不多的几个，这能够成为布尔什维克么？按迷信本身说起来，这完全是封建思想，农民意识。——这完全是农民的落后性的表现。这完全失掉了无产阶级的立场！现在毛主席提出来，要咱们大家整顿三风了。我看高主任应该依照这种精神，彻底进行反省，彻底进行自我批评，先从思想上着手，克服了这种种落后的思想……然后再说其别的吧！"

高生亮受逼得没有办法，同时他也知道，这回是错了。他仍然低着头，用很沉重的声音说：

"我错了。我失掉立场。——我接受大家的意见。——我承认我的错误。——我要改……不过我到现在还想不通，那条蛇怎么钻进窑里，又叫谁砍成两段的呢？"

程浩明从喉咙里咆哮出来："呵……这还不是明明白白的么？一定是有谁半夜走进你的窑里，用蒙汗药、闷香还是什么的，把你们弄得死过去了，才撂下这些蛇呀，刀哇，吓唬你们的！"

高生亮一面听一面想："那就不一定了。第二天早上，门还是好好关着的。难道是我起来给他开门关门的么？"他只是这样想着，头微微摇动着……没有说一句话。他的样子显得十分松弛而龙钟。

这时候那矮个子的自卫军营长又插嘴进来说："对了，对了。时候不早了。咱们光扯这个，要扯到哪里为止呢？咱们还是先商量一下，怎样对付那个鬼东西吧！"这样一来，大家都同意暂时撂过高生亮跟刘德才的问题，等把血腥鬼捉拿定了再说。

于是赵士杰提出了一些情报，帮助大家对于这个问题的估计。他说：

"根据豹子沟的党员的直接情报，加上他们从那些进步分子得来的情报，有这么一些事实，我给咱说一说。——今年阳历三四月到现在，郝四儿跟白从海都没有给人家起坛治病，可是花的钱还是不少！连吸烟都是吸的纸烟。他哪来的钱呢？这一点很可疑。他们两个都是不乐意劳动的！除了他们本身消极以外，还散布一种谣言，说今年种庄稼不顶事。郝四儿说，鬼闹得那么厉害，将来人都死光了，谁收那些庄稼？——跟这个正相反的，他又说，只要请他安庄子，他保险能把这鬼怪捉定。这两点可以对照看一看。其次，那老血腥鬼的小脚踪，最先是由白从海发现的。地点是他们庄子的堎畔上。为什么大家都没有注意那里有脚踪，却偏偏由白从海首先发现呢？又其次，豹子沟全庄子的人都害怕，都不安心，都唉声叹气，就只有郝四儿和白从海两个人，一点都不害怕，一点都不担忧。相反地，他们整天嘻嘻哈哈，倒表现得很得意。这里又是一个大漏洞。……除了以上这几点以外，还有一点最有味道的，值得大家好好地仔细研究。那就是，——高干大和刘主任到豹子沟去的那天晚上，不是下过好几场大雨么？那天半夜里，豹子沟有一个青年农民忽然听见门外有人行走。那时候，最后一场大雨已经下过了，路很烂，走路的声音是很容易听见的。他想，鬼走起路来不会有声音，那一定是高干大和刘主任在半夜里起来捉鬼了。他很大胆，就从炕上跳下地来，从门缝里往外偷看。他看见两个人影，其中有一个脚下一滑，在他门口跌了一跤。那时天很黑，他看不清是谁，但是他知道那不是高干大和刘主任。因为高干大和刘主任个子都很高，很棒，而那两个人都很矮小。他想来想去，把庄子上的人都想过了，谁也不像，就像郝四儿和白从海。第二天一早，他约了另外一个年轻党员，一同来研究这件事。他们首先发现高干大门口，有许多小脚踪，粗粗一看，像是女人的绣花鞋走过印下的。但是这些脚踪印得特别深，女人走路断没有这么重的脚步。这就可能是有人故意用劲印下的。其次，他们又发现在那些小脚踪旁边，有许多男人的大脚踪。那时天还很早，路上还没人来往，他们跟着这些大脚踪一直追上去，追到郝四儿和白从海那两家门前，脚踪就多了，乱了；再追过去，脚踪就没有了。他们走到郝四儿和白从海的门口，听一听里面的动静，只听见那两个巫神还在嘻里呼噜地睡着，鼻鼾打得可大咧！最后，到了那天下午，他们又发现了，——这个发现，是一个十分重要的发现，也是一个极其重要的证据。那就是：郝四儿衣服的前襟上，拐肘上，磕膝盖上都有好几片很大的污泥。这是那天晚上他跌倒的时候沾上的。第二天，他虽然拍打过，可惜没有完全拍打掉。这两个年轻党员立刻把这些事情向他们的小组长汇报，小组长又连同其他的材料向上级报告了。"

从头到尾，高生亮很注意地、很有兴趣地听着。脸上有时笑，有时严厉，有时很受感动。想起那些年轻小伙子不怕鬼，比自己能行，他很高兴；想起赵士杰办事能干，看问题又很清楚，他很佩服；想起程浩明和罗生旺那种排斥自己的行为，他很苦恼；想起郝四儿的重重罪恶，他很生气，恨自己去年那回没有美美地揍他一顿；想起自己在青蛇的问题上犯了错误，使得曹玉喜那两户人搬了家，他很痛心。这些高兴、佩服、苦恼、生气、痛心混在一起，好像酸、甜、苦、辣，样样都有，使得他很想说几句话，又觉得没个说上的。他看见别人热烈地讨论着，他自己冷清清地坐在一边，好像叫别人忘记了他也在场似的。……他想找一点什么事情做一做，可是总找不着。

# 第二十三章　恶　斗


太阳才挨着西山的脊梁，饭就做好了。今天的晚饭不是米汤，是蒸馍炖肉。吃得特别早，又吃得特别好，——准备晚上好好地干活儿。他们决定赵士杰、程浩明、曹正、段富贵、罗生旺、刘海荣六个人带领四个自卫军去完成这个工作。一面吃饭，赵士杰一面就用铅笔画出地形，布置阵容。他提议把人分开两个队。程浩明、段富贵、刘海荣，带上两个自卫军做一队，带一枝盒子和一盏马灯，进入豹子沟村庄垴畔上的西山阵地，一个自卫军埋伏在西山北段，另一个埋伏在南段，其他三个人巡逻搜索。赵士杰本人、曹正、罗生旺，带上两个自卫军又做一队，也是带一枝盒子和一盏马灯，进入豹子沟村庄对面的东山阵地，两个自卫军分头埋伏在东山的南北两段，其他三个人巡逻搜索。大家讨论了一下，都同意这样布置。赵士杰分配完了，又向大家解释："咱们虽然判断这种破坏行动是郝四儿干的把戏，可是咱们还没有直接的证据，不好怎么他。今天这样布置，第一个目的是搜集证据。咱们十个人在两边山头散开，好像一面大网，他跑了进来就逃不出去。他做些什么事情,咱们都看得清清楚楚。其次,如果有可能的话,咱们第二个目的是当场逮捕他。——这样子,咱们就要十分秘密。除了咱们在座的人,谁也不让知道这个计划。村长也不用事先通知。咱们两边山上的人各自秘密行动,除了有紧急情况,可以悄悄派人联络之外,不敢大声呼喊。要是东山一喊叫,西山的毛鬼神听见了就会逃跑;西山一喊叫,东山的毛鬼神听见了也会逃跑的。咱们现在还不知道究竟有多少毛鬼神,不知道他们到底有多少党羽。咱们要将他们一网打尽。等咱们把人逮定了,就到姬兆宽那里去集合。万一走漏了消息,他们今天晚上不出来,或者今天逃走了,那就更费事了。"乡指导员刘海荣提出这么一个疑问:"要是他们两个今天晚上根本不出来活动,或者他们今天晚上根本不在豹子沟,到沟掌村、老窑村那些地方活动去了,咱们怎么办呢?"有几个人说,今天晚上既不下雨,又没有月亮,照理他们是要出来的。即使有几个人到别处活动去了,也总会有一两个人在豹子沟活动。赵士杰说:"老刘所说的情形是很可能发生的。不过无论如何,咱们还是不要惊动别人。万一是那种情况,咱们等鸡叫第二遍就撤退,回到家里美美地睡上一天,明天晚上再到区政府集合。大家看怎么样?"大家商量好了,饭也吃饱了,就摩拳擦掌,准备起身。高干大听着他们商量,听着他们编队,从头到尾,没有把自己算在里面,他气得饭也吃不下,一句话都说不出来。等到曹正领头,大伙儿出发了,他一步跳到门口,把路挡定,脸红红、气喘喘地说:

"你们都走了,我做什么?"

他这个行动完全出人意料，大家都愣住了。曹正劝他："高干大，你不要去了，这不是你干的活儿。"他后退了一步，把门堵得更严，好像怕谁从他身边的小缝隙溜出去似的。乡长罗生旺也来趁火打劫，说："曹营长说得对着咧。要论经济工作，小里小气地抠搜别人几个钱，咱们都比不上你；要论这个工作，你可是一满没事儿！"

高干大弯着腰，歪着头，凶神恶煞似的说："不行！我一定要去！这件事我已经参加了，你们要在这个时候把我挤出去，那可办不到！"

程浩明排开众人，走到前面，板起脸孔教训高生亮："高主任，你这是什么意思？我常常给你说，你过于爱管闲事了！你管的事情已经太多了！快走开，这里没有你的事！你参加了对工作没有好处，也许相反……"

高干大瞪大他那双鸳鸯眼睛，满脸的肌肉都紧张起来，脑袋不停地发抖。他大声抗议：

"你这才是胡说！……"他的元气这么壮，声音这么洪亮，差不多要把人们的耳朵震聋，"我不止是一个合作社主任，我还是一个共产党员！凡是和老百姓切身利益有关系的事情，共产党员都该管，都能管，都要管！大家都知道的，豹子沟是我的家，郝四儿是我的仇人，是合作社的仇人，是全体老百姓的仇人。现在他闹鬼，他就不单是破坏合作社，还破坏咱边区了！我为什么管不着！"

这一番话倒把大家说住了。大家好一会不做声。往后，赵士杰出来调解这件事，说：

"高干大，咱们不是不叫你管这件事，实在是因为你年纪大了，犯不着吃这样的苦头，冒这样大的危险。"

赵士杰的态度是温和而又诚恳的，因此高干大的气也平了一些。他把腰挺直，他的头就高过门口。无论如何，他的身体是这一群人里面最魁梧，最粗壮的。他拍着胸膛，那个胸膛是最宽的，最厚的。他捋起袖子，握起拳头，叫大家看。那拳头虽然没有什么肉，只剩一把骨头，而且用力握紧的时候，还看得出几根青色的血管，还不停地发抖，不过它依然是这一群人的拳头里面最大的一个。——总之，从他的刚强里虽然看得出老迈，但是这老迈却掩盖不住他的刚强！

"你们看，你们硬说我老了，"他带笑地说，"我能服么？我什么地方老了？"

赵士杰好像忽然想起一件要紧事情似的，提醒高生亮说："呃，你刚才不是说过，合作社过十天半月就要分红了么？这么要紧的事情，你还不回去照料照料？"他想，什么事都不能阻挡高生亮的要求，不过提起合作社，他的命根子，一定会打动他的心。但是高生亮好像预先料定有这么一着似的，得意扬扬地笑起来了：

"就是合作社忙吧，还在乎这一半个晚上？我可以负责通知大家，合作社什么都准备好了。今天要分红，也能分出来。只等社员代表大会一开，你们看吧，除过公债、公盐、公粮这些股金外，满一个对年的股金，不得少过一块分一块！"

大家看见他这么坚决，就不好再说什么。几个人商量了一会儿，决定让他参加了。赵士杰分配他的任务，说：

"高干大，你不用参加我这个队，也不用参加程区长那个队，咱们两个队在东西两山上巡逻活动，你居中策应。你先到姬村长那里，什么话都不用说，只负责观察村里的动静。咱们两队都派人和你联络，咱们两队的情报，跟庄子上的情报，都经过你那里交换。你看这样好不好。不过你要牢牢记住，无论在什么情况之下，发生什么事情，你万万不敢声张，万万不敢叫喊。你的嗓子像铜钟一样，一叫起来，十里地都能听见，那咱们的计划就完全暴露了！"

高生亮再没说话。十个人在前面走，他垂着头跟在后面，一齐出发向豹子沟走去。……初更时分，到了南梁子地面。这条南沟本来是一条拐沟，这里离沟掌村又只有三四里地，路面很窄。要是走大路上豹子沟，一袋烟工夫就可以到。要是翻过山梁绕弯子走，至少得一个钟头。他们怕惊动人，不走大路，也不穿过村庄，两批人分成东、西两边上了山，从山脊梁上绕过几条另外的小拐沟，沿着高高地悬在村庄头顶上的山间小路走向目的地。只有高生亮一个人还沿着大路，急急忙忙，一直向豹子沟快步走着。

这天晚上天刚黑，郝四儿就叫齐了白从海和高拴儿，吩咐说："今天晚上又不下雨，又没月亮，正是咱们的天下。咱们多要玩它一两个更鼓，叫它明天再搬走几家人！白从海，你下南梁子。拴儿哥，你在本村。叫我上东山给咱呐喊去。这样子，加上杨汉珠在沟掌村闹，——大家闹它一个热火朝天！"等到天一黑齐，郝四儿和白从海就出去了。这里任桂花站又不是，坐又不是，跑出门外看看天色，又跑回家里看看躺在炕上的高拴儿，不知道怎么才好。不久，第一声鬼叫就从东山那边远远地传过来了。

任桂花催着高拴儿："快走，快走，时间到了！"

高拴儿在炕上翻一个身，懒懒地说："走吧，走。"说完了还是躺着不动。

"快走，快走，把咱们的事情，一伙儿跟姬老汉说了就完了。"

"对着咧，对着咧，一说了就完了。"炕上的人重复着这么说，跟着有点嘁嘁沙沙的声音。

在黑洞洞的窑里，任桂花完全想不到，高拴儿一跳跳下地，用两只粗大的胳膊将她紧紧搂住。他那么粗鲁，劲儿又那么大，不要说任桂花叫他搂定，连动都不能动，就是呼吸也呼吸不上来了。

他用那两片烧人的嘴唇在任桂花脸上磨了一会儿，就附在她的耳边，低声地，发抖地说：

"这件事情我明知是不对的，……第一天我就知道我反对了老百姓跟……有什么办法呢？为了你……怕你走，怕他杀死你，……我昧着良心干！——吓唬了别人还不说，连自己的老人也吓唬了！我的心没有一个时辰是好过的！……今天晚上，咱两个把什么事情都跟村长说！……对！这是对的！说了——对大家

第二十三章 恶 斗　　239

都有好处！不过，对咱两个，唉……谁知道会怎么样呢？说不定，咱两个要……说不定，咱两个之中有一个得遭殃！说不定，今晚就是咱两个最后一回见面！……"

这样捱磨了很久，然后他突然很英雄气概地牵着任桂花的手，往村长姬兆宽家里跑。路上很黑，家家户户都把大门紧紧关闭着，没有人声，也没有灯光。开头，姬兆宽不知是谁打门，不敢开门，后来问明白了，才让他们进去。姬老婆拉住任桂花的衣袖，只顾问她："你真大胆，你真大胆，你不怕？你不怕？你听，听！"大家静着，那鬼怪果然又嚎叫了一声，叫得人毛骨悚然。高拴儿说："村长，我来给你报告一件要紧事。——"任桂花抢着接上说：

"我两个来找你谈一件顶当紧的事情！"

姬兆宽听见任桂花那么心急，就笑着问她："你两个，你两个是什么关系？"

任桂花觉着自己的脸红了，耳朵也热了。好在这里没有灯。——就是有灯吧，她也管不得这许多了。她活像一个"快嘴"似的，急急忙忙，可是清清楚楚地把郝四儿闹鬼的事情讲了一遍。她是从那回春耕大会斗争二流子讲起的，那以前的事情，她一个字也没有提。讲完之后，她问村长，照这情形看来，她能不能够离婚？她和高拴儿是不是犯了罪？村长一面听，一面和他婆姨大惊小怪地叫唤着。听完了，别的不愿多说，只吩咐他两个赶快回家，装作没有到过这里，装作完全没有这回事，其余的他自有办法。任桂花又把离婚和犯罪的问题提了好几次，村长没有心思跟她谈论这些,只是一个劲儿催他们赶快回去。正在低声争吵的时候,忽然听见门外有脚步声音,——是谁走到他们门口,站住了。

这个人就是高干大。自从那些人分作东西两队上了山之后,他一路走,一路生气。他觉得分配给他这么一个可有可无的任务,好像哄小孩子,叫他"坐着,不要动"似的。这分明是瞧不起他。他一会儿就走到村长姬兆宽门口,看见里面没有灯光,——他不愿意进去,就在门口站了一站。刚才好像还隐隐糊糊听见里面有人低声说话的,再一细听,又没有声音了。他也顾不上研究这些情形,自己想着:"我又不是小脚婆姨,又不是吃奶娃娃,躲在窑里做什么?那天晚上我听见那嚎叫的声音,是打东山传过来的。我先到东山上看一看,回头再说。我高生亮活了一辈子,哪一件革命工作落后过来!"打定了主意,他就往上庄子走过去了。这庄子跟对面东山隔着一条陡峭的深沟,距离虽不远,却要从上庄子的塆塌地里绕过这条深沟,才能上东山去。等到他上了东山,那两队人还在半路中途,还在高山顶上绕着弯子,离豹子沟还远着呢。下面,姬兆宽家里那对年轻人吓得挤作一团,连气都不敢出,生怕叫郝四儿知道他们的行为,对他们先下毒手。直等了两袋烟工夫,庄子里什么声音也没有了,东山的鬼怪又嚎叫起来了,他们才溜出门口,抬起头看看那满天的星斗,叮了一口长气,躲躲闪闪地回到家里。他们想不到今天晚上,世界上会有什么事情发生。

这时候,赵士杰、曹正、罗生旺这一队在东边山梁上,程浩

第二十三章 恶 斗　　241

明、段富贵、刘海荣在西边山梁上，正以两翼包抄的形势，缓缓地向豹子沟山头前进。西山这一队正在高空中走到南梁子和豹子沟的中段地方，忽然发觉不远的前面有人迎面走来，一面走一面低声唱，唱的是山西梆子《明公断》里面的一段。程浩明连忙止住众人，把嗓子压得很低，沙沙地说："不忙！这个时候在高山顶上走路，这个人不是好东西！"说罢就指挥这几个人分作两批，埋伏在庄稼地里。那个人做梦也想不到会有这样的事情，大摇大摆走过来。走到跟前，程浩明首先跳出来，举起盒子枪，大叫一声："站住！"那个人受了一惊，脚步一顿，其他的四个人早已跳上前，紧紧抓住他的胳膊，把他逮定了。程浩明走拢来，擦着洋火一看，原来是白从海。程区长也想不到会逮住这么一个人，就很高兴地说："哦？是你呀！"借着那根洋火的火光一闪，白从海也已经看出站在他面前的是区长程浩明。他一边想："这回是完了！"一边就拚命把脑袋拧向后面，想避开那根洋火的光线。这时候，虽然只是一根洋火，白从海觉着比一盏大煤气灯还更耀人。那根洋火灭了之后，他就坐在地上哭起来。不等别人审问，他就招出了口供：

"程区长，不要打我，不要处罚我！那不关我的事儿。那全是郝四儿出的主意。他叫我上沟掌村，我就上沟掌村；他叫我下南梁子，我就下南梁子；他叫我做个啥，我就做个啥。你们看，我是一个没主意的人，呜——呜——呜……我想干啦，又怕违反政府法令；想不干，又实在爱钱啦！郝四儿对我说：'白从海，听我的话，我赚了十块，有你的一块！'这样子，我就着了迷了，我就昧了良心了。呜——呜——呜……你们看，我是一个没主意的人，是一个糊里糊涂的人！……"为了证明他的没主意，他的糊里糊涂，他就卧在地上，在那里一面哭一面打滚。程浩明轻轻踢了他一脚，通知他赶快起来，并且用嘲笑的口吻对他说："咱们先回豹子沟。到了那边你再哭再说吧。有咧，有得你哭、你说的咧！"于是这一队人就用麻绳把白从海反手绑定，押着他，有说有笑地向豹子沟走去了。

再说那高干大放慢脚步，缓缓地走上东山之后，忽然又听见一声鬼叫，和那天晚上他躺在自己炕上所听见的嚎叫一模一样。开头他还有点害怕，觉得脖子后面凉了一凉，脚步也就跟着停了一停。后来他捻着胡须想了一想，觉得自己应该把公认为落后的思想清洗掉，于是胆子顿时壮了起来，向着鬼叫的地方走去了。这些山头本是他十分熟悉的，借着满天的星光，他绕着一个塆，一个塌，在山脊梁上盘旋着走。越往高处走，他就越加清楚地想起七八年前，在这些山头上打游击的情景来。那时候，这里一队人，那里一队人，整天穿着山头走来走去。不论下雨下雪，更不论刮风刮土，他们都在杳无人烟，只有野禽猛兽出没的梢林里吃饭、睡觉、上课。他们也在那同样的梢林里和敌人作战。……他坐在一片糜子地前面，望着下面沟里的豹子沟村庄，——这村庄静悄悄地、黑黢黢地伏在山坡底下，没有一星灯火，也没有一点响动。他忽然又想起，在从前游击战争的年代里，有一个夏天的晚上，同样的星光隐约，同样的夜鸟啼叫，他也是坐在这样一片糜子地前面，眼巴巴地望着自己的村庄不能回去。豹子沟那时候也跟现在同样静悄悄地，黑黢黢地伏在自己的脚底下。那时候，他曾经多么想念他的家！他曾经把那根步枪体上的准星放在嘴里咬，借以减轻他心里的痛苦。他曾经决心向队长请假一天，回家串一串。他想家想得那么厉害，以致他后来都不敢对别人说起！那时候，村子里有多少婆姨，有多少娃娃，天天过着连猪狗都不如的生活，在盼望他们的丈夫、他们的父亲和哥哥，有一天打胜仗回到家里。在山头上，在梢林里，有多少英雄好汉，干着惊天动地的事业，有怎样的一些人慷慨激昂地战死，又有许多的战友兄弟大杯酒大块肉地祝贺胜利。……他觉得很奇怪，为什么那时候的事情记得那么清楚！越往后，时间越近，就越发模糊。想起这些事情，他确实地感觉到革命的崇高和伟大，也确实地感觉到革命的痛苦和艰难，心里生出无限的感慨来。……他只顾得在山中盘旋着走，只顾得坐在糜子地前面回想，却完全不知道下面庄子里，有一男一女的两个年轻人在走动，在做什么事；更不知道和他隔着几个山头的那两队人如今走到什么地方。……

"我这一辈子活在世界上总还算没白过！"

高干大正在想得入迷，呜的一声鬼叫把他惊醒了。"来了！"他低声说了这么一句，就跳了起来，用猎户一般的眼睛四面张望。左手边，有一条白茫茫的羊肠小道伸进南边的一片包谷地里，那嚎叫的声音就像从包谷地那边传过来的。他急急忙忙踮起脚尖往南赶去，等他钻进包谷地，再钻出包谷地，仔细一听，那声音倒好像闪在他背后，在北边那个坡圿上了。

"我日他大！"他狠狠地骂着。

那声音逐渐越叫越密，越叫越难听。高干大奔到北边，它好像在东边；高干大奔到东边，它又好像在南边；等到高干大鼓起劲儿赶到南边，它又明明是在西边了。这样，他踮起脚尖，满山乱跑，嘴里不停地骂着。跑了几转之后，他的两腿都熬了。浑身淌汗，脑门上也冒出火来了。

最后，他又走进一片包谷地里，很慢很慢地移动着脚步。他一方面借这个机会歇一歇，一方面借包谷丛掩蔽着自己，瞪大眼睛，耸起耳朵，留心窥探四面的动静。这鬼东西也真是刁钻，高干大追它的时候，总是一阵风似的飘来荡去，忽东忽西，忽南忽北，没办法追得上。高干大一停下来，它就向高干大走过来，越走越近了。又过了一袋烟工夫，高干大慢慢走到包谷丛边上，那鬼怪也缓缓走到包谷丛前面，背向着高干大，两家相隔四五尺远，嚎叫起来了：

"呜——"

这声音叫得那么悲惨，那么凄厉，那么离奇古怪，并且好像就在耳朵边叫起来似的，听得高干大呼吸也停了，嘴也张大了，眼珠子也突出来了。就在这一眨眼之间，那老汉背上发麻，心脏和全身一同发抖，两腿软软地要往下跪倒，——想抬起它，无论如何也抬不起来。这短短的、一眨眼之间的时候一过，高干大的脑筋又清醒过来了。他从那身段上看出来，同时从他思想里下了最后的判断：这不是鬼，这是个人；这不是个女的，却是个男的：——这还不是别人，正是豹子沟那年轻的、可是无恶不作的巫神郝四儿！这样子，他浑身充满了怒气、憎恨和鄙视，——

又浑身充满了劲儿。他料想赵士杰他们还远着咧,这机会不能放过,于是他大叫一声:

"郝四儿!"

同时把全身的力量都运到腿肚上,脚尖上,像猫捉老鼠似的往前一纵,扑在郝四儿身上。对于这样的大祸临头,不要说郝四儿做梦都不会想到,就是高干大已经扑到他的背脊上,用两条胳膊紧紧搂住他,像一把大铁钳似的钳住他,他还不知道出了什么事儿。开头,他还想,也许他今天晚上碰上狼,或者是什么凶猛的野兽了。可是他马上就想起,那不是什么野兽,野兽不会说话,不会叫他的名字。那是人,并且从声音听来,那一定就是高干大!去年,他是吃过高干大的亏的。想到这个地方,他又生气,又害怕,从心里面发起抖来,牙齿碰牙齿,碰得格格地响。

郝四儿带着无限的怨毒,说了这么一句话:

"唉,姓高的,我跟你有什么过不去的地方,你一直要跟我做对头!"

高干大没有回答他,却用力把他抱起来,使他两脚离开地面。照高干大想,自己可以把郝四儿抱起来,一直抱到村长姬兆宽家里,而没有什么困难。但是,他老了,他衰弱了,他打算这样做,事实上已经做不到了。他抱着郝四儿走了两丈远光景,叫郝四儿拚命一挣,挣脱了他的手,——他再伸出手,紧紧抓住郝四儿,却被郝四儿顺着势子一拖,两个人都跌倒了。于是他们就互相搂抱着,在地上打滚。他们互相用尽全身的力量扭着,打着。不到一袋烟工夫,两家的衣服全撕破了,鞋子和头巾都不晓得撂到哪里去了，脸上，嘴上，都流出血来了。虽然是在这么黑暗的晚上，都能看见他们的身边扬起一阵很大的尘土。他们一面打滚，一面往下溜。离开了小路，滚过有钩刺的野草，滚过长得很茂盛的庄稼，滚过许多土坑、梢根和土疙瘩。他们彼此用牙齿咬着，用拳头打着，用脚踢着，蹬着，你掐我的脖子，我扭你的胳膊。……高干大虽然年纪老了，他一点都不输给郝四儿，相反地，他还经常占着上风。有一回，他们在一块塝塌地里往下滚了足足有七八丈远，到地势稍平的地方，高干大使劲一翻身，把郝四儿骑住了。他这时候只有一个目的，就是压服他的敌人。他举起沙锅一般大的拳头，无情地打在郝四儿的脸上和身上。他企图把郝四儿打得不能动弹之后，就可以很不费力地把郝四儿拖到下面村长家里。郝四儿和他的目的不同。郝四儿知道要战胜高干大，是没有可能的。他只希望逃走。他不能用全部力量打击敌人，却用了全部力量在地上打滚，希望滚到一个什么地方，能够摆脱高干大的手，就有机会逃跑。这时候，叫高干大骑在身上痛打，开头他还拚命挣扎，想把高干大翻到地上，再往下滚。后来他知道没有希望了，就闭着眼睛不动，打算歇一歇再来。高干大觉着郝四儿躺在下面，软绵绵地不动弹，自己也打得有点累了，就停了拳头，用两手捧起郝四儿的脑袋往地上撞，一面撞一面问：

"你说，够了不！你说，对了不！"

这么撞了几下，撞得郝四儿头昏心跳，他想："这下子完了！这回要死在他手里了！"这个死的念头一起，他就非常害怕。他低声乞怜地央求高干大：

"高干大，可怜可怜我，把我放了吧！"

"放你？你这破坏分子！你这反革命分子！我做死你狗日的！"跟着又捧起他的脑袋狠狠地撞了几下。

"你放了我，神不知，鬼不觉，我立刻就离开豹子沟。这样子，对你会有好处的！"

"放你的屁！放走你，对我有什么好处？"

"我走了，留下任桂花给你做儿媳妇，这还不好么？"

高干大一听更加愤怒，又举起拳头像擂鼓一般往下打。郝四儿看见哀求无效，知道这回是再没有希望了，便看准机会，竖起两腿，——很快地把两腿伸到坐在他肚子上的高干大前面，用两个腿肚卡住高干大的两肩，再用了拚死的劲儿这么一蹬，把本来是坐着的高干大蹬得朝后仰倒，他再趁着这股劲儿把身体往下一翻，两个人就颠头倒脚，扭成一根麻花似的，顺着一片很陡的斜坡滚下去了。这片斜坡是一片荒地，上面长满了野草和各种有刺的小灌木像野蔷薇、酸枣之类的东西。在那天旋地转的滚动当中，高干大早已不知道痛，伸出手来，拚命想揪住一点什么东西，以免再往下滚。可是他虽然抓得满手鲜血，还是停止不住。这片斜坡是陡得过于了。

滚过了这片斜坡，高干大又清清楚楚地感觉得到，他们还在一直往下滚，不过这回是四周都没有东西，好像是在空中往下掉，他也不再企图抓住什么东西，自然而然地用两手抱住了脑袋。吧嗒一声，他们两个人一齐掉在一个崖圪塄里，一齐昏了过去。

郝四儿先醒来。他勉强忍住浑身疼痛,弯着腰跪在地上。用两个磕膝盖代替了两脚,在这个崖圪崂里爬着走。爬了十几步,他马上就发觉这个崖圪崂大约只有丁方一丈,三面都是四五丈高的崖壁,前面是一道深沟,约莫有十几二十丈深。——这地方,平时从他们的门口可以望得见,除了野鸡和乌鸦之外,什么东西也没有上去过的。他正在发愁的时候,高干大也苏醒过来了。他看见郝四儿到处爬动,立刻想起刚才那一场猛烈的搏斗,便大叫一声:

"站住!"跟着翻身坐起,又像一只蚱蜢似的趴着,用足了劲儿,一跳跳到郝四儿身上。郝四儿叫他这么一冲,就仰倒在地上,不能动了。这时候,郝四儿向高干大提出了最后的警告:

"姓高的,慢着,我有话说!"高干大听他这么一叫,料想他是屈服了,就停住手,气喘喘地回答:

"好好地跟我上村长家里去,什么话也不用说!"

"你把我带到村长那里去做什么?你们是不是要枪毙我?"

"枪毙?——大概不会。你到村长那里,他就会教育你,把你改造成一个很好的劳动力,不再做坏事情。"

"我的好高主任,要把我改造,那是办不到的。我可以走,我可以离开边区。"

"你要离开,跟大家把话说明白,再走不识。"郝四儿听见对手口气坚决,就换了一副恐吓的腔调,说:

"姓高的,你看看这是一个什么地方!"

"这是一个什么地方?"

"这是一个死地方,绝地方!咱们顶好是谁也不管谁。咱们顶好是各走各的路。这地方上不巴天,下不着地,你要是不识好歹,咱两个免不了同归于尽!"

"谁跟你同归于尽!"

说着,高干大举起拳头往郝四儿脑门上就打。他知道这个地方是危险的,也知道郝四儿并没有说假话;但是他一心要把郝四儿活捉定,也就顾不得许多了!这样一来,他们又在这崖圪崂的草地上搏斗起来。这两个人,说是说不好,跑又跑不了,这回都使出了最后一分力量,拚个你死我活。原来已经差不多不能动弹的郝四儿,这时候不晓得又从哪里来了一股蛮劲儿。原来已经到了筋疲力尽的程度的高干大,这时候又恢复了他那制胜的精神。两个人的衣服差不多撕烂完了,差不多都赤裸着身子,——在这赤裸的身体上面,泥土、草叶、伤口、血液、汗水,混和成糊里糊涂的一片。两个人哼哼地喘着气,咒骂着,咆哮着,呻吟着,——不望什么,也不想什么,只要拳头能举起来,就打下去,就向着敌人的身体不加选择地,重重地打下去。这样,约莫又搏斗了十几分钟,尽管两个人从皮肉、筋骨,一直到神经,都逐渐由局部的麻木变成完全失去了知觉,两个人还是忽然你在上,忽然我在上,紧紧地互相抱着,撞着,扭着,拗着,压着,捶着,抓着,撕着,甚至加上踢着,咬着,在这丁方只有一丈的崖圪崂里滚过来滚过去。……

最后有一次,两家都滚到崖畔上,仍然是高干大在上,郝四儿在下，彼此腿撬着腿，手臂拗着手臂，难分难解的时候，两家都能感觉到各自处境的危险。这时候，谁也制服不了谁，只要稍为再往外面移动一寸，他们就会一同掉进深沟里。郝四儿想高声叫唤，高干大也想高声叫唤，可是结果都没有叫。郝四儿想，一叫唤，庄子里的人都起来，他的敌人更多了。高干大虽然明知自己气力已经用尽，叫唤起来一定会有人来帮忙，但是他记起赵士杰的叮嘱，怕惊走了郝四儿的党羽，也就咬紧牙关，一声不响。正相持着，郝四儿忽然心一横，牙齿一咬，运用两个拐肘和两个脚后跟的全部力量往高一纵，往外首一翻，跟着十分可怕地惨叫一声，两个人一道翻下十几二十丈深，石头尖儿露出地面的深沟里面去了。……

这时候，赵士杰、曹正、罗生旺这一队人，正从那高山顶上下来，刚刚赶到豹子沟村庄对面的东山，完全想不到这里已经发生过一场激烈的战斗。两个自卫军在南北两面放哨，他们三个人在山上，道路上，庄稼地里，四下搜索，许久不见动静。不一会儿，程浩明、段富贵、刘海荣那一队人也押着白从海到了豹子沟后山上。他们从白从海嘴里，知道今天晚上，杨汉珠在沟掌村闹，郝四儿本人在东山上闹，高拴儿在本庄子闹；知道再待在西山，也没作用，就从山上下来。到了村长姬兆宽家里。听说高拴儿和任桂花已经把闹鬼的事情全盘向政府报告了，大家都十分高兴，只等高丁大和东山的消息。为了免得惊动郝四儿，他们不敢点灯，只在黑暗中静候着。静候了一会儿，还是没有消息，把程浩明他们这一队人急坏了。自从他们到村长家里之后，不止没有东山的消息，不止没有见高干大的面，连鬼叫的声音也没有了。直等到约莫三更天，这边派出段富贵到东山上去和那边联络。段富贵在半路上碰见曹正，一问，也是因为东山上毫无所获，派到豹子沟来探听消息。两个人回到姬兆宽家里，和程浩明商量了一番，又跑到东山上和赵士杰商量。赵士杰了解这些情况以后，便把段富贵留在山上，自己跑下来和程浩明商量，他们恐怕高干大会吃郝四儿的亏，便决定点起马灯，动员全班人马上山搜索去。此外，还临时动员了本村的几个年轻人，拉上高拴儿、冯胜、郭彪，和变工队长董成贵、茆克祥，一同参加这个工作。这样子，又闹了一个多更鼓，闹到豹子沟全村都骚动起来了，最后才在沟底里发现了高干大和郝四儿两个血肉模糊的身体。两个人都早已不省人事了。

# 第二十四章　胜　利

这个故事，说到这里，其实已经完了。不过有些事情，不交代一下也不好，就再来交代几句吧。

大家都关心的，一定是高干大的生命究竟怎样了？不要紧，他没有死。郝四儿是撞死在岩石上面了。他只是受了重伤。除了皮肤外面的擦伤以外，他的左腿跌成跛的了，他的左边天庭碰了一个大窟窿。奇怪得很，在土地革命的年代里，他的左脸留下了一个伤疤；在抗日战争时期，他虽然没上前线，却又在左额上留下了一个伤疤，而且左脚也变成跛的了。对于他的肉体上的一切损害都在左面。

他曾经在医院里住了三个月，后来搬回任家沟养了三个月，就养好了。在他养伤当中，有许多人去慰问他。有几百个老百姓去过。此外，还有许多公家人。有乡上的，有区上的，有县上的；甚至分区和边区政府都派人去了。此外，还有工人、商人、学生、新闻记者、战士和妇女。高干大的名字成为人人都知道的名字，那事件也成为哄动一时的事件了。高干大胜利了！

任家沟合作社开了社员代表大会，分了红。区委书记赵士杰给合作社做了结论：高干大的方向是正确的。是跟边区建设厅所提出来的口号："克服包办代替，实行民办公助"完全一致的。他列举了合作社许多成绩。比方说：合作社股金由一万二千元发展到四十八万四千元；成立了一个医药合作社；开办了一个纺织工厂；组织了一百五十三个纺妇；吸收了五个工人和四个小商人参加合作社工作，并且教育和改造了那些小商人；成立了一个信用合作社，调剂和组织了农村的借贷关系；包交了三万块钱的公债，把负担变成了股金；成立了三个运输队，替老百姓包运了六百驮公盐，除了将这六百驮盐本、边币二十万元完全变作农村的活动资金，减除了老百姓的公盐负担以外，还节省了老百姓一万二千个畜工和一万二千个人工（他解释说：老百姓运盐，只能自己管自己的牲口，一个畜工便得陪上一个人工）；那年四五月间，合作社又包交了八十二石公粮，粉碎了破坏分子的谣言，安定了大家努力生产的信心；此外，合作社还帮助各乡组织了九个变工队，改造了十三个二流子。这些工作，都直接地或间接地大大帮助了老百姓的农业生产……代表大会又选举出高生亮做任家沟合作总社正主任，张四海做副主任。在高干大养伤期间，由张四海代理他的职务。

一千九百四十二年冬天，高干会开过了。毛主席曾经指出来：南区合作社的方向是全边区合作社的方向，是正确的方向。大家研究一下，发现高干大的任家沟合作社，和刘建章的南区合作社比较，虽然规模不同，可是在基本方向上，在群众观点上，在工作作风上，都是一样的。这以后，高干大的办法被大家承认了，合作社更向前发展了。任家沟合作社受到了各方面的奖励。任家沟合作社也胜利了！

赵士杰也同样受到了奖励，他也胜利了！在提到胜利的人们当中，咱们不会忘记高拴儿和任桂花的。郝四儿死了之后，他们就很自然地结合起来，成为一对年轻夫妇了。他们对高干大和张四海痛心地承认了自己过去的错误，张四海就提议叫他们到合作社来工作，以后他们就搬到任家沟去了。

还有些人，像程浩明、罗生旺、云飞这些，在一千九百四十三年年头，都调去学习去了。程浩明好好地把整风文件学过以后，他就对自己的缺点，做了很深刻的自我批评。他发现了他自己的主观主义，狭隘经验主义（也即是教条主义），和官僚主义。这些人虽不是胜利者，也不算最后的失败者。把文件学好，把风整好以后，还有许多将来的胜利在前面等着他们的。甚至像白从海、杨汉珠那一批人，后来也都改邪归正，不当二流子，变成很好的庄稼汉了。

真是最后成了失败者的，只有任常有和郝四儿这两个人罢了。

一千九百四十三年的劳动英雄会上，高生亮被选成陕甘宁边区的劳动英雄了。这是很应该的。让一切的光荣都归于那些人，归于那些为人民做事做得最多，做事做得最好的人吧！

        一九四六年一月十三日，初稿。
        一九四六年十一月一日，定稿。在延安。

# 还《高干大》以应有的历史地位

田海蓝

## 一、回顾与思索

欧阳山的长篇小说《高干大》,自四十三年前在延安问世以来,以它不朽的生命力经受住了新民主主义革命和社会主义革命的长期考验,并在改革开放的今天,又迸发出新的青春活力。然而对于这样一部在思想上有深度、在艺术上有创新的优秀作品,文艺批评界却一直没有给它以应有的历史地位和公正的评价。现在,是到了应该认真回顾与思索,还其应有的历史地位的时候了。

《高干大》是一部怎样的小说呢?首先,它是抗日根据地第一部直接反映延安生活的长篇小说;其次,它是在毛泽东同志的《在延安文艺座谈会上的讲话》发表之后,第一部直接以延安地区的真人真事为题材,成功地塑造了延安的农民英雄形象的长篇小说。被誉为是"解放区文艺代表"作家的赵树理同志从他所选定的角度，写了很有分量的评价文章，并且热情洋溢地向解放区的广大读者推荐了它："主观主义、官僚主义在1944年至1945年，虽在解放区到处遭到反对，可是据我所见，还没有任何一个作品能够像本书揭发得那样彻底。"[①]1948年，华北地区还专门把它列入区级干部必读的书目之中，用冯雪峰同志的话来说，就是"我们是可以很负责任地把它介绍给新解放区的工作干部和一般读者的"。[②]这部小说，对于解放战争时期的农村新经济建设，合作社的发展方向等一系列现实问题，都做出了生动的艺术概括，引起了有关人士的重视，启迪了人们对社会主义农村经济建设与农业改造的新的探索。这部小说曾先后被译成俄、英、日、匈、捷等国文字，介绍到国外。一位名叫多田正子的日本女士，因为喜爱这部小说，不但亲自翻译了这部小说，把它介绍给自己的同胞，而且郑重其事地给自己的头生子取名叫"亮一"，她在给欧阳山的一封信中，真诚地写道："我给老大取了'亮一'，的名字，从你的小说《高干大》（高生亮）取的，我希望他生长为高生亮那样的人。"[③]一部中国小说，能在异国他乡的读者中产生如此重大的影响，这在中国现代文学史上，也是不多见的。正因为小说独特的历史影响和现实意义，这部在建国前后版本就已达十几种，印数达五十多万册的小说，在粉碎"四人帮"后，又由北京人民出版社再版发行。

这事实让我们惊异地看到，这样一部成就斐然，影响至深至广的优秀力作，却从它诞生之日起，就历尽坎坷，累遭非难、冷遇。不但在当时，就曾遇到过一些好心人的阻拦，甚至"冻结"；就是在解放后，在相当数量的一批大专院校的教材中，对它的评价也不够公允。当然，也不乏有识之士。据我的粗略了解（这里必然挂一漏万，恳望万家海涵），像唐弢先生主编的三卷本《中国现代文学史》，武汉大学刘绶松先生的《中国新文学史初稿》，中国人民大学编著的《中国现代文学讲义》，中南七院校编著的《中国现代文学史》，中央电大黄修己先生的《中国现代文学简史》，辽宁大学编著的上下册《中国现代文学史》，还有辽师大等编著的教材，都对这部小说做出了较为中肯、公允、实事求是的评介。而在大学中文系的课程设置方面呢？除了人大、中南七院校、辽大等少数编著者，把这部作品同别的作家作品合列为专节论述外，绝大多数都是仅仅在综述本时期创作成就时，略谈几笔带过而已。

疏漏吗？非也！成见乎？亦非也！因为我相信绝大多数的专家学者与作者本人并无芥蒂。因此对这样一种显而易见的偏颇，恐怕只有两个原因得以解释了：一是像谢望新同志所指出的那样，"我们的评论界、大学文科、学术界，对五四以来的几代作家，仍缺乏全面的、综合的考察和研究。即不注意从纵横结合，从历史和现实的联系中进行研究，更欠缺比较研究。新出版的几种现代文学史教科书，有的不仅编写体例完全照抄过去的版本，少创见，甚至不及'"文化大革命"'前的研究水平"。④二是令人不愿回首的二三十年代的几次"论争"所遗留下来的文艺界宗派主义思想仍在作祟。多年来，它一直影响着我国大学文科、学术界研究工作的正常进行，这也确实是一种无可奈何的历史憾事。

## 二、溯本与究源

《高干大》一书的创作，在欧阳山一生的创作中占有举足轻重的地位和划时代的意义。它是我们在研究该作家作品的一个重要环节；是我们了解作家世界观、创作观，了解作家的艺术风格、创作道路、奋斗目标的一条重要线索；同时，它也是我们对现代文学中四十年代的解放区文艺进行综合考察、比较研究的重要资料。对于这部小说，欧阳山同志自己曾万分感慨地说过："我希望自己能够成为一个忠于生活的诚实的人，就是说能够成为一个具有正确地反映客观实际的头脑的人。为了这一点，对于我的作品也好，对于我本人也好，都不能不付出一定的代价。"⑤因此，这也就更激起我们对这部小说来龙去脉的研究工作，产生了更大的兴趣。

在1942年的延安整风运动和文艺座谈会之前，延安的文艺界就存在着关于歌颂与暴露问题的争论，争论的焦点就是如何正确地表现解放区的现实生活。这个争论由来已久，只不过此时，即抗日战争最艰苦的相持阶段，由于解放区斗争的艰苦卓绝，物质生活的极端匮乏而表现得更为突出罢了。从国统区大城市来到延安的知识分子，虽然他们对旧社会的反抗是强烈的、坚决的，但是他们中的一些人世界观并未得到彻底改造。他们不了解解放区与国统区的本质区别，也不善于分辨解放区存在的缺点、错误与国民党的黑暗腐败的本质差异。因此，他们不自觉地用对待旧社会的态度来对待新的社会环境，对待新政权中存在的缺点和落后，用他们的作品去表现所谓解放区的"阴暗面"。这种倾向在当时文艺界中许多人都没有弄清楚，难怪当时在解放区工作的一些同志大声疾呼，向文艺界提出了中肯的批评，有的指出"我们所处的现实是纪念碑性的"，"我们的革命不仅是社会上、物质上的解放，而且也是人性上、智能上、情感上的整个的解放"，而作家们却还没有这样来表现我们伟大的现实。[6]有的干脆直言不讳："中国有革命战争，但是没有描写革命战争的切实作品。"[7]这一切都表明当时解放区的文艺创作与现实生活、斗争的严重脱节。不少人是舍本逐末，只注意到了解放区的经济、文化落后的一面，而没有注意到解放区军民在中国共产党的领导下，在这一严峻的历史时期中所进行的艰苦卓绝的斗争和他们从封建主义桎梏下解放出来所创造的新生活，所出现的新面貌。一句话，他们的作品没有很好地反映出新民主主义革命在这一历史阶段中的主流和本质特征。

欧阳山同志由周恩来同志精心安排，于1941年初，从重庆曾家岩五十号（即红岩村）出发，冲破国民党反动派的重重封锁，来到了革命圣地延安。伟大的整风运动和延安文艺座谈会，使他很受教育。他对自己的世界观和创作道路都进行了认真的回顾与总结，在思想上首先明确地解决了两个带根本性的问题——为谁服务和如何服务；并确立了自己用新的创作实践去努力讴歌解放区新天地、新人新事的坚定方向。一件当时似乎是小事,却影响了欧阳山后半生的文学创作。1944年夏,欧阳山参加了在延安召开的边区合作模范工作者会议。他采写的一篇人物速写《活在新社会里》,记叙了一个合作社女纺织组长邹兰英的先进事迹,文章刊登在6月30日的《解放日报》上。不料毛主席当晚看了这篇文章,高兴得竟一夜没有睡好。第二天一早就给欧阳山同志写了一封贺信,不但对这篇文章做了热情的鼓励,而且还说要替他的"新写作作风庆祝",请他当天——庆祝党的生日的夜里,到自己家里来作客面谈。欧阳山同志在忐忑不安的欣喜中沉思了:"这篇文章是那样的单薄、粗糙,充其量也只能算是一种努力表现解放区火热斗争生活的新尝试,一种学步而已。那么为什么会引起毛主席这样的重视、肯定和支持呢?"想来想去,只能有一种解释,那就是"这可能比较接近他的本意"。[⑧]毛主席肯定、支持、鼓励的不仅是这篇短文的本身,更重要的是由它所显示出来的为工农兵服务的健康正确的倾向、意图、道路和方向。"小荷才露尖尖角,早有蜻蜓立上头",无产阶级的革命导师,是在以自己深邃的洞察力和远见卓识的战略气魄,为延安的文艺工作者们指出了他们应该去努力实践的奋斗目标。四十多年的革命实践证明,这一目标始终是我国社会主义文艺事业百花齐放、兴旺发达的唯一正确的方向。欧阳山同志领会了毛主席的本意,认准了这一方向,他立刻毫不犹豫地将自己的全部身心投入进去。从此,他走上了一条并不熟悉,但又充满了胜利信心的艰难道路。"我认识到,作为一个革命作家,我接受了一种新的光荣的使命。我必须做人民大众的知心朋友，和大伙儿一起战斗，用我的作品去鼓舞他们，满足他们文化生活的要求。我必须和大伙儿一起推翻压迫咱们的三座大山，进一步和贫穷、疾苦、愚昧、落后作斗争。我必须用我的作品推动整个历史前进，一直到建成未来的、美好的社会主义——共产主义！"⑨

就在毛主席接见的一个月后，欧阳山和他的妻子虞迅一起，打着背包徒步来到当时边区树立的模范集体延安县柳林子村南区合作社安家落户。他担任了合作社的秘书和助理会计，虞迅担任文书和夜校教师，他们终于深入到人民生活的源泉中来了。南区合作社的一段生活是令欧阳山终身难忘的。"那时我替他们写字算帐，帮助他们破除迷信，给他们讲解革命政策和革命道理，为他们的成就而高兴，为他们的挫折而难过。合作社的什么活动，我都参加，都有我的一份，提建议，出点子，搞评比，闹改革……"⑩他真正成了农民中的一员。老乡们很高兴接近这样的知识分子，喜欢他没有架子，大家都亲切地称呼他"老欧"，并且极乐意给他摆自己的家务事，有问题找他商量解决。仅仅一年多的时间里，欧阳山就积累了丰富的生活素材。他越来越熟悉他身边的陕北人民，并且深深地热爱着他们。同时，解放区崭新的社会生活、全新的人民风貌，时时又使他激动不已。欧阳山从内心深处萌发出了要创作一部新作以反映这种新生活、新人物的强烈愿望，做好了后来成为代表他新风格的长篇小说《高干大》的思想准备。为了让这本书更能使农民读者喜闻乐见，在创作之前，欧阳山曾把自己的写作意图编成提纲，然后分别去征求了当地几十名干部、群众的意见。农民们看到戴着眼镜的作家来向他们请教，高兴得不得了，因此也就热情地、毫不客气地提出了许多宝贵的意见和建议。欧阳山又根据这些意见、建议作了认真的修改，再去征求大伙的意见，然后再次改动。就这样，书还未写出，可书中的主要人物已经成为老乡们品头论足、家喻户晓的中心。特别是主人公高生亮，大家对他更是议论纷纷，都希望他能够更像自己生活中见到过的某某农村干部，更具有和自己一样的性格、情感、脾气，甚至最好就像自己家里或亲友中的某个人似的。这样反复修改的过程，使欧阳山进一步懂得了人民群众喜闻乐见的人物形象与自己原拟的形象差距有多么大。他终于悟出：人民群众喜爱的人物应该是从人民的社会生活实践中产生，与人民同呼吸共命运，为着人民的利益，替人民发出呼声的。他永远应该置身于人民的土壤中，永远应该是人民中的一个"这个"。他应该集中着人民的智慧、希望和胜利，也应该包含着人民的弱点和挫折。这样，他的命运才能引起人民的关注，他的优点才能引起人民去效仿，他的缺点才可能引起人民的警诫。人民群众才会感到这是在写咱们自己，咱们的生活，咱们的命运。"公众在文学中看到自己的东西，自己的肉之肉，骨之骨"，[11]因而也才会真正喜爱上这样的文学作品。认识产生了飞跃，欧阳山就更加坚定了信心。他开始满腔热忱地投入到紧张、严肃的创作中，日以继夜，食不甘味。然而就在这时，有些人表示出了不以为然的态度，他们认为陕北农民包括干部在内，绝大多数都是文盲。他们只会唱唱信天游，扭扭大秧歌，根本不会坐下来耐着性子去读一本什么文学作品。这种看法中大部分是偏见，可是少部分确也是实情。这使得欧阳山本人的创作又面临着一场新的考验。"我过去心爱的欧化语言和欧化风格也必须接受新的农民和新的农民干部的考验"，"我的文学创作跟他们的阅读爱好存在着很大的距离。这样子我就不得不面临着一种选择：是保持我原来的风格，使他们无法接受我的作品呢？还是改变我自己的风格，使我的作品尽量做到使他们喜闻乐见呢？结果我选择了后者。"⑫为了让他真正的广大读者——陕北人民能够读得懂他的作品，欧阳山彻底改变了自己的写作作风和语言风格。他采用了地地道道的陕北方言作为人物语言，以北方普遍话语言作为全书的叙述语言，终于在1946年1月，写成了这部深受陕北人民欢迎的长篇小说。三十年后的1977年，欧阳山同志为了参加庆祝延安南区合作社建立四十周年的集会而重返延安。在延安革命纪念馆的橱窗里，欧阳山看到了自己的《高干大》的手稿。这部作品已经成为珍贵的延安革命文物的一部分，永远激励着中国人民的子孙后代，这是作者怎么也没有想到的事情。……

书是写完了，但当时离延安最近的一处印刷所却是在距离延安二百里远的瓦窑堡。为了让这部书早日与读者见面，欧阳山不得不往返于二百里路之间，付印、排版、校对，辗转的辛苦自不待说。书样出来了，设计简陋，纸张粗糙，而且预计印数也只有五百册。可是欧阳山已经喜出望外，他像盼星星盼月亮一样地盼望书的早日问世。然而1947年3月，国民党反动派胡宗南进攻延安，撤退使得《高干大》的出版成了泡影。在离开延安的时候，大家都在轻装简行,可是欧阳山却把厚厚的《高干大》的清样装进了行囊……

1947年6月,欧阳山被调到晋冀鲁豫边区参加"土改"工作。这里新华书店的负责人看到了《高干大》的清样之后十分高兴。他请示了当时晋冀鲁豫边区的宣传部长廖承志同志,副部长张磐石同志和宣传处长王中青同志。大家一致都认为这是一本好书,热情讴歌了党对农村经济建设的正确领导以及农村合作社这一无产阶级新生事物的无限的生命力。宣传部责成有关部门很快地将书重新排版并在当年年底印出,希望它能够为当时的"土改"运动发挥积极的作用。可是好事多磨,就在这个时候,晋冀鲁豫边区的"土改"运动出现了一些偏颇,有人提出了单一的所谓"贫雇路线",只号召贫雇农起来坐天下,连中农都被排斥在外。在这种氛围之下,《高干大》被看成是鼓吹"富农路线",因此该书被一些好心人"冻结"起来。一直到1948年7月,纠偏以后的"土改"运动又重新纳入了正轨,太岳新华书店和华北新华书店才分别发行了《高干大》一书,不久又把它列为华北地区区级以上干部的必读书目。历尽艰辛坎坷的《高干大》终于得以见天日了。直到此时,在中国新文学运动史上,才出现了第一部反映延安生活的长篇小说,填补了解放区文学的这一空白点。

## 三、突破与创新

《高干大》一经问世,就显示出了它的不同凡响。它是以自己崭新的风貌,迥然的特色,反映出了中国左翼文艺自1928年开始提倡无产阶级革命文学以来,革命现实主义创作新的发展与突破。这部小说无论从题材的开掘,矛盾冲突的构思,人物形象的塑造,文学语言的锤炼方面,都在力求独树一帜,另辟蹊径,新人耳目。

(一)这是中国新文学运动史上第一部直接反映延安生活的长篇小说,这是第一部直接以延安地区的真人真事为题材,成功地塑造了延安地区土生土长,党的优秀农村干部、农民英雄形象的长篇小说。应该指出,在当时解放的文学作品中,确实已经塑造出了一些栩栩如生的英雄形象。他们是解放区新生活的代表,新思想、新道德的楷模,因而给广大读者留下了难以磨灭的印象。但是一个值得注意的现象是:这些人物形象都不是描写延安人的。可以说,直接反映、描写延安自己的作品就很少很少。长篇小说根本没有,更何况塑造延安人的典型形象了。而《高干大》恰恰是选择了在整个抗日根据地的各个解放区中,在经济上、文化上都是最落后的延安地区,努力地挖掘出了在这块土地里成长起来的农民英雄、农民干部、先进人物的典型形象来。这不能不说是一种独具慧眼的创造,一份知难而上的耕耘,一个高瞻远瞩的选择!而这本书之所以在当时能够引起轰动效应,也就成为不难理解的事情了。

(二)这部小说是我国第一部也是当时解放区仅有的一部直接反映农村合作社题材的长篇小说。在《高干大》同时期的作品中,反映解放区题材的作品大都是以减租减息、建立民主政权、反奸锄匪、土地改革为其主要内容的。归纳成一点,就是这些作品都是紧紧地围绕着如何"破坏一个旧世界,建立一个新世界"的主题的。而当时解放区急剧发展的新形势已经在向人民提出了一系列新问题、新课题。像"如何建设新生活","如何改造旧农村","如何适应党的工作重心的战略转移的新形势"等等。《高干大》的作者就是在这样一种情形下,站在时代的高度上,以一个革命家的敏锐目光,预感到一场伟大的社会主义农村革命的即将到来,而农村的合作社组织是当时改造旧农村,教育广大农民的一种适当的先进的形式。作者把审视的关注点一下子集中到了夺取胜利后的经济建设问题上来,开始认真地探讨起这个还仅仅属于社会主义明天的新课题,并且热情地用艺术的形式把它反映出来。

(三)这部小说深刻地揭示了官僚主义、主观主义、教条主义和封建迷信对革命事业的危害性,第一次把党的建设问题同教育农民的问题联系起来看待,从而高瞻远瞩地指出了在思想战线上的长期而又艰巨的历史任务。这是《高干大》在思想内容上的又一重大突破。

不少评论家们都认为,《高干大》中主要揭露了两方面的问题:一是党内的官僚主义、主观主义、教条主义的作风;一是农民中间的封建迷信思想。而在全书中,由于后者的比重更为突出,因此有人认为这是喧宾夺主了,应该让反对官僚主义、主观主义、教条主义的斗争成为贯穿全书的主线等等。对此,我也想谈谈自己的一管之见。其实,反对官僚主义也罢,反对封建迷信也罢，两者的实质性问题都是反对唯心主义。而在我们这样一个以农业为主体的泱泱大国中，在当时的历史条件下，党内成分中，农民和小资产阶级知识分子所占的比重是相当大的。"他们有很可贵的革命积极性，但是又缺乏革命斗争的锻炼，还存在着不少非无产阶级的思想。许多人组织上入了党，思想上却没有完全入党，甚至完全没有入党。这是党内不正之风获得滋长的条件，阻碍着党的正确路线的贯彻。"[13]因此1942年的延安整风运动正是针对这些不正之风而及时召开的。不正之风有各种表现，在当时的历史条件下，部分党员干部的官僚主义作风和农村干部的封建迷信思想就显得尤为突出。它们反映出唯心主义在我们这个农民意识和小资产阶级思想占相当比重的共产党内，还有相当的市场。《高干大》真实地反映出了当时这种思想斗争的现实，把端正党的作风，加强党的建设同教育广大农民的问题联系起来看待，分析了在党内产生唯心主义的思想根源和社会根源，提出了今后在思想战线上的重要任务，并且用生动的艺术形式概括出了毛主席亲自发动这场整风运动的伟大意义。这一点才是《高干大》独到的思想深度和艺术高度。正是整风运动使欧阳山看到了我们的党是完全有能力、有信心去解决自己在革命进程中存在的缺点和错误，而且有勇气在实际行动中彻底扫除"思想灰尘"和"思想垃圾"，轻装前进，带领全国人民从胜利走向新的胜利。欧阳山用自己的作品把这一感受和体会生动形象地表现出来。

（四）这部小说重点塑造了一个名叫高生亮的陕北农民干部。无疑他是作者精心描写，热情讴歌的人物形象，是作者理想的化身。一般作者对自己笔下的理想人物都是竭尽美笔，使其更加接近至善至美，以赢得广大读者的喜爱。像《林海雪原》中的杨子荣，《暴风骤雨》中的赵玉林就属于这一类的典型。然而高生亮却不是这样的人物。他优点很多，可是缺点毛病也不少；他"大半个是共产党员，小半个还是农民"，他反对官僚主义起初也并不是自觉主动的；他虽然不信神，但是却很怕鬼；他没有长着一副英俊的讨人喜欢的面孔，却因战争带来的创伤反而显得丑陋过分；他还是一个半文盲，头脑中系统的马列主义理论也并不多；不但走路的姿势难看，而且一着急便口吃……就是这么一个其貌不扬，土生土长的陕北农民，却干出了一番惊天动地的事业来。他在短短的不到一年的时间内，奇迹般地把一个濒于倒闭的农村合作社办成了一个人畜兴旺、股金由零发展到了四十八万四千元，并兼有医药合作社、纺织工厂、信用合作社、公益运输队、生产变工队等机构的农民经济发展中心。合作社不但包下了老百姓的救国公债、公盐，减轻了边区人民的经济负担，而且还教育、改造了一批农村的小商人、二流子；不但促进了边区的农业生产，巩固繁荣了解放区的经济建设，而且还有力地支援了前线。欧阳山自己曾指出："高生亮这个人，我觉得很可爱……这不是因为他没有文化，他落后而可爱，而是因为这样一个落后的没有文化的人物，竟能够干出这么多的先进的事情来，做得这么可爱而可爱。"[14]我认为这番话恰好能够画龙点睛地指出塑造这一形象最难得、最生动、最感人、最成功之处，是我们认识高生亮的一把总钥匙。一个甚至在某些方面还远远不如一般人的人，却做出了常人难以想象，不敢尝试的伟绩，这才能够强烈地引起注意，打动人心，产生共鸣，给予读者以心灵上的震撼和启迪。

高生亮的的确确是一个极普通的陕北农民。他的生活原型就是延安县柳林子村南区合作社的社长刘建章，这部小说也就是根据刘建章的事迹改编写成的。刘建章本人就是一个土生土长的农民，而且也是一个文盲。但是他创办的南区合作社却在陕甘宁边区赫赫有名。毛主席就曾经指出过："南区合作社的方向是全边区合作社的方向。"[15]这就引起了我们深深的思索：难道在这个普通到极点的农民身上有什么超人的东西吗？小说《高干大》就正是从这一点上开掘下去，带着人们普遍关心的问题，从高生亮的言谈举止中，从他的喜怒哀乐中，去努力发现那些为一般人所不易发现，不曾具有过的新的特质的东西：他的勇于创新的改革意识，他的毫不气馁的开拓勇气，他的疾恶如仇的斗争精神，他的任务任怨的奉献品格。这些新的特质的东西使得这个普通的农民干部的身上放射出了不同寻常的光泽，使他一跃成为在当时历史条件下，解放区农村经济的改革家和新生活的开拓者。

## 四、形象与典型

凡是略为熟悉一点欧阳山同志作品的读者，都会有一种共同的感觉，那就是他小说中的人物都有点"特别"。尤其是作品中的主人公，虽然并不一定是可爱可敬的或是可憎可厌的，但是他

（她）留给你的印象却是独特而无法形容的。你既不可能把他们同其他作家作品中的哪一个人画等号，相类比，也无法轻而易举地忘却了他们。像《战果》中的丁泰，《一代风流》中的周炳，《乡下奇人》中的赵奇等都是这样的人物。他们以"我就是我"的独家面貌，令广大读者耳目一新，久久不能忘怀。正如别林斯基说的："里面所描写的人物会栩栩如生地出现在你的眼前，神态逼真，须眉毕露——你可以感到他们的脸，他们的声音，他们的步伐，他们的思想方式；他们永远不可磨灭地深印在你的记忆里。"[16]因此，在研究欧阳山创作时，这些人物就必然会成为人们瞩目的重点。欧阳山同志自己曾多次谈到，在他六十多年的文学生涯中，毕生追求的目标只有两个，其中之一就是如何塑造典型性格的问题。为此，他呕心沥血，付足代价而"衣带渐宽终不悔"。他认为一个严肃认真、敢于向人民负责的革命作家，就是要用自己辛勤的劳动，不断地为社会主义文艺的宝库增添更多更好的艺术典型。让他们"能发挥更大的影响，能获得更高的社会效益"，[17]从而激励整个民族昂扬振作，为实现振兴中华之目标而去前赴后继。欧阳山不但是这样认识的，而且也一直是这样实践过来的。从二十年代初到八十年代末，65年过去，"弹指一挥间"，他为中国新民主主义革命的历史画卷，留下了一个又一个隽永、生动、感人的艺术典型。这些形象经受住了社会、时代的考验，赢得了中外读者的喜爱。《高干大》中的高牛亮就是其中出类拔萃的一位。

高生亮是《高干大》中的主人公形象，是作者精心设计、全力歌颂的解放区新人的典型形象。他几乎是"全书每一个活动，每一个斗争的核心"，[18]他艰难的斗争最终取得了决定性的胜利。可是，当你把作品读完，你会惊讶地发现，这个未来世界的农村老汉竟会是在黄土高原这块贫瘠的土地上产生出来的一个时代的风流人物！他的惊天动地的功绩，他的可歌可泣的品格和精神，不但使得四十多年后的八亿农民仍在继续发扬光大，而且使得一衣带水友好邻邦的人民也竟把他当做楷模，并借助他的名字，祈福于自己的下一代。人物的外在形象与人物的功绩、影响竟是如此地不协调，这就造成了一种极富有戏剧性的反差效果，反而更加深了读者的第一印象。我认为这是欧阳山同志在当时创造中的一种积极的大胆的尝试：他有意要打破对先进、英雄人物的塑造描写必须近于"十全十美"的不成文的框框（这种框框在"文化大革命"中又被"四人帮"发展成了"高大全"的错误理论），解除了人们对先进英雄人物"须仰视才见"的敬畏心理，缩短了伟人与凡人之间的生活距离，从而使读者们自然而然地产生亲切感和信任感。作者在四十多年前就能做到这一点，这确实是难能可贵的。

高生亮这一形象是作者用现实主义的手法塑造出来的。他最突出的性格特征就是"在于他是和任何对于群众的损害势不两立"[19]和宝贵的创造精神。那么这种性格又是怎样被塑造出来的呢？典型环境对于人物典型性格的形成起着不可忽视的重要作用。因此要想塑造人物的典型性格，就必须首先了解影响、决定他思想性格的具体环境。在文学创作中，如果离开了一定的社会关系和一定的社会环境，不去揭示造成人物性格的社会根源和阶级根源，人物的存在就失去了依据，典型性格也就无从谈起。同样是中国老一辈的农民，在帝国主义、封建主义压迫统治下苦熬了一辈子的贫苦农民的形象，可是在鲁迅先生笔下的闰土，在茅盾先生笔下的老通宝，却与高生亮的性格相去甚远。他们也都曾经那么勤劳、能干过，对未来充满了紫色的梦。可是半殖民地半封建旧中国黑暗的社会环境，使他们的希望成了肥皂泡，最后他们竟是默默无闻，万念俱灰地死去，只把希望寄托于来世中。可是高生亮呢？他却是有滋有味地活在新的社会里，而且还轰轰烈烈地干出了一番闰土、老通宝们做梦也不敢想的宏伟大业来。一个没有见过大世面的山沟里的老汉，竟成了四十年代的农民改革家，并带领翻身农民闯出了一个彻底挣脱历史旧包袱的束缚，"朝着解放自己的道路迅跑"的光明前途。也许论聪明，他比不上能捕鸟捉獾的闰土；论能干，他比不上会养蚕种稻的老通宝。可是他所生活的特定的典型环境：生活在从黑暗的旧中国、旧社会转变为光明的解放区人民当家作主的新社会、新天地、新农村，他本人又走过一段由旧式农民成长为一名共产党员、一个革命干部的不平凡的道路。这一切决定了他不再是土地的奴隶，而是土地的真正的主人的历史命运；决定了他的视野不再是自己的"三亩地，一头牛，老婆孩子热炕头"，而是更多地想着如何全心全意地为人民服务，认认真真地"为老百姓做几件事"，让"所有的老百姓都能过一些舒服快活的日子"，他开始具有了"天下为公"，"环球同此凉热"的胸襟和抱负。这种思想认识上质的飞跃决定了他的性格特征，必然鲜明地体现在"和任何对于群众的损害势不两立"的无产阶级立场和宝贵的创造精神上来。这两点集中地代表了当时特定的历史环境中党的农村干部中先进分子的典型性格。作者写出了一个高生亮，同时也就等于写出了一个先进的阶级群体，写出了一种光明的进步的政治倾向，一股不可阻挡的历史潮流。因此，高生亮的性格特征也就成为一种特定时代的典型环境中的典型性格，从而体现着中国农民革命运动一定历史进程中的本质特征和主体倾向。

别林斯基曾经意味深长地说过："每一个典型对于读者都是熟悉的陌生人。"[20]因为对于读者说来，典型人物本来就是他们所熟悉的。典型人物代表并反映的正是人们所熟悉的现实关系中的某些本质的、具有普遍意义的东西，因而才能引起人们真心的关注，热情的共鸣，才能激起人们迫切的审美意识和审美情趣。反之，典型人物又应该是"陌生"的，因为他又是作者的一个发现，一种独创，是一个与众不同的"这个"。一个作家只有把握住了这两个关键，他们所塑造的人物才能成为一种典型。那么高生亮又是怎样塑造出来的呢？请看如下事实：高生亮是农村合作社的副主任。合作社，这是一个和老百姓的日常生活紧密相关的经济组织。老百姓每天都要为柴米油盐去和它打交道。因此合作社办得好与坏，对老百姓的生活影响都是很大的。合作社原主任任常有因为在工作中墨守陈规，脱离实际，死搬教条，不顾群众的利益和要求，结果使得合作社经常赔钱亏本，给农民造成严重的经济负担。群众对办合作社没有积极性，背地里叫它"活捉社",意思是把老百姓捉定了。大家怨声载道,离心离德,合作社几乎要垮台。而高生亮实行的却是另一条路线。他坚持从实际出发,打破陈规陋习,不断地改革经营方式,以满足群众的各种实际要求,结果使合作社越办越红火,成为繁荣经济,发展生产,减轻人民和政府负担的经济服务中心。一句话,他把合作社真正办成了一个确实能为群众谋福利的"贴心社",使合作社和他本人都受到了人民群众热烈拥护与真心爱戴,人们亲切地称呼他为"高干大"(陕北人对值得敬重的老汉叫"干大")。老百姓从合作社这一他们生活中极为熟悉的事物中,认识到了共产党"全心全意为人民服务"的本质特征和阶级属性。他们从高干大身上看到了共产党人具有的美好品格和高尚的道德情操,同他们所熟悉的中华民族几千年流传下来的那些可歌可泣的传统和精神竟能熔为一炉,因此他们感到无比亲切,感到振奋,产生了动力,坚定了跟着共产党走的思想信念。然而,当读者对高干大稍为熟悉了一点之后,再对其审视时就会发现,他和你心中理想化了的那个高干大差距怎么这么大?他应该有一副堂堂正正的英雄相貌,可是作者却偏偏让他长着一副因枪伤而扭曲了的面孔;他应该有一种超人的智慧,一种政治家的气度,一个经济专家的头脑,可是作者却偏偏告诉我们说他只是一个半文盲,不但马列主义少得可怜,而且有时还会敬神怕鬼(如小青蛇的故事);他的道路既然是正确的,那就应该让他在书中左右逢源,节节制胜。然而作者却偏偏让他在三条"火线"上苦苦争斗,步履蹒跚,几经坎坷……这时,读者们才意识到原来关于主人公的一切,对于我们来说还是陌生的。读者们开始略带遗憾，满怀同情地去更加关心起他的遭遇，他的命运，直到掩卷时，才恍然原来这正是作者的良苦用心。之所以要这样构思，完全是为了塑造典型性格的客观需要。正像恩格斯指出的那样，文学创作应当做到"每个人都是典型，但同时又是一定的单个人，正如老黑格尔所说的，是一个'这个'。"[21]于是，一个既不同于小二黑、李有才、张裕民、程仁，又不同于二诸葛、孟泰、候忠全、田老头式的农村新人诞生了，一个全新的高干大式的共产党人的美好形象问世了！因此，他也就应该比现实生活中的农村新人显得"更高，更强烈，更集中，更典型，更理想，因此也就更带普遍性"[22]。

## 五、奉献与启示

当作家创作出了一部作品时，我们说这是他对社会的一份奉献，也就是说这是他对社会人生的一份答卷。当然，作品所反映的内容是不可能超越一定的民族的历史范畴的。但是，作品所能表达出来的恢宏的思想，精邃的哲理，却往往能够超越时空的限制，成为人类社会代代相传的共同的财富。它们给人们的启示，往往已经远远地超过了作品本身的主题，不但总结了过去，反映着现在，而且还预示着未来。《高干大》这部小说就使我产生了这样的印象，面对着今天变幻多姿、改革开放的时代大潮，它更让我悟出了许多许多……

一个值得注意的现象是：自从粉碎"四人帮"后，尤其是党的十一届三中全会召开以来,高等院校的学术界对《高干大》的重新评价,开始表现出了很高的热情。欧阳山同志对这种现象曾说过一段发人深思的话:"《高干大》为什么现在还有点意思呢?因为我们现在同贫穷、愚昧、落后方面斗争的问题还没有解决。"[23]这里,老作家又一次地站在了时代的高度,在一片莺歌燕舞声中,冷静地指出了我们在前进道路上还存在的问题;建国四十年了,改革开放也已经搞了十年了,可是从全国来看,部分边远地区,贫困地区,特别是为中国革命做出过巨大贡献的老区人民,温饱的问题还没有得到根本的解决;近几年来,由于忽视了思想教育,不少地区农村中的封建迷信势力又死灰复燃,各种迷信活动又重新抬头,同社会主义的思想文化阵地争夺市场;"一切向钱看"的错误导向,使得不少愚昧无知的家长让孩学辍字经商,又造成了一大批八十年代的新文盲。更为严重的是这些年来不讲党的传统、党的优良作风,结果是造成官僚主义、教条主义、个人主义观点在部分党员身上膨胀:只想自己,不想人民,只讲索取,不讲奉献。不正之风给党和人民的事业都造成了许多不应有的损害。这些难道不该引起一些有识之士的高度警惕和深刻反省吗?如果我们的党员干部,都能像高干大那样为了人民的利益去奋不顾身地同一切错误倾向、错误行为作坚决的斗争;像张思德,孟泰、雷锋、王进喜、焦裕禄那样全心全意地为人民服务,那么,上面所揭到的那些愚昧、贫穷、落后的现象还能持续至今吗?高干大作为现代文学史上的一个典型人物,作为中国革命的一种历史现象,它时时刻刻都在提醒着我们全党同志，永远也不要忘记了党的根本性质："中国共产党是中国工人阶级的先锋队，是中国各族人民利益的忠实代表，是中国社会主义事业的领导核心。"它给我们的重要启示是：社会主义事业，离不开中国共产党的领导，而坚持党的领导，在很大程度上，要同形形色色的唯心主义思想作长期的斗争。高干大又是一面历史的镜子，它让每一个共产党员、革命干部都时时想起自己应负的历史使命和社会责任，不断激励自己去为实现中华之腾飞而肝胆相照！正因为如此，老作家欧阳山同志才会满怀信心，坚定地指出，高干大"是一个真实的人，一个可敬可爱的人，一个从贫瘠的土壤生长起来的英雄人物。他的关心群众，联系群众，处处为群众打算的思想性格是永远不会过时的，永远不会成为历史陈迹的！"[24]高干大的精神在人民心中永存！

1989年10月于东北鞍山

原载《文艺理论与批评》，1990年第2期

**参考文献：**

① 赵树理：《介绍一本好小说——〈高干大〉》，1948年10月7日《人民日报》。

②⑲ 雪峰：《欧阳山的〈高干大〉》，1950年1月《小说》月刊3卷4期。

③《多田正子给欧阳山的信》，1987年6月7日于日本千叶县八千代市胜田台2—33—12。

④谢望新：《欧阳山创作断论》，1987年《南国》第5期。

⑤⑨⑰《欧阳山文集》自序。

⑥江华：《寄》，1942年3月17日《解放日报》。

⑦马加：《萧克将军在马兰》，1941年1月21日《解放日报》。

⑧《欧阳山文集》10卷4195页。

⑩秦牧：《在北极星的指引下》，1962年5月20日《南方日报》。

⑪《别林斯基选集》2卷409页。

⑫欧阳山：《文学生活五十五年》，1979年5月15日。

⑬《中国共产党历史讲义》，1983年上海人民出版社。

⑭欧阳山1989年2月一次录音讲话摘录。

⑮《欧阳山文集》4卷1712页。

⑯《别林斯基选集》2卷1弱页。

⑱竹可羽：《评欧阳山的〈高干大〉，1957年作家出版社《论文学与现实的关系》。

⑳《别林斯基选集》1卷191页，1963年上海文艺出版社。

㉑《恩格斯致敏·考茨基》1885年11月26日，《马克思恩格斯选集》第4卷453页。

㉒《在延安文艺座谈会上的讲话》，《毛泽东选集》第3卷。

㉓《欧阳山文集》4卷1610页。

㉔《高干大》再版序言，1061年人民出版社。